AF825656

दस प्रतिनिधि कहानियाँ

रवीन्द्रनाथ ठाकुर

किताबघर प्रकाशन
नयी दिल्ली

दस प्रतिनिधि कहानियाँ सीरीज़

10 प्रतिनिधि कहानियाँ

रवीन्द्रनाथ ठाकुर

संपादन

राजेन्द्र उपाध्याय

ISBN—978-81-7016-791-4

© संपादक

प्रकाशक
किताबघर प्रकाशन
4855-56/24, अंसारी रोड, दरियागंज
नयी दिल्ली-110002

पेपरबैक संस्करण
2023

मूल्य
दो सौ पचास रुपये

मुद्रक
आर. के. ऑफसेट
शाहदरा, दिल्ली-110095

DUS PRATINIDHI KAHANIYAN (*Hindi*)
by Rabindra Nath Thakur
Price : ₹ 250 (Paperback Edition)

रवीन्द्रनाथ की कहानियाँ

रवीन्द्रनाथ ठाकुर उन साहित्य-स्रष्टाओं में हैं जिन्हें भाषा, स्थान, काल को सीमाओं में नहीं बाँधा जा सकता। केवल रचनाओं की संख्या की दृष्टि से देखें तो भी कम ही लेखक उनकी बराबरी कर सकते हैं। उन्होंने एक हजार से भी अधिक कविताओं तथा दो हजार से भी अधिक गीतों की रचना की। इसके अलावा कहानियाँ, उपन्यास, नाटक तथा धर्म, शिक्षा, राजनीति और साहित्य पर कई निबंध लिखे। उनका बाल-साहित्य भी उच्चकोटि का है। इसके अतिरिक्त वे एक संगीतकार, अभिनेता, गायक और जादूगर भी थे। आज भी बंगाल में उनके गीत-संगीत के बगैर कोई समारोह शुरू नहीं होता। उनके लिखे गीत दो देशों के राष्ट्रगान हैं—एक भारत और दूसरा बँगलादेश है। उनकी कीर्ति अक्षय कीर्ति है।

वैसे तो विश्व-भर में रवीन्द्रनाथ एक 'विश्व-कवि' के रूप में ही समादृत हैं, लेकिन रचना के प्रत्येक क्षेत्र में और सर्जना के हर प्रस्थान पर वे अपनी कृतियों से न केवल परवर्ती पीढ़ी के लिए बल्कि अपने समकालीनों के लिए भी शिखर व्यक्तित्व और प्रेरक स्तंभ बन गए थे।

बाँग्ला कथा-साहित्य को ही नहीं, भारतीय कथा-साहित्य को रवीन्द्रनाथ ने गहरे तक प्रभावित किया है। अपनी आरंभिक कथाकृतियों—'छोटी गल्प' (1892-94) और 'गल्पदशक' (1895) से लेकर 'गल्पगुच्छ' की कहानियों तथा अंतिम कहानी 'लेबोरेटरी' (1941—इसके बाद तो उनका देहांत ही हो गया) तक लगभग पचास-साठ वर्षों तक फैली रचनावधि में उन्होंने प्रतिदिन गीत लिखने के बावजूद चौरासी छोटी-बड़ी कहानियाँ लिखीं। यहाँ उनमें से चुनकर दस प्रतिनिधि कहानियाँ दी जा रही हैं जो जीवन के मार्मिक अनुभवों, सच्चाइयों, नए पहलुओं, सरोकारों तथा परिवेश के प्रति गहरी चिंताओं और मनुष्य मात्र की पीड़ाओं से हमारा संवेदनशील साक्षात्कार कराती हैं। न केवल इनका कथानक ही मार्मिक है, बल्कि इनका कथा-कौशल, न्यास, शिल्प और शब्द-चयन भी हमें बाँध लेता है। अपनी औपचारिक समाप्ति के बाद भी ये कहानियाँ हमारे मन में एक अजीब-सा कौतूहल और जिज्ञासा का भाव जगाने लगती हैं और इस बात का अहसास कराती हैं कि कहानी भले ही खत्म हो जाए, उसक

वक्तव्य या अनुरोध हमारे भीतर देर तक बजता रहता है। इतने वर्षों के बाद भी हर नए पाठक के साथ ये कहानियाँ अपना पुनराविष्कार करती हैं। रवीन्द्रनाथ की कहानियाँ एक समय के सोने के जादुई बंगाल—ग्रामीण बंगाल को हमारे सामने साकार कर देती हैं। अपने समय के आदर्शवादी नायकों को प्रस्तुत करके वे मानो हमें प्रेम का, आदर्श का, बलिदान का, उत्सर्ग का नया पाठ पढ़ाते हैं।

अपनी कहानियों में रवीन्द्रनाथ अनुपम हैं। बंगाल में कहानी के क्षेत्र में उनसे पहले कोई नहीं हुआ और उनके बाद भी उनके जैसी अनुभूति विरल है। उनके जैसी सजीव कल्पना और विशाल मानवता दुर्लभ है।

'गल्पगुच्छ' की तीन जिल्दों में उनकी सारी चौरासी कहानियाँ संगृहीत हैं, जिनमें से केवल दस प्रतिनिधि कहानियाँ चुनना टेढ़ी खीर है। 1891 से 1895 के बीच का पाँच वर्षों का समय रवीन्द्रनाथ की साधना का महान् काल था। वे अपनी कहानियाँ 'सबुज पत्र' (हरे पत्ते) में छपाते थे। आज भी पाठकों को उनकी कहानियों में 'हरे पत्ते' और 'हरे गाछ' मिल सकते हैं। उनकी कहानियों में सूर्य, वर्षा, नदियाँ और नदी किनारे के सरकंडे, वर्षा ऋतु का आकाश, छायादार गाँव, वर्षा से भरे अनाज के प्रसन्न खेत मिलते हैं। उनके साधारण लोग कहानी खत्म होते-होते असाधारण मनुष्यों में बदल जाते हैं। महानता की पराकाष्ठा छू आते हैं। उनकी मूक पीड़ा की करुणा हमारे हृदय को अभिभूत कर लेती है।

उनकी कहानी 'पोस्टमास्टर' इस बात का सजीव उदाहरण है कि एक सच्चा कलाकार साधारण उपकरणों से कैसी अद्भुत सृष्टि कर सकता है। कहानी में केवल दो सजीव साधारण-से पात्र हैं। बहुत कम घटनाओं से भी वे अपनी कहानी का महल खड़ा कर देते हैं। एक छोटी लड़की कैसे बड़े-बड़े इंसानों को अपने स्नेह-पाश में बाँध लेती है, 'काबुलीवाला' भी इस बात का जीता-जागता उदाहरण है। रवीन्द्रनाथ ने पहली बार अपनी कहानियों में साधारण की महिमा का बखान किया। रवीन्द्रनाथ की कहानियों में अपढ़ 'काबुलीवाला' और सुसंस्कृत बंगाली मूल भावनाओं में एक समान हैं। उनकी 'काबुलीवाला', 'मास्टर साहब' और 'पोस्टमास्टर' कहानियाँ आज भी लोकप्रिय कहानियाँ हैं—लोकप्रिय और सर्वश्रेष्ठ भी और बनी रहेंगी। उनकी कहानियाँ सर्वश्रेष्ठ होते हुए भी लोकप्रिय हैं और लोकप्रिय होते हुए भी सर्वश्रेष्ठ हैं।

अपनी कल्पना के पात्रों के साथ रवीन्द्रनाथ की अद्भुत सहानुभूतिपूर्ण एकात्मता और उसके चित्रण का अतीव सौंदर्य उनकी कहानी को सर्वश्रेष्ठ बना देते हैं जिसे पढ़कर द्रवित हुए बिना नहीं रहा जा सकता। उनकी कहानियाँ फौलाद को मोम बनाने की क्षमता रखती हैं।

'अतिथि' का तारापद रवीन्द्रनाथ की अविस्मरणीय सृष्टियों में है। इसका नायक कहीं बँधकर नहीं रह पाता। आजीवन 'अतिथि' ही रहता है। 'क्षुधित पाषाण', 'आधी रात में' (निशीथे) तथा 'मास्टर साहब' प्रस्तुत संग्रह की इन तीन कहानियों में दैवी तत्त्व का स्पर्श मिलता है। इनमें पहली 'क्षुधित पाषाण' में कलाकार की कल्पना अपने सुंदरतम रूप में व्यक्त हुई है। यहाँ अतीत वर्तमान के साथ वार्तालाप करता है—रंगीन प्रभामय अतीत के साथ नीरस वर्तमान।

समाज में महिलाओं का स्थान तथा नारी जीवन की विशेषताएँ उनके लिए गंभीर चिंता के विषय थे और इस विषय में भी उन्होंने गहरी अंतर्दृष्टि का परिचय दिया है।

रवीन्द्रनाथ की कहानियों की संपूर्ण समीक्षा के लिए विस्तृत स्थान की आवश्यकता है। उनकी कहानियाँ अपने आपमें इतनी संपूर्ण हैं कि हर कहानी पर एक ग्रंथ लिखा जा सकता है। उनकी कहानियों के इस अत्यंत अपूर्ण परिचय को यहीं समाप्त करना होगा, क्योंकि रवीन्द्रनाथ की हर 'कहानी' अपनी 'कहानी' खुद कहती है। वह अपने विषय में अपने पाठकों को बताती चलती है। हर पाठक उनकी कहानियों का अपने हिसाब से मतलब निकाल सकता है। कोई भी समीक्षक उनका अर्थ नहीं बता सकता। पाठक के उत्सुक मन की गहराई में साहित्य का आवेदन छिपा रहता है। रवीन्द्रनाथ ने अपनी एक कविता में कहा है—'गान अकेले गायक का नहीं, जो सुनता है उसका भी है। सार्थक गान को जगाने के लिए गायक और श्रोता—दोनों का मिलन अनिवार्य है।' इसीलिए रवीन्द्र की कहानियों की व्याख्या या विश्लेषण करना हमारा उद्देश्य नहीं है। हिंदी के आम पाठकों के लिए रवीन्द्रनाथ की कहानियों के कुछ प्रमुख बिंदु यहाँ उठाए गए हैं। आशा ही नहीं, पक्का विश्वास है कि इन कहानियों से भी—जो संख्या में थोड़ी हैं—हिंदी पाठकों को उस अद्भुत कथाशिल्पी के अमर सौंदर्य का कुछ भान मिल सकेगा, क्योंकि मानव-स्वभाव भाषा और प्रांतों की विभिन्नताओं के बावजूद लगभग एक है। मनुष्य-मनुष्य के रिश्ते स्नेह की, प्रेम की, दया-माया-ममता की डोर से बँधे हैं। बंगभूमि के पुत्र-पुत्री हमारे अपने हमें लग सकते हैं। इसी भाव के साथ पाठक इनका रसास्वादन करेंगे—ऐसी आशा है।

रवीन्द्र जयंती, 2006

—राजेन्द्र उपाध्याय

62 ब, लॉ एपार्टमेंट
ए०जी०सी०आर० इंकलेव, नई दिल्ली-110092

क्रम

अनाधिकार प्रवेश

एक दिन प्रातःकाल की बात है कि दो बालक राह किनारे खड़े तर्क कर रहे थे। एक बालक ने दूसरे बालक से विषम साहस के एक काम के बारे में बाजी बदी थी। विवाद का विषय यह था कि ठाकुरबाड़ी के माधवी-लता-कुंज से फूल तोड़ लाना संभव है कि नहीं। एक बालक ने कहा कि 'मैं तो जरूर ला सकता हूँ' और दूसरे बालक का कहना था कि तुम हरगिज नहीं ला सकते।

सुनने में तो यह काम बड़ा ही सहज-सरल जान पड़ता है। फिर क्या बात थी कि करने में यह काम उतना सरल नहीं था ? इस प्रश्न का उत्तर देने के लिए आवश्यक है कि इससे संबंधित वृत्तांत का विवरण कुछ और विस्तार के साथ प्रस्तुत किया जाए।

मंदिर राधानाथ जी का था और उसकी अधिकारिणी स्वर्गीय माधवचंद्र तर्कवाचस्पति की विधवा पत्नी जयकाली देवी थीं।

जयकाली का आकार दीर्घ, शरीर दृढ़, नासिका तीक्ष्ण और बुद्धि प्रखर थी। इनके पतिदेव के जीवनकाल में एक बार परिस्थिति ऐसी हो गई थी कि इस देवोत्तर संपत्ति के नष्ट हो जाने की आशंका उत्पन्न हो गई थी। उस समय जयकाली ने सारा बाकी-बकाया देना अदा करके, हद-चौहद्दी पक्की करके और लंबे अरसे से बेदखल जायदाद को दखल-कब्जे में ला करके सारा मामला साफ-सूफ कर दिया था। किसी की यह मजाल नहीं थी कि जयकाली को उनके प्राप्य धन की एक कानी कौड़ी से भी वंचित कर सके।

स्त्री होने पर भी उनकी प्रकृति में पौरुष का अंश इतने प्रचुर परिमाण में था कि उनका यथार्थ संगी कोई भी नहीं हो सका था। स्त्रियाँ उनसे भय खाती थीं। परनिंदा, ओछी बात, रोना-धोना या नाक बजाना उन्हें तनिक भी सहन नहीं होता था। पुरुष भी उनसे डरे-डरे रहते थे। कारण यह था कि चंडी-मंडप की बैठक-बाजी में ग्रामवासी भद्र-पुरुषों का जो अगाध आलस्य व्यक्त होता था, उसे वह एक प्रकार के नीरव घृणापूर्ण तीक्ष्ण कटाक्ष से कुछ इतना धिक्कार सकती थीं कि उनका धिक्कार आलसियों की स्थूल जड़ता को भेदकर सीधे अंतर में उतर पड़ता था।

प्रबल घृणा करने एवं उस घृणा को प्रबलतापूर्वक प्रगट करने की असाधारण क्षमता इस प्रौढ़ा विधवा में थी। विचार-निर्णय से जिसे अपराधी मान लेतीं, उसे वाणी और मौन से, भाव और भंगिमा से बिलकुल ही जलाकर भस्म कर डालना ही उनका स्वभाव था।

उनके हाथ गाँव के समस्त हर्ष-विषाद में, आपद-संपद में और क्रिया-कर्म में निरलस रूप से व्यस्त रहते थे। हर कहीं अतिसहज भाव से और अनायास ही अपने लिए गौरव का स्थान अधिकार कर लिया करती थीं। जहाँ कहीं भी वह उपस्थित होतीं वहाँ उनके अपने अथवा किसी अन्य उपस्थित व्यक्ति के मन में इस संबंध में रत्ती-भर भी संदेह नहीं रहता था कि सबके प्रधान के पद पर तो वही हैं।

रोगी की सेवा में वह सिद्धहस्त थीं, पर रोगी उनसे इतना भय खाता कि कोई यम से भी क्या डरेगा ! पथ्य या नियम का लेशमात्र भी उल्लंघन होने पर उनका क्रोधानल रोगी को रोग के ताप की अपेक्षा कहीं अधिक उत्तप्त कर डालता था।

यह दीर्घाकृति कठिन-स्वभाव विधवा गाँव के मस्तक पर विधाता के कठोर नियम-दंड की भाँति सदा उद्यत रहती थीं। किसी को भी यह साहस नहीं हो सकता था कि वह उन्हें प्यार करे अथवा उनकी अवहेलना करे।

विधवा निस्संतान थीं। उनके घर में उनके दो मातृ-पितृहीन भतीजे पाले-पोसे जा रहे थे। यह तो कोई नहीं कह सकता था कि पुरुष अभिभावक के अभाव में इन बालकों पर किसी प्रकार का शासन नहीं था अथवा स्नेहांध फूफी-माँ के लाड़-दुलार के कारण वे बिगड़े जा रहे थे। बड़ा भतीजा अठारह वर्ष का हो गया था। अब तक उसके विवाह के प्रस्ताव भी आने लगे थे। परिणय बंधन के संबंध में उस बालक का अपना चित्त भी कोई उदासीन नहीं था। परंतु फूफी-माँ ने उसकी इस सुख-वासना को एक दिन के लिए भी कोई प्रश्रय नहीं दिया। वह कठिन हृदयतापूर्वक कहती कि नलिन पहले उपार्जन करना आरंभ कर ले तो पीछे घर में बहू लाएगा। फूफी-माँ के मुख से निकले इस कठोर वाक्य से पड़ोसिनों के हृदय विदीर्ण हो जाते।

ठाकुरबाड़ी जयकाली का सबसे अधिक प्यारा धन था। उसके लिए उनके यत्नों का कोई अंत न था। ठाकुरजी के सेवन, मज्जन, अशन-वसन-शयन आदि में तिल-भर त्रुटि भी कदापि नहीं हो सकती थी। पूजा-कार्य में नियुक्त दोनों ब्राह्मण देवता की अपेक्षा इस एक मानवी ठकुरानी से कहीं अधिक भयभीत रहते थे। पहले एक समय ऐसा भी था कि देवता के नाम पर उत्सर्ग किया हुआ पूरा नैवेद्य देवता को मिल नहीं पाता था। परंतु जयकाली के शासनकाल में पुजापे के शत-प्रतिशत अंश ठाकुरजी के भोग में ही लगते थे।

विधवा के यत्न से ठाकुरबाड़ी का प्रांगण स्वच्छता के मारे चमचमाता रहता था। कहीं एक तिनका तक भी पड़ा नहीं पाया जा सकता था। एक पार्श्व में मंच का अवलंबन करके माधवी-लता का वितान फैला था। उसके किसी शुष्क पत्र के झरते ही जयकाली उसे उठाकर बाहर डाल आती थीं। ठाकुरबाड़ी की परंपरागत परिपाटी से परखी जाने वाली परिच्छिन्नता एवं पवित्रता में रंच मात्र का व्याघात भी विधवा के लिए नितांत असहनीय था। पहले तो टोले के लड़के लुका-छिपी खेलने के उपलक्ष्य में इस प्रांगण में प्रवेश करके इसके किसी प्रांतभाग में आश्रय ग्रहण किया करते थे और कभी-कभी टोले की बकरियों के पठरू भी पैठकर माधवी-लता के वल्कलांश का थोड़ा-बहुत भक्षण कर जाया करते थे। परंतु जयकाली के काल में न तो लड़कों को वह सुयोग मिल पाता और न छागल-शिशुओं को ही। पर्व-दिवसों के अतिरिक्त कभी भी बालकों को मंदिर के प्रांगण में प्रवेश का अवसर नहीं मिल पाता था और छागल-शिशु भी दंड-प्रहार का आघात मात्र खाकर सिंहद्वार के पास से ही तीव्र स्वरों में अपनी अजा-जननी का आह्वान करते हुए लौट जाने को विवश हो जाते थे।

परम आत्मीय व्यक्ति भी यदि अनाचारी हो तो देवालय के प्रांगण में प्रवेश करने के अधिकार से सर्वथा वंचित रहना पड़ता था। जयकाली के एक बावरची-कर-पक्क-कुक्कुट-मांस-लोलुप-भगिनी-पति महोदय आत्मीय-संदर्शन के उपलक्ष्य में ग्राम में उपस्थित होकर मंदिर के प्रांगण में प्रवेश का उपक्रम कर रहे थे कि जयकाली ने शीघ्रतापूर्वक तीव्र आपत्ति प्रकट की थी, जिसके कारण उनके लिए अपनी सहोदरा भगिनी तक से संबंध-विच्छेद की संभावना उपस्थित हो गई थी। इस देवालय के संबंध में विधवा को इतनी अतिरिक्त एवं अनावश्यक सतर्कता थी कि सर्वसाधारण के निकट तो वह बहुत-कुछ आडंबर-सी प्रतीत होती थी।

अन्यत्र तो जयकाली सर्वत्र ही कठिन-कठोर थीं, उन्नत-मस्तक थीं, स्वतंत्र-निर्बंध थीं। परंतु केवल इस मंदिर के सम्मुख उन्होंने संपूर्ण रूप से आत्मसमर्पण कर दिया था। मंदिर में प्रतिष्ठित विग्रह के प्रति वह एकांत भाव से जननी, पत्नी, दासी आदि सब-कुछ थीं। उसके संबंध में वे सदैव सतर्क, सुकोमल, सुंदर एवं संपूर्णतः अवनम्र थीं। प्रस्तर-निर्मित यह मंदिर तथा इसमें प्रतिष्ठित प्रस्तर-प्रतिमा ये दो वस्तुएँ ही ऐसी थीं, जो उनके निगूढ़ नारी-स्वभाव की एकमात्र चरितार्थक के विषय थीं। यही दो वस्तुएँ उनके स्वामी और पुत्र के स्थान पर थीं। यही दो उनका समस्त थीं। इसी से पाठक समझ लेंगे कि जिस बालक ने मंदिर-प्रांगण से माधवी-मंजरी का आहरण करने की प्रतिज्ञा की थी, उसका साहस भी असीम रहा होगा। वह बालक और कोई

नहीं, जयकाली का भ्रातुष्पुत्र नलिन था। वह अपनी फूफी-माँ को बड़ी भली तरह जानता था, तथापि उसकी दुर्दांत प्रकृति किसी प्रकार के भी शासन के वशवर्ती नहीं होती थी। जहाँ कहीं भी विपद की संभावना होती, वहाँ उसे एक विचित्र आकर्षण महसूस होता और जहाँ कहीं भी शासन या प्रतिबंध होता, वहाँ उल्लंघन करने के लिए उसका चित्त चंचल हो उठता। अनुश्रुति है कि अपने बाल्यकाल में उसकी फूफी-माँ का स्वभाव भी ठीक ऐसा ही था।

उस समय जयकाली मातृ-स्नेह-मिश्रित भक्तिपूर्वक ठाकुरजी पर अपनी दृष्टि निबद्ध किए दालान में बैठी अनन्य-अभिनिविष्ट मन से माला जप रही थीं।

बालक पीछे से अशब्द-पदसंचारपूर्वक आकर माधवी-लता वितान तले खड़ा हो गया। उसने देखा कि निम्नतर शाखाओं के फूल तो पूजा के निमित्त तोड़े जाकर निःशेष हो चुके थे। गत्यंतर न देख उसने अत्यंत धीरे-धीरे और बहुत ही सावधानी-पूर्वक लता मंच पर आरोहण किया। उच्चतर प्रशाखाओं पर विकचोन्मुख कलिकाएँ देखकर उन्हें तोड़ने के लिए ज्यों ही उसने अपने शरीर एवं बाहु को प्रसारित किया, त्यों ही उस प्रबल प्रयास के भार से माधवी-लता का जीर्ण मंच चरमर-शब्दपूर्वक टूट पड़ा। मंचाश्रित लता एवं बालक दोनों एकत्र ही भूमिसात् हुए।

जयकाली हड़बड़ाकर दौड़ी आईं। उन्होंने अपने भ्रातुष्पुत्र की कीर्ति का अवलोकन किया। बलपूर्वक उसकी भुजा पकड़ के उसे मिट्टी से उठाया। आघात तो उसे यथेष्ट लगा था, किंतु उस आघात को दंड नहीं माना जा सकता था, क्योंकि वह तो ज्ञान-संज्ञाहीन जड़ का आघात था। अतएव मंचपतित बालक की व्यथित देह पर जयकाली का ज्ञान-संज्ञायुक्त शासन-दंड मुहुर्मुहः बलपूर्वक वर्षित होने लगा। बालक ने बिंदु-मात्र भी अश्रुपात किए बिना ही उनके दंड को नीरवतापूर्वक सहन किया। इस पर उसकी फूफी-माँ ने उसे घसीटकर घर में अवरुद्ध कर दिया। उसके उस दिन के सायंकालिक आहार का निषेध कर दिया गया।

आहार-निषेध का समाचार सुनकर दासी मोक्षदा ने कातर कंठ एवं जल-छलछल नेत्र से बालक को क्षमादान करने का अनुरोध किया। परंतु जयकाली का हृदय विगलित नहीं हुआ। उस घर में ऐसा दुःसाहसी व्यक्ति कोई नहीं था, जो ठकुरानी को सूचना-वंचित रखकर गुप्त रूप से उस क्षुधित बालक के लिए खाद्य की व्यवस्था कर देता।

विधवा माधवी-मंच के पुनः संस्कार के लिए श्रमिक बुलाने का आदेश देकर पुनर्वार माला लेकर दालान में आ बैठीं। कुछ समय व्यतीत होने के पश्चात् मोक्षदा अत्यंत भयभीत भाव से उनके निकट गई और बोली, "ठकुरानी माँ, छोटे बाबू भूख

के मारे बिलख रहे हैं, उन्हें थोड़ा-सा दूध ला दूँ ?"

जयकाली ने अविचलित मुख-मुद्रा से कहा, "नहीं !"

मोक्षदा लौट गई। अदूरवर्ती कुटीर-गृह से नलिन का करुण क्रंदन क्रम-क्रम से बढ़ता हुआ क्रोध के गर्जन के रूप में परिणत हो उठा।—पर गर्जन-पर्व भी समाप्त हुआ और अंत में, बहुत देर के पश्चात्, उसकी कातरता का परिश्रांत उच्छ्वास रह-रहकर जप-निरता फूफी-माँ के कर्ण-कुहरों में पहुँच-पहुँचकर ध्वनित होने लगा।

नलिन का आर्त्त कंठ परिश्रांत एवं मौनप्राय हो चला था कि किसी और निकटवर्ती जीव की भीत एवं कातर ध्वनि कर्ण-गोचर होने लगी तथा उसके संग-संग ही धावमान मनुष्यों का दूरवर्ती चीत्कार शब्द उसके साथ मिश्रित होकर मंदिर के सम्मुखवर्ती मार्ग पर एक कोलाहल के रूप में उत्थित हो उठा।

सहसा मंदिर-प्रांगण में कोई पद-शब्द सुनाई पड़ा। पीछे मुड़कर जयकाली ने देखा कि भूपर्यस्त माधवी-लता आंदोलित हो रही है।

रोषपूर्ण कंठ से पुकारा, "नलिन !"

कोई उत्तर नहीं मिला। जयकाली ने समझा कि दुर्दम नलिन किसी उपाय से बंदीशाला से पलायन करके मुझे चिढ़ाने आया है।

यही सोचकर वह अत्यंत कठिन मुद्रा बनाकर एवं अधर के ऊपर ओष्ठ को अत्यंत कठिन रूप से दाबकर प्रांगण में उतर आईं।

लता-कुंज के निकट आकर पुनर्वार पुकारा, "नलिन !"

उत्तर प्राप्त नहीं हुआ। उन्होंने माधवी की शाखा को उठाकर देखा कि एक अत्यंत ही मलिन शूकर ने प्राण-भय से भीत होकर घन-पल्लव के अंतराल में आश्रय लिया है।

जो लता-वितान इष्टक-निर्मित प्राचीर से परिवेष्टित उस प्रांगण में वृंदा-विपिन का संक्षिप्त प्रतिरूप हो, जिसकी विकसित कुसुम-मंजरी का सौरभ गोपिता-वृंद के सुरभित निःश्वास का स्मरण कराता रहता हो एवं कालिंदी-तीरवर्ती सुख-विहार के सौंदर्य-स्वप्न को जाग्रत् करता रहता हो, विधवा जयकाली की उस प्राणाधिक यत्नों से लालित सुपवित्र नंदन-भूमि में अकस्मात् यह कैसा वीभत्स कांड घटित हो गया।

पुजारी ब्राह्मण लाठी लेकर उस मल-मलिन पशु को भगाने दौड़ा। जयकाली तत्क्षण नीचे उतर आईं, पुजारी के शूकर-ताड़न कर्म का निषेध किया एवं भीतर से मंदिर प्रांगण का द्वार अवरुद्ध कर दिया।

अनतिकाल अतिवाहित होने के पश्चात् सुरापान-मत्त डोम दल मंदिर के द्वार पर उपस्थित होकर अपने बलि-पशु के लिए चीत्कार करने लगा।

रुद्ध द्वार के पीछे खड़ी होकर जयकाली ने कहा, "लौट जाओ बेटो, लौट जाओ। मेरे मंदिर को अपवित्र मत कर बैठना।"

डोमों का दल लौट गया। वे लोग प्रायः प्रत्यक्ष देखकर भी इस बात पर विश्वास नहीं कर सके कि जयकाली ठकुरानी अपने राधानाथ जी के मंदिर में उस अशुचि जंतु को आश्रय दे सकती हैं।

मास्टर साहब

उस समय रात के लगभग दो बजे थे। कलकत्ता के निस्तब्ध शब्द-समुद्र में तरंग उठाती हुई एक बड़ी बग्घी भवानीपुर की ओर से विर्जि तालाब के मोड़ के पास आकर रुकी। वहाँ भाड़े की एक गाड़ी देखकर गाड़ी पर सवार बाबू ने उसे बुलवाया। उनके पास हैट, कोट पहने विलायत से लौटा एक बंगाली युवक सामने के आसन पर दोनों पैर उठाए कुछ मदहोशी में गर्दन झुकाए सो रहा था। यह युवक हाल ही में विलायत से आया था। इसी की अभ्यर्थना के उपलक्ष्य में मित्र-मंडली में एक दावत हुई थी। दावत से लौटते समय रास्ते में एक मित्र ने उसे कुछ दूर पहुँचाने के लिए अपनी गाड़ी में बैठा लिया था। उन्होंने उसको दो-तीन बार ठेलकर जगाते हुए कहा, "मजूमदार, गाड़ी मिल गई, घर जाओ !"

मजूमदार चौंककर एक पक्की विलायती कसम खाकर किराए की गाड़ी पर चढ़ गया। उसके गाड़ीवान को भली-भाँति ठिकाना समझाकर ब्रूहाम गाड़ी के आरोही अपने रास्ते चले गए।

भाड़े की गाड़ी कुछ दूर सीधी जाकर पार्क स्ट्रीट के सामने मैदान के रास्ते की ओर मुड़ी। मजूमदार ने फिर एक बार अंग्रेजी शपथ का उच्चारण करके अपने मन में कहा, 'यह क्या ! यह तो मेरा रास्ता नहीं है !' उसके बाद अर्द्धनिद्रित अवस्था में सोचा, 'क्या पता, शायद यही सीधा रास्ता हो !'

मैदान में घुसते ही मजूमदार का शरीर काँप उठा। हठात् उसे लगा—कोई आदमी नहीं है, फिर भी उसकी बगत की ओर मानो भरी-भरी लग रही थी; जैसे उसके आसन के खाली स्थान का आकाश ठोस होकर उसे भींच रहा हो। मजूमदार ने सोचा, 'यह क्या मामला है ? गाड़ी मेरे साथ यह कैसा व्यवहार कर रही है ?'

"ऐ गाड़ीवान ! गाड़ीवान !"

गाड़ीवान ने कोई उत्तर नहीं दिया। पीछे की खिड़की खोलकर सईस का हाथ पकड़ लिया; कहा, "तुम भीतर आकर बैठो।"

सईस ने भयभीत स्वर से कहा, "नहीं सा'ब, भीतर नहीं जाएगा !"

सुनकर मजूमदार का शरीर रोमांचित हो गया; उन्होंने जोर से सईस का हाथ

पकड़कर कहा, "जल्दी भीतर आओ !"

सईस ने बलपूर्वक हाथ छुड़ाया और उतरकर छूट भागा। तब मजूमदार भय से बगल की ओर ताकने लगे; कुछ भी नहीं दिखा तो भी ऐसा लगा, जैसे बगल में कोई अटल पदार्थ एकदम भिंचकर बैठा हो। किसी तरह गले में बोल भरकर मजूमदार ने कहा, "गाड़ीवान, गाड़ी रोको !" ऐसा प्रतीत हुआ जैसे गाड़ीवान ने खड़े होकर दोनों हाथों से लगाम खींचकर घोड़ों को रोकने का प्रयत्न किया—घोड़े किसी तरह रुके नहीं। रुकने की बजाय दोनों घोड़े रेड रोड का रास्ता पकड़कर फिर दक्षिण की ओर मुड़ गए। मजूमदार ने घबराकर कहा, "अरे, कहाँ जाता है ?"

कोई उत्तर नहीं मिला। बगल की शून्यता की ओर रह-रहकर कटाक्ष करते-करते मजूमदार के सारे बदन से पसीना छूटने लगा। किसी प्रकार जड़वत् होकर अपनी देह को वह जितना समेट सकते थे, समेटा, किंतु उसने जितनी जगह खाली की उतनी ही जगह भर उठी। मजूमदार मन ही मन तर्क करने लगे कि 'किसी प्राचीन यूरोपीय ज्ञानी ने कहा है—Nature abhors vacuum—सो वही तो देख रहा हूँ। किंतु यह क्या है ? यह क्या नेचर है ? यदि मुझसे कुछ न कहे तो मैं अभी उसके लिए जगह छोड़कर कूद पड़ूँ। कूदने का साहस नहीं हुआ—कहीं पीछे से कोई अनहोनी घटना न घट जाए। 'पहरे वाले' कहकर पुकारने की चेष्टा की—किंतु बड़ी कठिनाई से ऐसी एक अद्भुत क्षीण आवाज निकली कि अत्यंत भयभीत होने पर भी उसे हँसी आ गई। अँधेरे में मैदान के वृक्ष भूतों की निस्तब्ध पार्लियामेंट के समान परस्पर एक-दूसरे के आमने-सामने खड़े थे, और गैस के खंभे जैसे सब-कुछ जानते हों, फिर भी जैसे कुछ भी नहीं बताएँगे, इस प्रकार खड़े हुए टिमटिमाती आलोक-शिखा द्वारा इशारा करने लगे। मजूमदार ने सोचा कि चट से कूदकर सामने के आसन पर जा बैठे। जैसे ही उसने यह सोचा वैसे ही उसे लगा जैसे सामने के आसन से खाली एक चितवन उसके मुँह की ओर ताक रही हो। आँख नहीं, कुछ नहीं, फिर भी एक चितवन। वह चितवन किसकी थी, यह जैसे उसे याद आ रही हो, फिर भी किसी भी तरह जैसे स्पष्ट रूप से स्मरण नहीं कर पा रहा हो। मजूमदार ने दोनों आँखें जबरदस्ती बंद करने की चेष्टा की—किंतु भय के कारण बंद नहीं कर पाया—उस निरुद्देश्य चितवन की ओर दोनों आँखें इस प्रकार बलपूर्वक गड़ा रखी थीं कि पलक गिराने का भी अवसर न मिला।

इधर गाड़ी बार-बार मैदान के रास्ते पर ही उत्तर से दक्षिण और दक्षिण से उत्तर चक्कर काटती हुई घूमने लगी। दोनों घोड़े जैसे उन्मत्त हो उठे हों—उनका वेग उत्तरोत्तर बढ़ चला—गाड़ी की थर-थर काँपती हुई खिड़कियों से खट-खट की आवाज

होने लगी। इतने में गाड़ी जैसे किसी से टकराकर जोर का धक्का खा हठात् रुक गई। मजूमदार ने चौंककर देखा, उसी के रास्ते पर गाड़ी खड़ी है और गाड़ीवान उसको हिलाकर पूछ रहा है, "साहब, कहाँ जाना होगा, बताइए ?"

मजूमदार ने नाराज होकर पूछा, "इतनी देर मुझे मैदान में क्यों घुमाया ?"

गाड़ीवान ने आश्चर्य से कहा, "कहाँ, मैदान में तो नहीं घुमाया।"

मजूमदार ने विश्वास न करते हुए कहा, "तब क्या यह केवल स्वप्न था ?"

गाड़ीवान ने कुछ सोचते हुए डरकर कहा, "बाबू साहब, शायद यह केवल स्वप्न न हो। आज तीन वर्ष हुए, मेरी इसी गाड़ी में एक घटना घटी थी।"

उस समय मजूमदार का नशा और नींद का झोंका पूरी तरह दूर हो जाने के कारण वह गाड़ीवान की कहानी सुने बिना ही भाड़ा चुकाकर चला गया।

किंतु, रात में उसे अच्छी तरह नींद नहीं आई—बस, यही सोचता रहा, वह चितवन थी किसकी ?

एक

अधर मजूमदार के पिता साधारण से—सरकारी पद से आरंभ करके एक बड़े फार्म के कारिंदे तक पहुँच गए थे। अधर बाबू पिता द्वारा उपार्जित नकद रुपयों को ब्याज पर लगाते थे, उनको स्वयं परिश्रम नहीं करना पड़ता था। पिता सिर पर सफेद साफा बाँधकर पालकी में बैठकर ऑफिस जाते थे, दूसरी ओर वे क्रिया-कर्म, दान-ध्यान भी पर्याप्त करते थे। विपद-आपद, अभाव-अकाल में सभी श्रेणी के लोग आकर उन्हें घेरते, इसे वे गर्व का विषय समझते थे।

अधर बाबू ने बड़ा घर बनवा लिया है, गाड़ी-घोड़ा लिया है, किंतु लोगों के साथ उनका संपर्क नहीं है; केवल रुपया उधार दिलाने वाला दलाल आकर उनके भरे हुए हुक्के से तंबाकू पी जाता है और एटॉर्नी के ऑफिस के बाबुओं के साथ स्टांप-लगी दलील की शर्त के विषय में बातचीत होती रहती है। उनकी गृहस्थी में खर्चे से संबंधित हिसाब की ऐसी खींचतान है कि मुहल्ले के फुटबॉल क्लब के पीछा न छोड़ने वाले लड़के तक बहुत प्रयत्न करने पर भी उनके खजाने से कुछ वसूल नहीं कर पाते।

ऐसी स्थिति में उनकी गृहस्थी में एक अतिथि का आगमन हुआ। लड़का नहीं हुआ, नहीं हुआ करते-करते बहुत दिन बाद उनके एक लड़का पैदा हुआ। लड़के का चेहरा माँ की तरह का था। बड़ी-बड़ी आँखें, नुकीली नाक, रजनीगंधा की पंखुड़ी के समान रंग—जिसने देखा उसी ने कहा, "आहा ! लड़का क्या है, मानो कार्तिकेय हो !" अधर बाबू का अनुगत अनुचर रतिकांत बोला, "बड़े घर में जैसा लड़का होना

चाहिए वैसा ही हुआ है।"

लड़के का नाम रखा वेणुगोपाल। इससे पहले अधर बाबू की स्त्री ननीबाला ने गृहस्थी के खर्च के विषय में पति के विरुद्ध अपना मत इस तरह बलपूर्वक कभी प्रदर्शित नहीं किया था। अपने शौक की दो-एक बातों अथवा दुनियादारी के अत्यावश्यक कार्यों को लेकर बीच-बीच में बहस अवश्य हुई है, किंतु अंततः पति की कृपणता के प्रति अवज्ञा दिखाकर चुपचाप हार मान ली है।

इस बार ननीबाला को अधरलाल नहीं दबा सके। वेणुगोपाल को लेकर उनका हिसाब कदम-कदम आगे बढ़ने लगा। उसके पैरों की पैंजनी, हाथ का बाला, गले का हार, सिर की टोपी, उसकी देशी-विलायती नाना प्रकार की, नाना रंग की वेश-भूषा के संबंध में ननीबाला ने जो कुछ माँग की, सभी उन्होंने कभी चुपचाप आँसू बहाकर, कभी जोर की वाक्य-वर्षा द्वारा प्राप्त कर ली। वेणुगोपाल के लिए जो जरूरी हो वह भी और जो जरूरी न हो वह भी चाहिए ही चाहिए—वहाँ खाली खजाने का बहाना या भविष्य के लिए कोरा आश्वासन एक दिन भी नहीं टिक सका।

दो

वेणुगोपाल बड़ा होने लगा। वेणु के लिए खर्च करने का अधरलाल को अभ्यास हो चला। उसके लिए अधिक मासिक वेतन देकर खूब पढ़ा-लिखा एक बूढ़ा मास्टर रख लिया। इस मास्टर ने मीठी बोली और शिष्टाचार द्वारा वेणु को वश में करने की बहुत कोशिश की—किंतु वे शायद आज तक छात्रों पर बराबर कड़ा अनुशासन रखकर मास्टरी की मर्यादा को अक्षुण्ण रखते आए थे, इसलिए उनकी भाषा की मिष्टता और व्यवहार की शिष्टता बस बेसुरी ही लगती रही—यह शुष्क साधना लड़के को बहला नहीं सकी।

ननीबाला ने अधरलाल से कहा, "यह तुम्हारा मास्टर कैसा है ? उसे देखते ही लड़का घबरा जाता है। उसे छुड़ा दो !"

बूढ़ा मास्टर विदा हो गया। पुराने समय में लड़कियाँ जिस प्रकार स्वयंवरा होती थीं उसी प्रकार ननीबाला का बेटा स्वयं-मास्टर बनने चला—वह जिसे स्वीकार नहीं करेगा उसकी सारी डिग्रियाँ और सर्टिफिकेट व्यर्थ हैं।

इसी समय देह पर एक मैली चादर डाले और पैरों में कैनवास का फटा हुआ जूता पहने मास्टरी की उम्मीदवारी के लिए हरलाल आ पहुँचा। उसकी विधवा माँ ने दूसरे के घर की रसोई बनाकर और धान कूटकर उसे मुफस्सिल एंट्रेंस स्कूल से किसी प्रकार एंट्रेंस पास करा दिया था। अब हरलाल कलकत्ता के कॉलेज में पढ़ने

के लिए प्राणपण से प्रतिज्ञा करके बाहर निकला था। भोजन के बिना उसके मुँह का निचला भाग सूखकर भारतवर्ष की 'कन्या कुमारी' के समान नुकीला हो गया था, केवल चौड़ा माथा हिमालय की भाँति प्रशस्त होकर आँखों को आकर्षित करता था। मरुभूमि की बालू से सूर्य की किरणें जिस प्रकार टकराकर लौटती हैं उसी प्रकार उसके दोनों नेत्रों से दैन्य की एक अस्वाभाविक दीप्ति निकल रही थी।

दरबान ने पूछा, "तुम क्या चाहते हो ? किसे चाहते हो ?"

हरलाल ने डरते-डरते कहा, "घर के मालिक के साथ भेंट करना चाहता हूँ।"

दरबान ने कहा, "भेंट नहीं होगी।"

इसके उत्तर में हरलाल क्या कहे, यह न सोच पाने के कारण इधर-उधर कर रहा था, तभी सात वर्ष का लड़का वेणुगोपाल बाग में खेल खत्म करके ड्योढ़ी में आ पहुँचा। हरलाल को दुविधा में देखकर दरबान ने फिर कहा, "बाबू, चले जाओ !"

वेणु को अचानक जिद सवार हो गई। उसने कहा, "नहीं जाएगा।" यह कहते हुए उसने हरलाल का हाथ पकड़कर उसे दोतल्ले के बरामदे में अपने पिता के पास ले जाकर हाजिर किया।

बाबू उस समय दिवा-निद्रा पूरी करके जड़ालस भाव से बरामदे में बेंत की कुरसी पर चुपचाप बैठे पैर हिला रहे थे और बूढ़ा रतिकांत काठ की एक चौकी पर आसन लगाए बैठा हुआ धीरे-धीरे हुक्का पी रहा था। उस दिन के ऐसे समय में ऐसी अवस्था में दैव योग से हरलाल मास्टरी पर बहाल हो गया।

रतिकांत ने प्रश्न किया, "आप कहाँ तक पढ़े हैं ?"

हरलाल ने कुछ मुँह नीचा करके कहा, "एंट्रेंस पास किया है।"

रतिकांत ने भौंहें तानकर कहा, "सिर्फ एंट्रेंस पास ! मैंने तो समझा था, कॉलेज में पढ़ चुके हैं। आपकी उम्र भी तो कुछ कम नहीं दिखती।"

हरलाल चुप रह गया। आश्रित और आश्रय-प्रत्याशियों को प्रत्येक प्रकार से पीड़ित करना ही रतिकांत के आनंद का प्रधान विषय था।

रतिकांत ने प्यार से वेणु को अपनी गोद के पास खींचने का प्रयत्न करते हुए कहा, "कितने एम०ए०, बी०ए० आए और गए, मगर कोई पसंद नहीं आया—भला अंत में क्या सोना बाबू ऐंट्रेंस पास मास्टर से पढ़ेंगे ?"

वेणु ने रतिकांत के स्नेहाकर्षण से अपने को जबर्दस्ती छुड़ाकर कहा, "हटो।"

रतिकांत को वेणु किसी तरह सहन नहीं कर पाता था, किंतु रति भी वेणु की इस असहिष्णुता को उसके बाल्य-माधुर्य का एक लक्ष्य समझकर उसमें खूब आनंदित होने की चेष्टा करता, और उसे सोना बाबू, चाँद बाबू कह-कहकर चिढ़ाकर

आगबबूला कर देता।

हरलाल को उम्मीदवारी में सफलता पाना कठिन हो गया; वह मन ही मन सोच रहा था कि बस अब किसी सुयोग से चौकी से उठकर बाहर चला जाए तो जान बचे। तभी सहसा अधरलाल के मन में आया कि इस छोकरे को बिलकुल मामूली वेतन देकर भी रखा जा सकता है। अंत में तय हुआ कि हरलाल घर में ही रहेगा, खाएगा और पाँच रुपया महीना वेतन लेगा। घर में रखने से जितनी अतिरिक्त दया प्रदर्शित करनी होगी, उसके बदले में अतिरिक्त काम करा लेने से वह दया सार्थक हो सकेगी।

तीन

इस बार मास्टर टिक गया। प्रारंभ से ही हरलाल के साथ वेणु की ऐसी जमी जैसे वे दोनों भाई हों। कलकत्ता में हरलाल का आत्मीय मित्र कोई नहीं था—इस सुंदर नन्हे लड़के ने उसके संपूर्ण हृदय पर अधिकार कर लिया। अभागे हरलाल को इससे पहले किसी व्यक्ति से इस प्रकार स्नेह करने का सुयोग नहीं मिला था। किसी तरह उसकी अवस्था सुधर जाए, इसी आशा में उसने बड़े कष्ट से पुस्तकें इकट्ठी करके अकेले अपने प्रयत्न से दिन-रात पढ़ाई ही की थी। माँ को पराधीन बनकर रहना पड़ा, इससे लड़के की बाल्यावस्था केवल संकोच में ही बीती—रोक-टोक की सीमा लाँघकर नटखटपन द्वारा अपने बाल्य-प्रताप को विजयी बनाने का सुख उसे कभी नहीं मिला। वह किसी के दल में नहीं था, वह अपनी फटी किताब और टूटी स्लेट के बीच नितांत अकेला था। जगत् में जन्म लेकर जिस लड़के को बचपन में ही गुमसुम भला आदमी बनना पड़े, बचपन से ही माता का दुःख और अपनी अवस्था समझकर जिसे सावधानी से चलना पड़े, एकदम अविवेकी होने की स्वाधीनता जिसके भाग्य में कभी न जुटे, प्रसन्न होकर चंचलता दिखाना या दुःख पाकर रोना, इन दोनों की ही जिसे दूसरे लोगों की असुविधा और नाराजगी के भय से सारी बाल्य-शक्ति का प्रयोग करके दबाकर रखना पड़े, उसके समान करुणा का पात्र, फिर भी करुणा से वंचित, जगत् में और कौन है ?

विश्व के सब मनुष्यों के नीचे दबा पड़ा हुआ यह हरलाल स्वयं भी नहीं जानता था कि उसके मन के भीतर इतना स्नेह-रस अवसर की उपेक्षा में इस प्रकार जमा था। वेणु के साथ खेलकर, उसे पढ़ाकर, अस्वस्थता के समय उसकी सेवा करके हरलाल भली-भाँति समझ गया कि अपनी स्थिति सुधारने से भी बढ़कर मनुष्य के लिए एक और चीज है—जब वह मिल जाती है तब उसे और कुछ अच्छा नहीं लगता।

वेणु भी हरलाल को पाकर जी उठा। कारण, घर में वह अकेला लड़का था, एक

बहुत ही छोटी तीन वर्ष की एक बहन और थी—वेणु उसे साथ देने के योग्य ही नहीं समझता था। मुहल्ले में समवयस्क लड़कों की कमी नहीं थी, किंतु अधरलाल द्वारा मन ही मन अपने घर को अत्यंत बड़ा घर समझ लेने के कारण वेणु के भाग्य में मिलने-जुलने योग्य लड़के नहीं जुटे। इस कारण हरलाल उसका एकमात्र संगी हो गया। अनुकूल परिस्थितियों में वेणु की जो सारी शैतानी दस जनों में बैठकर एक प्रकार से सहन योग्य हो सकती थी वह सब अकेले हरलाल को सहन करनी पड़ती। यह सारा उपद्रव प्रतिदिन सहन करते-करते हरलाल का स्नेह और भी दृढ़ होने लगा। रतिकांत कहने लगा, "हमारे सोना बाबू को मास्टर साहब चौपट करने पर तुले हैं।" अधरलाल को भी बीच-बीच में लगने लगता, मानो मास्टर के साथ छात्र का संबंध शायद यथोचित न हो। किंतु हरलाल को वेणु से अलग कर सके, ऐसी सामर्थ्य अब किसमें थी ?

चार

वेणु की अवस्था अब ग्यारह की थी। हरलाल एफ०ए० पास करके छात्रवृत्ति पाकर तृतीय वर्ष में पढ़ रहा था। इस बीच में कॉलेज में उसके दो-एक मित्र न जुटे हों, ऐसी बात नहीं थी, किंतु वह ग्यारह साल का लड़का अपने सब मित्रों से बढ़कर था। कॉलेज से लौटकर वेणु को लेकर वह गोलदीघी और किसी-किसी दिन ईडन गार्डन घूमने जाता। उसको ग्रीक इतिहास के वीर पुरुषों की कहानी सुनाता, थोड़ी-थोड़ी करके बँगला में स्कॉट और विक्टर ह्यूगो की कहानियाँ सुनाता—उच्च स्वर से अंग्रेजी कविता की आवृत्ति करके सुनाता और अनुवाद करके उसकी व्याख्या करता, माने बता-बताकर शेक्सपियर का 'जूलियस सीजर' पढ़-पढ़कर उसमें से उसे एंटनी की वक्तृता कंठस्थ कराने का प्रयत्न करता। वह नन्हा-सा बालक हरलाल के मन के उद्बोधन के लिए मानो सोने की छड़ी बन गया था। जब वह अकेला बैठकर पाठ याद करता था तब अंग्रेजी साहित्य में उसका इतना मन नहीं लगता था। अब इतिहास, विज्ञान, साहित्य जो कुछ भी वह पढ़ता उसमें थोड़ा-सा रस पाते ही वह उसे पहले वेणु को देने के लिए आग्रह अनुभव करता और वेणु के मन में उस आनंद का संचार करने के प्रयत्न में ही उसकी अपनी समझाने की शक्ति और आनंद का अधिकार मानो बढ़कर दुगना हो जाता।

वेणु स्कूल से आते ही किसी प्रकार झटपट जलपान समाप्त करके हरलाल के पास जाने के लिए एकदम अधीर हो जाता। उसकी माँ उसे किसी भी बहाने से, किसी भी प्रलोभन से घर में नहीं रोक पाती थी। ननीबाला को यह अच्छा नहीं लगता

था। उसे लगता कि हरलाल अपनी नौकरी बनाए रखने के लिए लड़के को इस प्रकार वश में रखने का प्रयत्न कर रहा है। उसने एक दिन हरलाल को बुलाकर परदे की ओट में से कहा, "तुम मास्टर हो, लड़के को बस एक घंटा सवेरे और एक घंटा शाम को पढ़ाओ—दिन-रात इसके साथ क्यों लगे रहते हो ? आजकल तो वह माँ-बाप किसी की भी नहीं मानता। वह कैसी शिक्षा पा रहा है ! पहले जो लड़का माँ का काम सुनते ही नाच उठता था आज वह बुलाने पर भी हाथ नहीं आता। वेणु अपने बड़े घर का लड़का है, उसके साथ तुम्हारा इतना मेलजोल किसलिए ?"

उस दिन रतिकांत अधर बाबू के साथ बातें कर रहा था कि उसकी जान-पहचान के ऐसे तीन-चार आदमी हैं, जिन्होंने बड़े आदमियों के लड़कों की मास्टरी करते हुए लड़कों का मन इस तरह वश में कर लिया था कि लड़कों के जायदाद का अधिकारी बनने पर उन्होंने सर्वेसर्वा बनकर लड़कों को अपनी इच्छानुसार चलाया था। हरलाल को ही इशारा करके ये सब बातें कही जा रही थीं। यह समझने में हरलाल को देर नहीं लगी तो भी उसने चुप रहकर सब सह लिया। किंतु, आज वेणु की माँ की बात सुनकर उसकी छाती फट गई। वह समझ गया कि बड़े आदमियों के घरों में मास्टरों की क्या इज्जत है ? गोशाला में लड़के के दूध के लिए जैसे गाय रखी जाती है, उसी प्रकार उसको विद्या प्राप्त कराने के लिए एक मास्टर भी रखा जाता है—विद्यार्थी के साथ स्नेहपूर्ण आत्मीयता का संबंध स्थापित करना इतना बड़ा दुःसाहस है कि घर के नौकरों से लेकर मालकिन तक कोई भी उसे सहन नहीं कर सकता; और सभी उसे स्वार्थ-साधन की चातुरी ही समझते हैं।

हरलाल ने कंपित स्वर से कहा, "माँ, वेणु को मैं केवल पढ़ाऊँगा ही, उसके साथ मेरा और कोई संपर्क न रहेगा।"

उस दिन शाम को वेणु के साथ खेलने के समय हरलाल कॉलेज से ही नहीं लौटा। किस प्रकार सड़कों पर घूम-घूमकर उसने समय काटा, यह वही जानता था। संध्या होने पर जब वह पढ़ाने आया तो वेणु मुँह फुलाए रहा। हरलाल अपनी अनुपस्थिति की कोई सफाई दिए बिना पढ़ा गया—उस दिन पढ़ाई अच्छी तरह नहीं हुई।

हरलाल प्रतिदिन रात रहते उठकर अपने कमरे में बैठकर पढ़ता। वेणु सवेरे उठकर, मुँह धोकर उसके पास जाता। बगीचे में पक्के हौज में मछलियाँ थीं। उनको लाई खिलाना इनका एक काम था। बगीचे के एक कोने में बहुत-से पत्थर सजाकर छोटे-छोटे रास्ते और छोटा गेट और अहाता बनाकर वेणु ने बालखिल्य ऋषि के आश्रम के उपयुक्त एक बहुत छोटा-सा बाग बना दिया था। उस बगीचे पर माली का कोई

अधिकार नहीं था। सवेरे इस बगीचे की देखभाल करना इनका दूसरा काम था। उसके बाद धूप चढ़ने पर घर लौटकर वेणु हरलाल के साथ पढ़ने बैठता। कल शाम को जिस कहानी का अंश सुने बिना रह गया था उसी को सुनने के लिए आज वेणु यथासंभव तड़के उठकर दौड़कर बाहर आया था। उसने सोचा था, सवेरे उठने में आज उसने मास्टर साहब को जीत लिया है। कमरे में आकर देखा, मास्टर साहब नहीं थे। दरबान से पूछने पर पता लगा, मास्टर साहब बाहर निकल गए हैं।

उस दिन भी सवेरे पढ़ते समय वेणु नन्हे हृदय की वेदना लिए मुँह गंभीर बनाए बैठा रहा। सवेरे हरलाल क्यों बाहर निकल गया था, यह भी नहीं पूछा। वेणु के मुँह की ओर देखे बिना हरलाल किताब के पन्नों पर आँखें गड़ाए पढ़ा गया। वेणु घर के भीतर अपनी माँ के पास जब खाने बैठा तब उसकी माँ ने पूछा, "कल शाम से तुझे क्या हो गया है—बता तो सही ? मुँह हाँड़ी-सा क्यों कर लिया है—अच्छी तरह खाता भी नहीं—बात क्या है ?"

वेणु ने कोई उत्तर नहीं दिया। खाने के बाद माँ ने उसे पास खींचकर उसकी देह पर हाथ फेरकर खूब स्नेह दिखाते हुए जब बार-बार उससे पूछना शुरू किया, तब वह और नहीं रह सका, फफक-फफककर रो पड़ा। बोला, "मास्टर साहब···"

माँ ने कहा, "मास्टर साहब क्या ?"

वेणु बोल नहीं सका कि मास्टर साहब ने क्या किया है। अभियोग क्या था, उसे भाषा में व्यक्त करना कठिन था।

ननीबाला ने कहा, "मालूम होता है, मास्टर साहब ने तेरी माँ के संबंध में तुझसे कुछ लगाया है !"

इस बात का कोई अर्थ न समझ सकने के कारण वेणु बिना उत्तर दिए चला गया।

पाँच

इस बीच अधर बाबू के घर से कुछ कपड़े-लत्ते चोरी हो गए। पुलिस को खबर दी गई। पुलिस ने खाना-तलाशी में हरलाल के बक्स की भी तलाशी करना नहीं छोड़ा। रतिकांत ने अत्यंत निरीह भाव से कहा, "जिस व्यक्ति ने चोरी की है वह क्या माल बक्स में रखेगा।"

सामान का कोई पता नहीं लगा। इस प्रकार का नुकसान अधरलाल के लिए असह्य था। वे दुनिया के सभी लोगों पर नाराज हो गए। रतिकांत ने कहा, "घर में अनेक आदमी हैं, किसको दोषी ठहराएँ, किस पर संदेह प्रकट करें ? जिसकी जब

खुशी होती है, आता-जाता है।"

अधरलाल ने मास्टर को बुलाकर कहा, "देखो हरलाल, अब किसी को भी घर में रखना हमारे लिए सुविधाजनक नहीं होगा। आज से तुम अलग घर में रहकर वेणु को निश्चित समय पर पढ़ा जाया करो, यही करना ठीक होगा—न हो तो मैं तुम्हारे लिए दो रुपया महीना बढ़ाने को राजी हूँ।"

रतिकांत तंबाकू पीते हुए बोला, "यह तो बड़ी अच्छी बात है—दोनों ही के लिए अच्छा है।"

हरलाल सिर झुकाए सुनता रहा। उस समय वह कुछ नहीं कह सका। घर आकर अधर बाबू को चिट्ठी लिख भेजी, "कई कारणों से वेणु को पढ़ाना उसके लिए संभव नहीं होगा, अतएव आज ही वह विदा लेने के लिए तैयार है।"

उस दिन वेणु ने स्कूल से लौटकर देखा, मास्टर साहब का कमरा खाली था। उनका वह टीन का भग्नप्राय बक्स भी नहीं था। जिस रस्सी के ऊपर उनकी चादर और अँगोछा लटका रहता था, वह रस्सी तो थी किंतु चादर और अँगोछा नहीं। टेबुल के ऊपर कॉपी, कागज और किताबें इधर-उधर बिखरी रहतीं, उसके बदले वहाँ एक बड़ी बोतल में चमकती हुई सुनहरी मछलियाँ ऊपर-नीचे आ-जा रही थीं। बोतल के ऊपर मास्टर साहब के हस्ताक्षरों में वेणु के नाम लिखा एक कागज चिपका था। और एक नई अच्छी जिल्द वाली अंग्रेजी तस्वीरों की किताब थी, उसके भीतर के पन्ने पर एक कोने में वेणु का नाम और उसके नीचे आज की तारीख, महीना और सन् लिखा था।

वेणु ने दौड़कर अपने पिता के पास जाकर कहा, "पिताजी, मास्टर साहब कहाँ गए ?"

पिता ने उसे पास खींचते हुए कहा, "वे काम छोड़कर चले गए हैं।"

वेणु पिता का हाथ छुड़ाकर पास के कमरे में बिछौने के ऊपर औंधा लेटकर रोने लगा। व्याकुल होकर अधर बाबू कुछ सोच न सके कि क्या करें।

दूसरे दिन साढ़े दस बजे हरलाल मेस के एक कमरे में चौकी के ऊपर उदास बैठा हुआ सोच रहा था कि कॉलेज जाए या नहीं। इसी बीच हठात् देखा कि पहले अधर बाबू के दरबान ने कमरे में प्रवेश किया और उसके पीछे वेणु कमरे में घुसते ही हरलाल के गले से लिपट गया। हरलाल का गला भर आया; बोलते ही उसकी आँखों से आँसू टपक पड़ेंगे, इस डर से वह कुछ भी नहीं कह सका।

वेणु ने कहा, "मास्टर साहब, हमारे घर चलो।"

वेणु अपने वृद्ध दरबान चन्द्रभान के पीछे पड़ गया था कि जैसे भी हो, उसे

मास्टर साहब को घर ले ही चलना होगा। मुहल्ले का जो कुली हरलाल का पिटारा उठाकर लाया था उससे पता लगाकर आज स्कूल जाने वाली गाड़ी में चन्द्रभान ने वेणु को हरलाल के मेस में लकर उपस्थित कर दिया।

छह

हरलाल का वेणु के घर जाना क्यों एकदम असंभव था, यह वह कह भी नहीं सका और उसके घर भी नहीं जा सका। वेणु ने जो उसके गले से लिपटकर उससे कहा था, 'हमारे घर चलो'—इस स्पर्श और इस बात की स्मृति ने कितने दिन, कितनी रातें उसके गले को दबाकर जैसे उसकी साँस को रोककर रखा हो ! किंतु धीरे-धीरे ऐसा दिन भी आया जब दोनों ओर का सब कुछ समाप्त हो गया, हृदय की नसों को जकड़कर वेदना-निशाचर चमगादड़ के समान फिर लटकता नहीं रह सका।

बहुत प्रयत्न करने पर भी पढ़ने में हरलाल वैसा मनोयोग फिर नहीं दे पाया। किसी भी प्रकार स्थिर होकर पढ़ने नहीं बैठ पाता था। पढ़ने की थोड़ी-सी चेष्टा करते ही झट पुस्तक बंद कर देता और अकारण ही तेजी से रास्ते का चक्कर लगा आता। कॉलेज में लेक्चर को नोट करने में बीच-बीच में बड़ा व्यवधान पड़ जाता और बीच-बीच में जो कुछ घिच-पिच लिख पाता उसके साथ प्राचीन इजिप्ट की चित्र-लिपि को छोड़कर और किसी वर्णमाला का सादृश्य नहीं था।

हरलाल ने समझा कि ये सब अच्छे लक्षण नहीं हैं। परीक्षा में चाहे वह उत्तीर्ण हो भी जाए, लेकिन छात्रवृत्ति पाने की कोई संभावना नहीं थी। वृत्ति पाए बिना कलकत्ता में उसका एक दिन भी काम नहीं चलेगा। दूसरी ओर घर माँ को भी दो-चार रुपए भेजने चाहिए। बहुत सोच-विचार करके वह नौकरी की कोशिश में बाहर निकला। नौकरी पाना बहुत कठिन था। किंतु न मिलना उसके लिए और भी कठिन था। इस कारण आशा छोड़कर भी वह आशा नहीं छोड़ सका।

हरलाल के सौभाग्य से एक बड़े अंग्रेज सौदागर के कार्यालय में उम्मीदवारी के लिए जाने पर हठात् बड़े साहब की निगाह उस पर पड़ गई। साहब का विश्वास था कि वह चेहरा देखकर आदमी पहचान लेता था। हरलाल को बुलाकर उसके साथ दो-चार बातें करके उन्होंने मन ही मन सोचा, 'यह आदमी ठीक रहेगा।' प्रश्न किया, "काम जानते हो ?"

हरलाल ने कहा, "नहीं।"

"जमानत दे सकोगे ?"

उसका उत्तर भी नहीं मिला।

"किसी बड़े आदमी से सर्टीफिकेट ला सकते हो ?"

वह किसी बड़े आदमी को नहीं जानता था।

सुनकर साहब ने जैसे और भी खुश होकर कहा, "अच्छा ठीक, पच्चीस रुपए वेतन पर काम आरंभ करो, काम सीखने पर उन्नति होगी।" उसके बाद साहब ने उसकी वेशभूषा की ओर देखते हुए कहा, "पंद्रह रुपया पेशगी देता हूँ, ऑफिस के उपयुक्त कपड़े तैयार करा लेना !"

कपड़े तैयार हुए, हरलाल ने ऑफिस जाना भी शुरू कर दिया। बड़े साहब उससे भूत के समान काम कराने लगे। और क्लर्कों के घर चले जाने पर भी हरलाल को छुट्टी नहीं मिलती थी। कभी-कभी साहब के घर जाकर भी उन्हें काम समझा आना पड़ता। इस तरह काम सीख लेने में हरलाल को देर नहीं लगी। उसके सहयोगी क्लर्कों ने उसे नीचा दिखाने की बहुत कोशिश की, उसके विरुद्ध ऊपर के लोगों से चुगली भी की; किंतु इस मूक, निरीह, सामान्य हरलाल का कोई अपकार नहीं कर सका।

अब उसकी तनख्वाह चालीस रुपए हो गई, तब हरलाल घर से माँ को लाकर एक मामूली-सी गली में छोटे-से घर में रहने लगा। इतने दिनों बाद उसकी माँ का दुःख दूर हुआ। माँ बोली, "बेटा, अब घर में बहू लाऊँगी।"

हरलाल ने माता के पैरों की धूल लेकर कहा, "इसके लिए माफी देनी पड़ेगी।"

माता का एक और अनुरोध था। उन्होंने कहा, "तू जो दिन-रात अपने छात्र वेणुगोपाल की बात करता है, उसको एक बार भोजन के लिए निमंत्रित कर ! उसे देखने की मेरी इच्छा है।"

हरलाल ने कहा, "माँ, इस घर में उसे कहाँ बैठाऊँगा ? ठहरो, एक बड़ा घर तो लूँ, उसके बाद उसे निमंत्रित करूँगा।"

सात

वेतन-वृद्धि के साथ छोटी गली से बड़ी में और छोटे घर से बड़े में हरलाल का निवास परिवर्तित होता गया। तब भी वह पता नहीं मन में क्या सोचकर अधरलाल के घर जाने या वेणु को अपने घर बुला लाने का किसी प्रकार निश्चय नहीं कर पाया।

शायद उसका संकोच कभी भी न मिटता। तभी अचानक खबर मिली कि वेणु की माँ जाती रही। सुनकर क्षण-भर भी देर न करके वह अधरलाल के घर जा पहुँचा।

इन दो असमवयसी मित्रों का बहुत दिन बाद फिर एक बार मिलन हुआ। वेणु के सूतक का समय बीत गया, तो भी इस घर में हरलाल का आना-जाना चलता रहा।

किंतु, ठीक पहले जैसा अब कुछ नहीं रहा। वेणु अब बड़ा होकर अँगूठे और तर्जनी से अपनी नई मूँछों की रेखा को सँभालने लगा था। चाल-चलन में बाबूपन झलकने लगा था। अब उसके योग्य बंधु-बांधवों का भी अभाव नहीं था। फोनोग्राफ पर थिएटर की नर्तकियों के हलके गाने बजाकर वह मित्रों का मनोरंजन करता। सोने के कमरे की वह पुरानी और टूटी चौकी और धब्बों वाली टेबिल जाने कहाँ गई। शीशे, तस्वीर, सामान से कमरा जैसे छाती फुलाए हुए हो। वेणु अब कॉलेज जाता किंतु उसमें द्वितीय वर्ष की सीमा पार करने की कोई जल्दी नहीं दिखती थी। बाप ने तय कर लिया था कि दो-एक परीक्षाएँ पास करवाकर विवाह की हाट में लड़के की बाजार-दर बढ़ा लेंगे। किंतु लड़के की माँ जानती थीं और स्पष्ट रूप से कहती थीं, "मेरे वेणु को साधारण लोगों के लड़कों के समान गौरव का प्रमाण देने के लिए परीक्षाएँ पास करने का हिसाब नहीं देना पड़ेगा। लोहे के संदूक में कंपनी का कागज सुरक्षित बना रहे।" लड़का भी माता की यह बात मन ही मन अच्छी तरह समझ गया था।

जो हो, वेणु के लिए अब वह नितांत अनावश्यक था, यह हरलाल भलीभाँति समझ गया और केवल रह-रहकर उस दिन की बात याद आती जब वेणु ने सवेरे अचानक उसके उस मेस के निवास पर जाकर उसके गले से लिपटकर कहा था, 'मास्टर साहब, हमारे घर चलो,' न वह वेणु था, न वह घर था, अब मास्टर साहब को कौन बुलाएगा ?

हरलाल ने सोचा था, अब वह बीच-बीच में वेणु को अपने घर निमंत्रित करेगा। किंतु उसके बुलाने का साहस नहीं हुआ। एक बार सोचा, 'उसको आने के लिए कहूँ,' उसके बाद सोचा, 'कहने से क्या लाभ—वेणु शायद निमंत्रण की रक्षा करे, किंतु रहने दो।'

हरलाल की माँ ने नहीं छोड़ा। वे बार-बार कहने लगीं, "मैं अपने हाथों से बनाकर उसे खिलाऊँगी—हाय ! बेचारे की माँ मर गई।"

अंत में हरलाल एक दिन उसे निमंत्रित करने गया। बोला, "अधर बाबू से अनुमति लेकर आता हूँ।"

वेणु ने कहा, "अनुमति नहीं लेनी होगी, आप क्या सोचते हैं, मैं अभी तक वही छोटा बच्चा हूँ।"

हरलाल के घर वेणु भोजन करने आया। माँ ने कार्तिकेय जैसे इस लड़के को अपने स्निग्ध नेत्रों के आशीर्वाद से अभिषिक्त करके बड़े यत्न से खिलाया। उन्हें बार-बार लगने लगा, हाय ! इस उमर के ऐसे लड़के को छोड़कर इसकी माँ जब मरी होगी तब पता नहीं उसके प्राणों को कैसा लगा होगा।

भोजन समाप्त करते ही वेणु ने कहा, "मास्टर साहब, मुझे आज कुछ जल्दी जाना पड़ेगा, मेरे दो-एक मित्रों के आने की बात है।"

यह कहकर जेब से सोने की घड़ी निकालकर एक बार समय देखा, उसके बाद जल्दी से विदा लेकर बग्घी में जाकर बैठ गया। हरलाल अपने घर के दरवाजे पर खड़ा रहा। गाड़ी सारी गली को कँपाती हुई क्षण-भर में ही आँखों से ओझल हो गई।

माँ बोली, "हरलाल, उसको बीच-बीच में बुला लाया कर। इस उमर में उसकी माँ मर गई है, यह सोचकर मेरा जी कैसा होने लगता है।"

हरलाल चुप रहा। मातृहीन लड़के को सांत्वना देने की उसे कोई आवश्यकता नहीं प्रतीत हुई। लंबी साँस लेकर मन ही मन बोला, 'बस यहीं तक, अब फिर कभी नहीं बुलाऊँगा। एक दिन पाँच रुपए महीने की मास्टरी जरूर की थी—किंतु, मैं तो साधारण हरलाल मात्र हूँ।'

आठ

एक दिन संध्या के बाद ऑफिस से लौटकर हरलाल ने देखा, उसके नीचे के कमरे में अँधेरे में कोई आदमी बैठा है। वहाँ कोई आदमी है, इस पर ध्यान दिए बिना वह शायद ऊपर चला जाता, किंतु दरवाजे से घुसते ही लगा, वातावरण इत्र की सुगंध से भरा है। घर में घुसते ही हरलाल ने प्रश्न किया, "कौन साहब हैं ?"

वेणु बोल पड़ा, "मास्टर साहब, मैं हूँ।"

हरलाल ने कहा, "क्या मामला है ? कब आए ?"

वेणु ने कहा, "बहुत देर का आया हूँ। आप ऑफिस से इतनी देर में लौटते हैं, यह तो मैं जानता ही न था।"

बहुत समय हुआ जब वह दावत खाकर गया था। उसके बाद से वेणु एक बार भी इस घर में नहीं आया। न बात, न चीत, आज एकाएक इस प्रकार वह इस संध्या समय इस अँधेरे में बैठा प्रतीक्षा कर रहा था। इससे हरलाल का मन उद्विग्न हो उठा।

ऊपर के कमरे में जाकर बत्ती जलाकर दोनों बैठ गए। हरलाल ने पूछा, "सब अच्छा तो है ? कोई विशेष खबर है ?"

वेणु ने कहा, "पढ़ना-लिखना क्रमशः मेरे लिए बहुत नीरस होता जा रहा है। कहाँ तक मैं सालों उसी सैकिंड इयर में अटका पड़ा रहूँ ? मुझसे अवस्था में बहुत छोटे अनेक लड़कों के साथ मुझको पढ़ना पड़ता है, मुझे बड़ी शर्म लगती है। किंतु पिताजी किसी भी तरह नहीं समझते।"

हरलाल ने पूछा, "तुम्हारी क्या इच्छा है ?"

वेणु ने कहा कि उसकी इच्छा है, वह विलायत जाए, बैरिस्टर हो जाए। उसके साथ ही पढ़ने वाले, यहाँ तक कि पढ़ने-लिखने में उससे बहुत कमजोर एक लड़के का विलायत जाना निश्चित हो गया है।

हरलाल ने कहा, "अपने पिता को अपनी इच्छा बताई है ?"

वेणु ने कहा था कि "बताई है। पिताजी कहते हैं, बिना पास हुए विलायत जाने का प्रस्ताव सुनना नहीं चाहते। किंतु मेरा मन उचट गया है—यहाँ रहकर मैं किसी भी तरह पास नहीं हो सकूँगा।"

हरलाल चुपचाप बैठकर सोचने लगा।

वेणु ने कहा, "इस बात को लेकर आज पिताजी ने मुझसे जो मन में आया, कह डाला। इसी से घर छोड़कर चला आया हूँ। माँ के रहते ऐसा कभी नहीं हो सकता था।" कहते-कहते वह क्षोभ से रोने लगा।

हरलाल ने कहा, "चलो, हम तुम्हारे पिताजी के पास चलें, परामर्श करके जो उचित होगा, तय किया जाएगा।"

वेणु ने कहा, "नहीं, मैं वहाँ नहीं जाऊँगा।"

पिता पर गुस्सा होकर वेणु आकर हरलाल के घर में रहेगा, यह बात हरलाल को बिलकुल अच्छी नहीं लगी। और 'मेरे घर नहीं रह सकोगे', यह कहना भी बहुत कठिन था।

हरलाल ने सोचा, 'और थोड़ी देर बाद मन कुछ ठंडा होने पर फुसलाकर इसको घर ले जाऊँगा।' पूछा, "तुम खाना खा आए हो ?"

वेणु ने कहा, "नहीं, मुझे भूख नहीं है, आज मैं नहीं खाऊँगा।"

हरलाल ने कहा, "यह कैसे हो सकता है !" झटपट जाकर माँ से कहा, "माँ, वेणु आया है, उसके लिए कुछ खाना चाहिए।"

सुनते ही खूब खुश होकर माँ भोजन तैयार करने गई। हरलाल ऑफिस के कपड़े उतारकर हाथ-मुँह धोकर वेणु के पास आकर बैठा। थोड़ा खाँसकर, कुछ इधर-उधर करके वेणु के कंधे के ऊपर हाथ रखकर वह बोला, "वेणु, काम अच्छा नहीं हो रहा है। पिता के साथ झगड़ा करके घर से चले आना तुम्हारे लिए उचित नहीं है।"

सुनकर उसी क्षण चारपाई से उठकर वेणु ने कहा, "आपके यहाँ यदि सुविधा न हो तो मैं सतीश के घर चला जाऊँगा।"

यह कहते हुए वह जाने को तैयार हुआ। उसका हाथ पकड़कर हरलाल ने कहा, "ठहरो, कुछ खाकर जाओ !"

वेणु गुस्सा होकर बोला, "नहीं, मैं नहीं खा सकूँगा।" कहते हुए हाथ छुड़ाकर

कमरे से बाहर निकल आया।

इस बीच, हरलाल के लिए जो जलपान तैयार था वही वेणु के लिए थाल में सजाकर माँ उसके सामने आ उपस्थित हुई। बोली, "कहाँ जाते हो, बेटा ?"

वेणु ने कहा, "मुझे काम है, मैं जा रहा हूँ।"

माँ बोली, "बेटा, ऐसा क्या हो सकता है ! बिना कुछ खाए नहीं जा सकते।" वह कहती हुई बरामदे में ही खाने की व्यवस्था करके उसका हाथ पकड़कर खाने को बैठाया।

वेणु गुस्से के मारे कुछ खा नहीं रहा था, भोजन को लेकर कुछ टाल-मटूल कर रहा था कि इतने में दरवाजे के पास आकर एक गाड़ी रुकी। पहले एक दरबान और उसके पीछे स्वयं अधर बाबू चर्र-मर्र करते हुए सीढ़ियाँ चढ़कर ऊपर आ उपस्थित हुए। वेणु का मुँह पीला पड़ गया।

माँ घर के भीतर चली गई। अधर लड़के के सामने आकर क्रोध से काँपते हुए स्वर में हरलाल की ओर देखकर बोले, "ओह, यह बात है ! रतिकांत ने मुझसे तभी कहा था; किंतु तुम्हारे पेट में इतना कपट था, यह मैंने विश्वास नहीं किया था। तुमने सोचा है, वेणु को वश में करके इसकी गर्दन मरोड़कर खाऊँगा। किंतु ऐसा नहीं होने दूँगा। लड़का चोरी करेगा ! तुम्हारे नाम पुलिस-केस चलाऊँगा, तुम्हें जेल भेजकर छोड़ूँगा।"

यह कहकर वेणु की ओर देखते हुए बोले, "चल, उठ !"

वेणु बिना कुछ कहे अपने पिता के पीछे-पीछे चल दिया।

उस दिन बस हरलाल को ही भोजन नसीब नहीं हुआ।

नौ

इस बार हरलाल का व्यापारी ऑफिस न जाने किसलिए ग्रामीण क्षेत्र से बहुत बड़ी मात्रा में दाल-चावल की खरीद करने में लगा था। इसके लिए हरलाल को प्रति सप्ताह शनिवार को सुबह की गाड़ी से सात-आठ हजार रुपया लेकर गाँवों में जाना पड़ता। छोटे दुकानदारों को हाथों-हाथ दाम चुकाने के लिए ग्रामीण क्षेत्र को एक विशेष केंद्र में उनका जो एक ऑफिस था वहीं दस-दस, पाँच-पाँच रुपए के नोट और नकद रुपए लेकर वह जाता, वहाँ रसीद और खाता देखकर गत सप्ताह का बड़ा हिसाब मिलाकर, चालू सप्ताह का काम चलाने के लिए रुपए रख आता। ऑफिस के दो दरबान साथ जाते। हरलाल का जमानतदार नहीं है—यह बात ऑफिस में उठी थी, किंतु बड़े साहब ने अपने ऊपर सारा भार लेकर कहा था—हरलाल के जमानतदार

की आवश्यकता नहीं है।

माघ के महीने से इस प्रकार काम चल रहा था, चैत तक चलेगा, ऐसी संभावना थी। इस मामले को लेकर हरलाल विशेष रूप से व्यस्त था। प्रायः वह बहुत रात गए ऑफिस से लौट पाता।

एक दिन इसी तरह रात के लौटने पर सुना कि वेणु आया था। माँ ने खिलाकर यत्न से उसको बैठाया था। उस दिन उसके साथ बातचीत करके उनका मन उसकी ओर स्नेह से और भी आकर्षित हुआ।

और भी दो-एक दिन इसी प्रकार हुआ। माँ बोली, "घर में माँ नहीं है न, इसीलिए वहाँ उसका मन नहीं लगता। मैं वेणु को तेरे छोटे भाई के समान, छोटे लड़के के समान ही समझती हूँ। वैसा ही स्नेह पाकर केवल मुझे 'माँ' कहकर पुकारने के लिए यहाँ आता है।" यह कहते हुए अंचल के छोर से उन्होंने आँखें पोंछ लीं।

एक दिन हरलाल की वेणु से भेंट हुई। उस दिन वह प्रतीक्षा में बैठा था। काफी रात तक बातचीत हुई। वेणु ने कहा, "पिताजी आजकल ऐसे हो गए हैं कि मैं किसी प्रकार घर में नहीं टिक सकता। खासकर मैं सुन रहा हूँ कि वे विवाह करने की तैयारी कर रहे हैं। रति बाबू संबंध लेकर आया करते हैं—बस उनके साथ लगातार परामर्श किया जा रहा है। पहले कहीं से यदि मैं देर से लौटता तो पिताजी बेचैन हो उठते थे, इस समय यदि मैं दो-चार दिन घर न लौटूँ तो वे चैन का अनुभव करते हैं। मेरे घर रहने से विवाह की बातचीत सावधानी से करनी पड़ती है, इससे मेरे न रहने से वे सुख की साँस लेते हैं। यदि यह विवाह होता है तो मैं घर में नहीं रह सकूँगा। मुझे अब उद्धार का कोई रास्ता बतलाइए—मैं स्वतंत्र होना चाहता हूँ।"

स्नेह और वेदना से हरलाल का हृदय परिपूर्ण हो उठा। संकट के समय और सबको छोड़कर वेणु अपने उन मास्टर साहब के पास आया था, इस कारण दुःख के साथ-साथ उसे आनंद भी हुआ। किंतु मास्टर साहब की बिसात ही क्या थी !

वेणु ने कहा, "जैसा भी हो, विलायत जाकर बैरिस्टर हो आने पर इस विपद से छुटकारा मिल जाएगा।"

हरलाल बोला, "क्या अधर बाबू जाने देंगे ?"

वेणु ने कहा, "मेरे चले जाने से उनकी जान बच जाएगी। किंतु रुपए का उनको जैसा मोह है इससे विलायत जाने का खर्च उनसे आसानी से वसूल नहीं हो सकेगा। कुछ तरकीब करनी पड़ेगी।"

हरलाल ने वेणु की बुद्धिमानी पर हँसते हुए कहा, "कैसी तरकीब ?"

वेणु ने कहा, "मैं हैंडनोट लिखकर रुपया उधार लूँगा। उधार देने वाले के मेरे

नाम नालिश करने पर पिताजी बाध्य होकर रुपया चुका देंगे। उस रुपए से भागकर विलायत चला जाऊँगा। वहाँ चले जाने पर खर्च दिए बिना उनसे रहा नहीं जाएगा।"

हरलाल ने कहा, "तुम्हें रुपया उधार देगा कौन ?"

वेणु ने कहा, "आप नहीं दे सकेंगे ?"

हरलाल ने आश्चर्य से कहा, "मैं !" उसके मुँह से और कोई बात नहीं निकली।

वेणु ने कहा, "क्यों, आपका दरबान तो तोड़ों में बहुत रुपया घर लाया है।"

हँसते हुए हरलाल ने कहा, "जैसे वह मेरा दरबान है वैसे ही रुपया भी।"

यह कहते हुए उसने ऑफिस का रुपया किस काम के लिए था, यह वेणु को समझा दिया, "यह रुपया केवल एक रात के लिए ही दरिद्र घर में आश्रय ग्रहण करता है, सवेरा होते ही दसों दिशाओं की ओर चला जाता है।"

वेणु ने कहा, "आपके साहब मुझे उधार नहीं दे सकेंगे ? न हो तो मैं ज्यादा सूद दे दूँगा।"

हरलाल ने कहा, "तुम्हारे पिता यदि सिक्युरिटी दें तो मेरे अनुरोध पर शायद दे भी सकते हैं।"

वेणु ने कहा, "पिताजी यदि सिक्युरिटी ही देंगे तो रुपया क्यों नहीं देंगे ?"

तर्क यहीं समाप्त हो गया। हरलाल मन ही मन सोचने लगा, 'मेरे पास यदि कुछ होता तो घर-बार, जमीन-जायदाद सब बेच-बाचकर रुपया दे देता। किंतु मुश्किल तो यही है कि घर-बार, जमीन-जायदाद कुछ भी नहीं है।'

दस

एक दिन शुक्रवार की रात को हरलाल के घर के सामने एक बग्घी आकर रुकी। वेणु के बग्घी से उतरते ही हरलाल के दफ्तर का दरबान उसको लंबा सलाम करके घबराया हुआ ऊपर बाबू को समाचार देने चला गया। उस समय हरलाल अपने सोने के कमरे में जमीन पर बैठा हुआ रुपया मिला रहा था। वेणु ने उसी कमरे में प्रवेश किया। आज उसका बिलकुल ही दूसरा ठाट-बाट था। शौकीनी धोती-चादर के बदले सुडौल देह पर पारसी कोट और पतलून पहने सिर पर टोप लगाकर आया था। उसके दोनों हाथों की अँगुलियों में मोटी मणि-जड़ी अँगूठियाँ चमक रही थीं। गले में पड़ी हुई मोटी सोने की चेन में बँधी घड़ी सीने के पॉकेट में पड़ी थी। कोट की आस्तीन के भीतर से कुरते की आस्तीन में लगे हीरे के बटन दिख रहे थे।

रुपया गिनना बंद करके आश्चर्य से हरलाल ने कहा, "क्या बात है ? इतनी रात गए इस वेश में क्यों ?"

वेणु ने कहा, "परसों पिताजी का विवाह है। उन्होंने मुझसे यह छिपा रखा है, किंतु मुझे खबर लग गई है। पिताजी से कहा कि मैं कुछ दिन के लिए अपने बैरकपुर के बाग में जाऊँगा। यह सुनकर बहुत खुशी से वे राजी हो गए। अतः बाग में जा रहा हूँ। इच्छा हो रही है कि फिर न लौटूँ। यदि साहस होता तो गंगा में डूब मरता।"

कहते-कहते वेणु रो पड़ा। हरलाल की छाती में जैसे छुरी चुभी। एक अपरिचित स्त्री के आकर वेणु की माँ के कमरे में, माँ की खाट के स्थान पर अधिकार कर लेने पर, वेणु का स्नेह-स्मृति-जड़ित घर उसके लिए कैसे कंटकमय हो जाएगा, हरलाल ने संपूर्ण हृदय से इसकी अनुभूति की। मन ही मन सोचा, 'पृथ्वी पर गरीब होकर न जन्म लेने पर भी दुःख और अपमान का अंत नहीं है।' वेणु को क्या कहकर सांत्वना दे, यह न समझ पाने के कारण उसने वेणु का हाथ अपने हाथ में ले लिया। हाथ पकड़ते ही उसके मन में एक विचार आया। उसने सोचा, 'विवाह के एक ऐसे अवसर पर वेणु से इतनी सजावट कैसे बन पड़ी ?'

हरलाल को अपनी अँगूठी पर आँख गड़ाए हुए देखकर वेणु ने जैसे उसके मन का भाव ताड़ लिया। वह बोला, "ये अँगूठियाँ मेरी माँ की हैं।"

सुनकर हरलाल बड़ी मुश्किल से आँसू रोक पाया। कुछ देर बाद बोला, "वेणु, खा आए हो ?"

वेणु ने कहा, "हाँ, आपका भोजन नहीं हुआ ?"

हरलाल ने कहा, "रुपया गिनकर आयरन-चेस्ट में रखे बिना कमरे से बाहर नहीं निकल सकता।"

वेणु ने कहा, "आप खा आइए, आपसे बहुत बातें करनी हैं। मैं कमरे में ही रहूँगा। माँ आपका खाना लिए बैठी है।"

हरलाल ने कुछ इधर-उधर करके कहा, "मैं चटपट खाकर आता हूँ।"

हरलाल ने झटपट खाना समाप्त करके माँ के साथ कमरे में प्रवेश किया। वेणु ने उन्हें प्रणाम किया, उन्होंने वेणु की ठोड़ी छूकर चुंबन लिया। हरलाल से सारा समाचार पाकर उनका हृदय जैसे फटा जा रहा था। अपना सारा स्नेह देकर भी वे वेणु के अभाव को पूरा नहीं कर सकतीं, उनको यह दुःख था।

चारों ओर बिखरे रुपयों के बीच बैठे हुए तीनों में वेणु के बचपन की बातें होने लगीं। मास्टर साहब के साथ जुड़ी हुई उसके कितने दिनों की कितनी घटनाएँ थीं। उसके बीच-बीच में उस असीम स्नेह-शालिनी माँ की बात भी होने लगती।

इस तरह बहुत रात बीत गई। सहसा एक बार घड़ी देखकर वेणु ने कहा, "अब बस ! देरी करने पर गाड़ी निकल जाएगी।"

हरलाल की माँ ने कहा, “बेटा, आज रात यहीं रहो न ! कल प्रातःकाल हरलाल के साथ एक संग ही निकलना !”

वेणु ने अनुरोधपूर्वक कहा, “नहीं माँ, ऐसा अनुरोध न करें। आज रात जैसे भी हो, मुझे जाना ही होगा।”

हरलाल से कहा, “मास्टर साहब, ये अँगूठी, घड़ी आदि बाग में ले जाना सुरक्षित नहीं है। आपके पास ही रखे जाता हूँ, और लौटकर ले जाऊँगा। अपने दरबान से कह दीजिए, मेरी गाड़ी से चमड़े का हैंड बैग ला दे। उसी में ये चीजें रख दूँ।”

ऑफिस का दरबान गाड़ी से बैग ले आया। वेणु ने अपनी चेन, घड़ी, अँगूठी, बटन सब निकालकर बैग में भर दिए। सावधान हरलाल ने उससे बैग लेकर उसी समय लोहे की तिजोरी में रख दिया।

वेणु ने हरलाल की माँ के पैरों की धूल ली। उन्होंने रुद्ध कंठ से आशीर्वाद दिया, “माँ जगदंबा माँ बनकर तेरी रक्षा करें !”

इसके पश्चात् वेणु ने हरलाल का चरण स्पर्श करके प्रणाम किया। और किसी दिन उसने हरलाल को इस प्रकार प्रणाम नहीं किया था। हरलाल बिना कुछ कहे उसकी पीठ पर हाथ रखे हुए उसके साथ-साथ नीचे उतर आया। गाड़ी की लालटेन की बत्ती जल उठी। दोनों घोड़े अधीर हो उठे। कलकत्ता के गैस की बत्तियों के प्रकाश से आलोकित अर्धरात्रि में वेणु को लिए हुए गाड़ी अदृश्य हो गई।

हरलाल अपने कमरे में आकर बहुत देर तक चुपचाप बैठा रहा। उसके बाद एक लंबी साँस लेकर रुपया गिन-गिनकर विभाजित करके अलग-अलग थैलियों में भरने लगा। पहले ही नोटों की गिनती करके थैली में बंद कर लोहे के संदूक में रख दिया था।

ग्यारह

लोहे के संदूक की चाबी तकिये के नीचे रखकर उस रुपए वाले कमरे में ही हरलाल बहुत रात गए सोने गया। अच्छी नींद नहीं आई। स्वप्न में देखा—वेणु की माँ पर्दे की ओट से ऊँचे स्वर में उसे फटकार रही थी, बात बिलकुल भी स्पष्ट सुनाई नहीं दे रही थी, केवल उस अनिर्दिष्ट कंठ स्वर के साथ-साथ वेणु की माँ के मणि-पन्ना-हीरे के अलंकारों से लाल, हरी, सफेद प्रखर किरणें काले परदे को भेदकर बाहर आकर आलोड़ित हो रही थीं। हरलाल प्राणपण से वेणु को पुकारने का प्रयत्न कर रहा था, किंतु उसके गले से किसी प्रकार की आवाज नहीं निकल रही थी। इसी बीच प्रचंड शब्द करता हुआ कुछ टूटकर परदे को फाड़कर गिरा—चौंककर आँखें मलकर हरलाल

ने देखा, सघन अंधकार था। हठात् हवा का एक झोंका आया और एक आवाज के साथ जँगले को ठेलकर बत्ती को बुझा दिया। हरलाल का सारा शरीर पसीने से भीग गया। झटपट उठकर दियासलाई से उसने बत्ती जलाई। घड़ी में देखा, चार बजे थे। सोने का अब समय नहीं था—रुपया लेकर मुफस्सिल जाने के लिए तैयार होना होगा।

हरलाल के मुँह धोकर लौटते समय माँ ने अपने कमरे से कहा, "क्या बेटा, उठ गया है ?"

हरलाल ने प्रभात-काल में सबसे पहले माता का मंगलमुख देखने के लिए कमरे में प्रवेश किया। माँ ने उसका प्रणाम लेकर मन ही मन उसे आशीर्वाद देते हुए कहा, "बेटा, मैंने अभी स्वप्न देखा था, तू बहू लेने जा रहा है। भोर का स्वप्न क्या मिथ्या होगा ?"

हँसते हुए हरलाल ने कमरे में प्रवेश किया। रुपए और नोटों की थैलियों को लोहे के संदूक से बाहर निकालकर पैक बॉक्स में बंद करने का आयोजन कर रहा था। सहसा उसकी छाती धड़की, नोटों की दो-तीन थैलियाँ खाली थीं। लगा, जैसे स्वप्न देख रहा हो। थैलियों को संदूक पर जोर से पछाड़ा—उससे खाली थैलियों का खालीपन अप्रमाणित नहीं हुआ। तो भी व्यर्थ की आशा में थैलियों के बंधनों को खोलकर अच्छी तरह से झाड़ा, एक थैली में से दो चिट्ठियाँ निकलीं। वेणु के हाथ की लिखावट थी—एक चिट्ठी उसके पिता के नाम थी और एक हरलात के नाम।

जल्दी से खोलकर पढ़ने लगा। जैसे आँखों से दीख न रहा हो। लगा जैसे प्रकाश यथेष्ट न हो। बार-बार बत्ती उकसाने लगा। जो पढ़ता था उसे अच्छी तरह नहीं समझ रहा था, जैसे बँगला भाषा भूल गया हो।

बात यह थी, वेणु तीन हजार रुपए के दस रुपए वाले नोट लेकर विलायत यात्रा के लिए चल पड़ा। आज सुबह ही जहाज छूटने की बात थी। हरलाल जब खाने गया था उसी समय वेणु ने यह कांड किया था। लिखा था—"पिताजी को चिट्ठी लिखी है, वे मेरा यह ऋण शोध कर देंगे। उसके अतिरिक्त बैग खोलकर देखेंगे, उसमें माँ का जो गहना है, उसका कितना मूल्य है। ठीक नहीं जानता, शायद तीन हजार रुपए से अधिक होगा। माँ यदि जीवित रहती तो मुझे विलायत जाने के लिए पिताजी के रुपया न देने पर भी वे इन गहनों को देकर अवश्य मेरे लिए खर्चे की व्यवस्था कर देतीं। मेरी माँ का गहना पिता और किसी को दें, यह मैं सहन नहीं कर सका। इसलिए जैसे भी हो सका, मैंने उसे ले लिया है। पिता यदि रुपया देने में देरी करें तो आप स्वयं इन गहनों को बेचकर या गिरवी रखकर रुपया ले सकेंगे। यह मेरी

माँ की चीज है–यह मेरी चीज है।" उसको छोड़ और भी अनेक बातें थीं–वे कोई काम की बातें नहीं थीं।

कमरे में ताला लगा झट एक गाड़ी लेकर हरलाल गंगा के घाट की ओर दौड़ा। किस जहाज से वेणु रवाना हुआ है, उसका नाम भी वह नहीं जानता था। मेटियाबुर्ज तक पहुँचने पर हरलाल को खबर मिली कि दो जहाज सवेरे रवाना हो गए हैं। दोनों ही इंग्लैंड जाएँगे। किस जहाज में वेणु है, यह उसके अनुमान के बाहर की बात थी और उस जहाज को पकड़ने का क्या उपाय था, यह भी वह नहीं सोच सका।

मेटियाबुर्ज से उसके घर की ओर जब गाड़ी लौटी तब सवेरे की धूप में कलकत्ता शहर जाग उठा था। हरलाल की आँखों को कुछ नहीं सूझ रहा था। उसका किंकर्तव्यविमूढ़ अंतःकरण एक कलेवरहीन भयंकर प्रतिकूलता को जैसे बराबर प्राणपण से ठेल रहा हो–किंतु उसे कहीं एक तिल-भर भी हिला न पा रहा हो। जिस घर में उसकी माँ रहती थीं, अब तक जिस घर में पैर रखते ही कर्म-क्षेत्र की सारी क्लांति और संघर्ष की वेदना क्षण-भर में ही उससे दूर हो जाती थी, उसी घर के सामने आकर गाड़ी रुकी–गाड़ीवान को किराया चुकाकर उसी घर में अपरिचित नैराश्य और भय के साथ उसने प्रवेश किया।

उद्विग्नता के साथ माँ बरामदे में खड़ी थीं। पूछा, "बेटा, कहाँ गए थे ?"

हरलाल ने कहा, "माँ, तुम्हारे लिए बहू लेने गया था।" यह कहकर वह सूखे गले से हँसते-हँसते वहीं मूर्च्छित होकर गिर पड़ा।

"भैया, यह क्यों हो गया ?" कहती हुई माँ झटपट पानी लाकर उसके मुँह पर छींटे मारने लगीं।

कुछ देर बाद हरलाल आँखें खोल, शून्य दृष्टि से चारों ओर देखकर, उठ बैठा। हरलाल ने कहा, "माँ, तुम घबराना मत। मुझे थोड़ा अकेले में रहने दो।" यह कहकर उसने झटपट कमरे में घुसकर भीतर से दरवाजा बंद कर दिया। माँ दरवाजे के बाहर धरती पर बैठ गईं–फाल्गुन की धूप उनकी सारी देह पर आकर पड़ रही थी। वे बंद दरवाजे के ऊपर सिर रखकर, रह-रहकर बार-बार पुकारने लगीं, "हरलाल, बेटा हरलाल !"

हरलाल ने कहा, "माँ, थोड़ी देर में मैं बाहर निकलूँगा, अभी तुम जाओ।"

माँ धूप में वहीं बैठकर जप करने लगीं।

ऑफिस के दरबान ने आकर दरवाजे पर धक्का देकर कहा, "बाबू, इस समय न निकले तो फिर गाड़ी नहीं मिल सकेगी।"

हरलाल ने भीतर से कहा, "आज सात बजे की गाड़ी से जाना नहीं हो सकेगा।"

दरबान ने कहा, "तब कब चलेंगे ?"

हरलाल ने कहा, "यह मैं तुम्हें पीछे बताऊँगा।"

दरबान सिर हिलाकर हाथ मटकाते हुए नीचे चला गया।

हरलाल सोचने लगा, 'यह बात कहूँ किससे ? यह चोरी है। वेणु को कौन जेल भेजेगा ?'

अचानक उसे गहने की बात याद आई। यह बात एकदम भूल गया था। लगा जैसे किनारा मिल गया हो। बैग खोलकर देखा, उसमें केवल अँगूठी, घड़ी, बटन, हार ही नहीं—ब्रेसलेट, चिक, सीमंत, मोतियों की माला आदि और भी बहुत-से कीमती गहने थे। उनका मूल्य तीन हजार रुपए से कहीं ज्यादा था। किंतु यह भी तो चोरी थी। यह भी तो वेणु का नहीं था। यह बैग जितनी देर उसके घर में रहेगा उतनी देर उसके लिए विपत्ति थी।

तब और देर न करके अधरलाल के लिए वह चिट्ठी और बैग लेकर हरलाल कमरे से बाहर निकला।

माँ ने पूछा, "बेटा, कहाँ जा रहे हो ?"

हरलाल ने कहा, "अधर बाबू के घर।"

माँ की छाती से हठात् अज्ञात भय का एक बड़ा बोझ उतर गया। उन्होंने सोचा, 'हरलाल ने कल जब से वेणु के पिता के विवाह की बात सुनी है, तब से बेचारे के मन में शांति नहीं है। अहा ! वेणु को कितना चाहता है !'

माँ ने पूछा, "तो आज फिर तुम्हारा देहात जाना नहीं होगा ?"

हरलाल ने कहा, "नहीं।" और वह तुरंत बाहर निकल गया।

अधरलाल के घर पहुँचने के पहले ही दूर से सुनाई दिया कि शहनाई ने अल्हैयाविलायत रागिनी के करुण स्वर में आलाप छेड़ दी है, किंतु हरलाल ने भीतर घुसते ही देखा, विवाह के घर में उत्सव के साथ जैसे अशांति के चिह्न मिले हुए हों। दरबानों का कड़ा पहरा था, घर से नौकर-चाकर कोई बाहर नहीं निकल सकता था—सभी के चेहरों पर भय और चिंता के भाव थे। हरलाल को खबर मिली, कल रात घर से मूल्यवान् गहनों की चोरी हो गई। दो-तीन नौकरों पर विशेष रूप से संदेह होने के कारण पुलिस को सौंप देने का प्रयत्न हो रहा था।

दोतल्ले पर बरामदे में जाकर हरलाल ने देखा, अधर बाबू आगबबूला हुए बैठे थे और रतिकांत तंबाकू पी रहा था। हरलाल ने कहा, "आपसे अकेले में मुझे कुछ बात करनी है।"

अधर बाबू ने चिढ़कर कहा, "तुम्हारे साथ अकेले में बात करने का इस समय

मेरे पास समय नहीं है—जो बात हो, यहीं कह डालो !"

उन्होंने सोचा, 'हरलाल शायद इस समय उनके पास सहायता या उधार लेने आया है।'

रतिकांत ने कहा, "मेरे सामने बाबू को बताने में यदि संकोच करें, न हो तो मैं उठ जाऊँ।"

अधर ने खीझकर कहा, "उँह, बैठो न।"

हरलाल ने कहा, "कल रात को वेणु मेरे घर यह बैग रख गया है।"

अधर—"बैग में क्या है ?"

हरलाल ने बैग खोलकर अधर बाबू के हाथ में दे दिया।

अधर—"मास्टर-छात्र ने मिलकर अच्छा कारोबार खोला है ! यह जानते हो कि यह चोरी का माल बेचने से पकड़े जाओगे, इसी से ले आए हो...सोचते होगे, ईमानदारी के लिए बख्शीश पाओगे !"

तब हरलाल ने अधर के नाम का पत्र उनके हाथ में दे दिया। पढ़कर आगबबूला हो उठे। बोले, "मैं पुलिस को खबर दूँगा, मेरा लड़का अभी बालिग नहीं हुआ है—तुमने चोरी से उसको विलायत भेजा है। शायद पाँच सौ रुपया उधार देकर तीन हजार रुपया लिखवा लिया है। ऋण-शोध मैं नहीं करूँगा।"

हरलाल ने कहा, "मैंने उधार नहीं दिया।"

अधर बोले, "तो उसे रुपया मिला कहाँ से ? तुम्हारा बक्स तोड़कर चोरी की है ?"

हरलाल ने इस प्रश्न का कोई उत्तर नहीं दिया। रतिकांत चबा-चबाकर बोला, "इनसे पूछिए ना, तीन हजार रुपया तो क्या, इन्होंने क्या कभी पाँच सौ रुपया भी आँखों से देखा है !"

जो हो, गहनों की चोरी की तलाशी होने के बाद वेणु के विलायत भागने को लेकर घर में एक हलचल मच गई। हरलाल सारे अपराध का भार अपने सिर पर लेकर घर से बाहर आया।

जब वह बाहर सड़क पर आया तो उसका मन जैसे जड़ हो गया हो। उस समय उसमें भयभीत होने और सोचने की भी शक्ति नहीं रह गई थी। इस कांड का परिणाम क्या हो सकता था, मन में यह विचार भी नहीं लाना चाहता था।

गली में घुसते ही देखा, उसके घर के सामने एक गाड़ी खड़ी थी। चौंक पड़ा। एकाएक आशा जगी, वेणु लौट आया है। अवश्य ही वेणु है। उसका संकट संपूर्ण निरुपाय रूप से समाप्त हो उठेगा, यह बात किसी भी प्रकार विश्वास नहीं कर सका।

जल्दी से गाड़ी के पास आकर देखा, गाड़ी के भीतर उसके ऑफिस के एक साहब बैठे थे। साहब ने हरलाल को देखते ही गाड़ी से उतरकर हाथ पकड़े हुए घर में प्रवेश किया। पूछा, "आज देहात क्यों नहीं गए ?" ऑफिस के दरबान ने संदेहवश बड़े साहब को खबर कर दी थी–उन्होंने इनको भेजा था।

हरलाल बोला, "तीन हजार रुपए के नोट नहीं मिल रहे हैं।"

साहब ने पूछा, "कहाँ गए ?"

हरलाल 'नहीं जानता' यह उत्तर भी नहीं दे सका, चुप रह गया।

साहब ने कहा, "रुपया कहाँ है, रुपया कहाँ है ? चलो देखूँ।"

हरलाल उसको ऊपर के कमरे में ले गया। साहब ने सब गिनकर चारों ओर ढूँढ़-खोजकर देखा। घर के सभी कमरों की छानबीन करने लगे। यह सारा हाल देखकर माँ से और नहीं रहा गया–उन्होंने साहब के सामने ही बाहर निकलकर व्याकुल होकर पूछा, "अरे हरलाल, क्या हुआ रे ?

हरलाल ने कहा, "माँ, रुपया चोरी चला गया है।"

माँ ने कहा, "चोरी कैसे जा सकता है, हरलाल, यह सर्वनाश किसने किया ?"

हरलाल ने कहा, "माँ, चुप रहो !"

तलाशी समाप्त करके साहब ने पूछा, "इस कमरे में रात को कौन था ?"

हरलाल ने कहा, "दरवाजा बंद करके मैं अकेला सोया था–और कोई नहीं था।"

साहब ने रुपया गाड़ी में रखकर हरलाल से कहा, "अच्छा, बड़े साहब के पास चलो !"

हरलाल और साहब को साथ जाते देख माँ ने उनका रास्ता रोककर कहा, "साहब, मेरे लड़के को कहाँ ले जाओगे ? भूखे रहकर इसको पाला है–मेरा लड़का कभी भी दूसरे के रुपयों को हाथ नहीं लगाएगा।"

बँगला की बात बिलकुल भी न समझते हुए साहब ने कहा, "अच्छा, अच्छा।"

हरलाल ने कहा, "माँ, तुम क्यों घबरा रही हो ? बड़े साहब से मिलकर मैं अभी आता हूँ।"

चिंतित होकर माँ ने कहा, "तूने सवेरे से कुछ नहीं खाया है।"

इस बात का कुछ भी उत्तर दिए बिना हरलाल गाड़ी में बैठकर चला गया। माँ जमीन पर लेटी पड़ी रहीं।

बड़े साहब ने हरलाल से कहा, "सच कहो, बात क्या है ?"

हरलाल ने कहा, "मैंने रुपया नहीं लिया है।"

बड़ा साहब–"इस बात का मैं पूरा विश्वास करता हूँ। किंतु तुम यह अवश्य जानते हो, किसने लिया ?"

कोई उत्तर न देकर हरलाल मुँह नीचे किए बैठा रहा।

साहब–"तुम्हारे जानते यह रुपया किसी ने लिया है ?"

हरलाल ने कहा, "मेरे प्राणों के रहते, मेरे जानते कोई रुपया नहीं ले सकता था।"

बड़े साहब ने कहा, "देखो हरलाल, मैंने तुम पर विश्वास करके बिना कोई जमानत लिए यह उत्तरदायित्वपूर्ण काम दिया था। ऑफिस के सब लोग विरोध में थे। तीन हजार रुपया कुछ ज्यादा नहीं हैं, किंतु तुम मेरी बड़ी बदनामी करोगे। आज पूरे दिन का समय तुमको देता हूँ–जैसे भी हो, रुपया इकट्ठा करके लाओ–तब इसे लेकर कोई चर्चा नहीं करूँगा, तुम जैसे काम कर रहे हो वैसे ही करते रहोगे।"

यह कहकर साहब उठ गए। उस समय ग्यारह बज गए थे। हरलाल जब सिर नीचा किए बाहर चला गया तब ऑफिस के बाबू लोग बहुत खुश होकर हरलाल के पतन की आलोचना करने लगे।

हरलाल को एक दिन का समय मिला। नैराश्य के अंतिम तल के पंक को आलोड़ित करने के लिए मियाद में और भी एक लंबा दिन बढ़ गया।

उपाय क्या है ? उपाय क्या है ? उपाय क्या है ?–यही सोचते-सोचते उस धूप में हरलाल सड़क पर चक्कर काटने लगा। उपाय है या नहीं, अंत में यह चिंता समाप्त हो गई, किंतु बिना कारण सड़क पर चक्कर काटना बंद नहीं हुआ। जो कलकत्ता हजारों लोगों का आश्रय स्थान है वही क्षण-भर में हरलाल के लिए एक विशाल चूहेदानी के समान हो उठा। उसमें किसी ओर से बाहर जाने का कोई रास्ता नहीं था। संपूर्ण जन-समाज इस अति क्षुद्र हरलाल को चारों ओर से रोके हुए खड़ा था। कोई उसे जानता भी नहीं, और उसके प्रति किसी के मन में कोई विद्वेष भी नहीं; किंतु हर एक व्यक्ति उसका शत्रु था। किंतु सड़क के लोग उसकी देह से सटकर उसके पास से चले जा रहे थे; ऑफिस के बाबू लोग बाहर आकर दोने में जलपान कर रहे थे, उसकी ओर कोई नहीं देखता था; मैदान के किनारे थके हुए पथिक सिर के नीचे हाथ रखकर, पैर के ऊपर पैर रखकर पेड़ के नीचे पड़े थे; घोड़ागाड़ी में बैठकर हिंदुस्तानी (अबंगाली) लड़कियाँ कालीघाट जा रही थीं।

एक चपरासी ने एक चिट्ठी हरलाल के सामने करके कहा, "बाबू, पता पढ़ दो।"–जैसे उसमें तथा अन्य पथिकों में कोई भेद न हो; उसने भी ठिकाना पढ़कर उसे समझा दिया। क्रमशः ऑफिस बंद होने का समय हो गया। ऑफिस के भवनों

से बाहर निकलकर विभिन्न सड़कों पर से होकर गाड़ियाँ घरों की ओर दौड़ पड़ीं। ऑफिस के बाबू लोग ट्राम में बैठकर थिएटर के विज्ञापनों को पढ़ते हुए घर को लौट चले। आज हरलाल का ऑफिस नहीं था; ऑफिस की छुट्टी भी नहीं थी, घर लौटने के लिए ट्राम पकड़ने की कोई जल्दी नहीं थी।

शहर के समस्त क्रिया-कलाप, घर-बार, गाड़ी-घोड़ा, आना-जाना हरलाल के लिए कभी अत्यंत भयानक सत्य के समान दाँत निकालकर खड़े हो जाते, कभी एकदम वस्तुहीन स्वप्न के समान छाया बन जाते। आहार नहीं, विश्राम नहीं, आश्रय नहीं, किस प्रकार हरलाल का दिन बीत गया, यह वह भी न जान सका—रास्तों पर गैस का प्रकाश हो गया—मानो एक सावधान अंधकार चारों ओर से अपने हजारों क्रूर नेत्र खोले हुए शिकार-लुब्ध दानव के समान चुप बैठा हो। रात कितनी बीत गई थी, इस बात की हरलाल ने चिंता भी नहीं की। उसके सिर की धमनियाँ धप-धप कर रही थीं; माथा जैसे फटा जा रहा हो, सारे शरीर में आग जल रही हो; पैर अब नहीं उठते। सारे दिन एक-एक दुःख के आवेग और अवसाद की जड़ता से केवल माँ की बात मन में आती रही थी—कलकत्ता की असंख्य जनसंख्या में से केवल मात्र वही एक नाम सूखे गले को भेदकर मुँह में आता रहा है—माँ, माँ, माँ। और कोई पुकारने के लिए नहीं था। सोचा, रात जब सघन हो जाएगी, कोई भी आदमी जब इस तुच्छ निरपराध हरलाल का अपमान करने के लिए जागता नहीं रहेगा, तब वह चुपके से अपनी माँ की गोद में जाकर सो जाएगा—उसके बाद मानो फिर नींद न टूटे ! इस आशंका से कि कहीं उसकी माँ के सामने पुलिस के आदमी या और कोई उसका अपमान करने आवे, वह घर नहीं जा पा रहा था। देह का कोई भार जब वह और नहीं सँभाल पा रहा था तब किराए की गाड़ी देखकर हरलाल ने उसे बुलाया।

गाड़ीवान ने पूछा, "कहाँ जाना है ?"

हरलाल ने कहा, "कहीं नहीं। इसी मैदान के रास्ते पर कुछ देर हवा खाता हुआ घूमूँगा।"

शंकित गाड़ीवान को चले जाने को तैयार देखकर हरलाल ने उसके हाथ में एक रुपया पेशगी भाड़ा दे दिया। तब वह गाड़ी हरलाल को लेकर मैदान के रास्ते पर चक्कर काटती हुई घूमने लगी।

तब थके हरलाल ने अपने गरम सिर को खुले जँगले के ऊपर रखकर आँखें मूँद लीं। धीरे-धीरे उसकी सारी वेदना जैसे दूर होने लगी। शरीर शीतल हो गया। मन में एक गंभीर निविड़ आनंदपूर्ण शांति सघन होने लगी। मानो किसी परम परित्राण ने उसका चारों ओर से आलिंगन कर लिया। उसने सारे दिन सोचा था कि

उसके लिए कहीं कोई रास्ता नहीं, सहारा नहीं, निष्कृति नहीं; उसके अपमान का अंत नहीं, दुःख की सीमा नहीं, वह बात मानो एक क्षण में मिथ्या हो गई हो। अब लगा, वह तो केवल भय था, वह तो सत्य नहीं था। जिसने उसके जीवन को लोहे की भट्ठी में दबाकर पीस डाला था, हरलाल ने उसे बिलकुल भी स्वीकार नहीं किया।—मुक्ति ने अनंत आकाश को भर दिया है, शांति की कहीं कोई सीमा नहीं। इस तुच्छ हरलाल को वेदना में, अपमान में, अन्याय में बंदी बनाकर रख सके—ऐसी शक्ति विश्व-ब्रह्मांड के किसी राजा-महाराजा में भी नहीं थी। जिस आतंक में उसने अपने-आपको बाँध रखा था वह सब खुल गया। तब हरलाल अपने बंधन-मुक्त हृदय के चारों ओर अनंत आकाश में अनुभव करने लगा, मानो उसकी वह दरिद्र माँ देखते-देखते घर-घर में विराट् रूप धारण करके संपूर्ण अंधकार को घेरती जा रही हो। वह कहीं समा नहीं रही थी। कलकत्ता के रास्ते, घाट, घर-बार, दुकान-बाजार क्रमशः उस स्वरूप में समाकर विलीन होते जा रहे थे—वायु भर गई, आकाश भर उठा, एक-एक करके नक्षत्र उसमें विलीन हो गए—हरलाल के शरीर-मन की सारी वेदना, सारी चिंता, सारी चेतना उसमें थोड़ा-थोड़ा करके विलीन हो गई, चली गई, गरम भाप का बुद-बुद एकदम फूट गया—अब तो अंधकार भी नहीं, प्रकाश भी नहीं, केवल एक प्रगाढ़ परिपूर्णता रह गई।

गिरजे की घड़ी में एक बजा। गाड़ीवान ने अँधेरे मैदान में गाड़ी लेकर चक्कर काटते-काटते अंत में खीझकर कहा, "बाबू, घोड़ा अब और नहीं चल सकता—बोलो, कहाँ जाना है ?"

कोई उत्तर नहीं मिला। कोचवान ने उतरकर हरलाल को हिलाकर फिर पूछा। कोई उत्तर नहीं। तब डरकर गाड़ीवान ने परीक्षा करके देखा, हरलाल का शरीर अकड़ा हुआ था, उसकी साँस नहीं चल रही थी।

'कहाँ जाना होगा ?' इस प्रश्न का हरलाल से और कोई उत्तर नहीं मिल सका।

पोस्टमास्टर

पहले-पहल काम शुरू करते ही पोस्टमास्टर को उलापुर गाँव में आना पड़ा। गाँव बहुत साधारण था। पास ही एक नीली-कोठी के स्वामी ने बहुत कोशिश करके यह नया पोस्ट ऑफिस खुलवाया था।

हमारे पोस्टमास्टर कलकत्ता के थे। पानी से निकालकर सूखे में डाल देने से मछली की जो दशा होती है वही दशा इस बड़े गाँव में आकर उन पोस्टमास्टर की हुई। एक अँधेरी आठचाला[1] में उनका ऑफिस था। पास ही काई से घिरा एक तालाब था, जिसके चारों ओर जंगल था। कोठी में गुमाश्ते वगैरह जितने भी कर्मचारी थे उन्हें अकसर फुरसत नहीं रहती थी, न वे भले आदमियों से मिलने-जुलने योग्य ही थे।

खास तौर से कलकत्ता के बाबू ठीक तरह से मिलना-जुलना नहीं जानते। नई जगह पहुँचकर वे या तो उद्धत हो जाते हैं या अप्रतिम। इसलिए स्थानीय लोगों से उनका मेलजोल नहीं हो पाता। इधर काम भी ज्यादा नहीं था। कभी-कभी एकाध कविता लिखने की कोशिश करते। उनमें इस प्रकार के भाव व्यक्त करते—दिन-भर तरु-पल्लवों का कंपन और आकाश के बादल देखते-देखते जीवन बड़े सुख से कट जाता है, लेकिन अंतर्यामी जानते हैं कि अगर अरबी उपन्यास का कोई दैत्य आकर एक ही रात में तरु-पल्लव समेत इन सारे पेड़-पौधों को काटकर पक्का रास्ता तैयार कर देता है और पंक्तिबद्ध अट्टालिकाओं द्वारा बादलों को दृष्टि से ओझल कर देता तो वह मृतप्राय भद्र वंशधर नवीन जीवन-लाभ कर लेता।

पोस्टमास्टर को बहुत कम तनख्वाह मिलती थी। अपने हाथों बनाकर खाना पड़ता और गाँव की एक मातृ-पितृहीन अनाथ बालिका उनका कामकाज कर देती थी। उसको थोड़ा-बहुत खाना मिल जाता था। लड़की का नाम था रतन। उम्र बारह-तेरह। उसके विवाह की कोई विशेष संभावना नहीं दिखाई देती थी।

शाम को जब गाँव की गोशाला से कुंडलाकार धुआँ उठता, झाड़ियों में झींगुर बोलते, दूर के गाँव में नशेबाज बाउलों का दल ढोल-करताल बजाकर ऊँचे स्वर में गाना छेड़ देता—जब अंदर बरामदे में अकेले बैठे-बैठे वृक्षों का कंपन देखकर

1. फूस के अठपहलू छप्पर से ढका बड़ा घर।

कवि-हृदय में भी ईषत् हृत्कंप होने लगता तब कमरे के एक कोने में एक टिमटिमाता हुआ दिया जलाकर पोस्टमास्टर आवाज लगाते—"रतन !"

रतन दरवाजे पर बैठी इस आवाज की प्रतीक्षा करती रहती। लेकिन पहली आवाज पर ही अंदर नहीं आती। वहीं से कहती, "क्या है बाबू, किसलिए बुला रहे हो ?"

पोस्टमास्टर—"तू क्या कर रही है ?"

रतन—"बस चूल्हा जलाने ही जा रही हूँ रसोईघर में।"

पोस्टमास्टर—"रसोई का काम बाद में होगा, पहले तंबाकू भर ला।"

थोड़ी देर में अपने गाल फुलाए चिलम में फूँक मारते-मारते रतन भीतर आती। उसके हाथ से हुक्का लेकर पोस्टमास्टर चट से पूछ बैठते, "अच्छा रतन, तुझे अपनी माँ की याद है ?"

बड़ी लंबी बातें हैं, बहुत-सी याद हैं, बहुत-सी याद भी नहीं। माँ की अपेक्षा पिता उसको अधिक प्यार करते थे। पिता की उसे थोड़ी-थोड़ी याद है। दिन-भर मेहनत करके उसके पिता शाम को घर लौटकर आते। भाग्य से उन्हीं में से दो-एक शामों की याद उसके मन में चित्र के समान अंकित है। उन्हीं की बात करते-करते धीरे-धीरे रतन पोस्टमास्टर के पैरों के पास ही जमीन पर बैठ जाती। उसे ध्यान आता, उसका एक भाई था। बहुत दिन पहले बरसात में एक दिन तालाब के किनारे दोनों ने मिलकर पेड़ की टूटी टहनी की बंसी बनाकर झूठ-मूठ मछली पकड़ने का खेल खेला था। अनेक महत्त्वपूर्ण घटनाओं की अपेक्षा इसी बात की याद उसे अधिक आती। इस तरह बातें करते-करते कभी-कभी काफी रात हो जाती। तब आलस के मारे पोस्टमास्टर को खाना बनाने की इच्छा न होती। सवेरे की बासी तरकारी रहती और रतन झटपट चूल्हा जलाकर कुछ रोटियाँ सेंक लेती। उन्हीं से दोनों के रात्रि-भोजन का काम चल जाता। कभी-कभी शाम को उस बृहत् आठचाला के एक कोने में ऑफिस की काठ की चौकी पर बैठे-बैठे पोस्टमास्टर भी अपने घर की बात चलाते—छोटे भाई की बात, माँ और दीदी की बात। प्रवास में एकांत कमरे में बैठकर जिन लोगों के लिए हृदय कातर हो उठता, उनकी बात। जो बातें उनके मन में बार-बार होती रहतीं, पर जो नील-कोठी के गुमाश्तों के सामने किसी भी तरह नहीं उठाई जा सकती थीं, उन्हीं बातों को उस अपढ़ नन्ही बालिका से कहते हुए उन्हें बिलकुल संकोच न होता। अंत में ऐसा हुआ कि बालिका बातचीत करते समय उनके घर वालों को चिरपरिचितों के समान खुद भी माँ, दादा, दीदी कहने लगी। यहाँ तक कि अपने नन्हे से हृदय-पट पर उसने उनकी काल्पनिक मूर्ति भी चित्रित कर ली थी।

एक दिन बरसात की दोपहर में बादल छँट गए थे और हलका-सा ताप लिए सुकोमल हवा चल रही थी। धूप में नहाई घास से पेड़-पौधों से एक प्रकार की गंध निकल रही थी; ऐसा लगता था मानो क्लांत धरती का उष्ण निःश्वास अंगों को छू रहा है और न जाने कहाँ का एक हठी पक्षी दोपहर-भर प्रकृति के दरबार में लगातार एक लय से अत्यंत करुण स्वर में अपनी नालिश दुहरा रहा था। उस दिन पोस्टमास्टर के हाथ खाली थे। वर्षा से धुले लहलहाते चिकने मृदुल तरु-पल्लव और धूप में चमकते—पराजित वर्षा के भग्नावशिष्ट स्तूपाकार बादल सचमुच देखने योग्य थे।

पोस्टमास्टर उन्हें देखते जाते और सोचते जाते कि इस समय यदि कोई आत्मीय पास होता, हृदय के साथ एकांत संलग्न कोई स्नेह की प्रतिमा मानव-मूर्ति। धीरे-धीरे उन्हें ऐसा लगने लगा मानो वह पक्षी भी बार-बार यही कह रहा हो और मानो उस निर्जन तरु-छाया में डूबी दोपहर के पल्लव-मर्मर का भी ऐसा ही अर्थ हो। न तो कोई विश्वास कर सकता, न जान पाता; लेकिन उस छोटे-से गाँव के सामान्य वेतन-भोगी उस सब-पोस्टमास्टर के मन में छुट्टी के लंबे दिनों में, गंभीर सुनसान दोपहर में, इसी प्रकार के भाव उदय होते रहते।

पोस्टमास्टर ने एक गहरी उसाँस भरी और फिर पुकारा, "रतन !"

रतन उस समय अमरूद के पेड़ के नीचे पैर फैलाए कच्चा अमरूद खा रही थी। वह मालिक की आवाज सुनते ही तुरंत दौड़ी हुई आई और हाँफती-हाँफती बोली, "भैयाजी, आप बुला रहे थे ?"

पोस्टमास्टर ने कहा, "मैं तुझे थोड़ा-थोड़ा करके पढ़ना सिखाऊँगा।" और फिर दोपहर-भर उसके साथ 'छोटा अ', 'बड़ा आ' करते रहे। इस तरह कुछ दिनों में संयुक्त अक्षर भी पार कर लिए।

सावन का महीना था। लगातार वर्षा हो रही थी। गड्ढे, नाले, तालाब सब पानी से भर गए थे। रात-दिन मेढक की टर्र-टर्र और वर्षा की आवाज। गाँव के रास्तों में चलना-फिरना लगभग बंद हो गया था। हाट के लिए नाव में चढ़कर जाना पड़ता।

एक दिन सवेरे से ही बादल खूब घिरे हुए थे। पोस्टमास्टर की शिष्या बड़ी देर से दरवाजे के पास बैठी प्रतीक्षा कर रही थी, लेकिन और दिनों की तरह जब यथासमय उसकी बुलाहट न हुई तो वह खुद किताबों का थैला लिए धीरे-धीरे भीतर आई। देखा, पोस्टमास्टर अपनी खटिया पर लेटे हुए हैं। यह सोचकर कि वे आराम कर रहे हैं, वह चुपचाप फिर बाहर जाने लगी। तभी अचानक सुनाई पड़ा, "रतन !"

झटपट लौटकर भीतर जाकर उसने कहा, "भैयाजी, सो रहे थे ?"

पोस्टमास्टर ने कातर स्वर में कहा, "तबीयत ठीक नहीं मालूम होती। जरा मेरे

माथे पर हाथ रखकर तो देख !"

घोर वर्षा के समय प्रवास में इस तरह बिलकुल अकेले रहने पर रोग से पीड़ित शरीर को कुछ सेवा पाने की इच्छा होती है। तप्त ललाट पर शंख की चूड़ियाँ पहने कोमल हाथ याद आने लगते हैं। ऐसे कठिन प्रवास में रोग की पीड़ा में यह सोचने की इच्छा होती है कि पास ही स्नेहमयी नारी के रूप में माता और दीदी बैठी हैं। और प्रवासी के मन की यह अभिलाषा व्यर्थ नहीं गई। बालिका रतन बालिका न रही। उसने फौरन माता का पद ग्रहण कर लिया। वह जाकर वैद्य को बुला लाई, यथासमय गोली खिलाई, सारी रात सिरहाने बैठी रही, अपने हाथों पथ्य तैयार किया और सैकड़ों बार पूछती रही, "भैयाजी, अब तो कुछ आराम है न ?"

बहुत दिनों बाद पोस्टमास्टर जब रोग-शय्या छोड़कर उठे तो उनका शरीर दुर्बल हो गया था। उन्होंने मन में तय किया, अब और नहीं। जैसे भी हो, अब यहाँ से बदली करानी चाहिए। अपनी अस्वस्थता का उल्लेख करते हुए उन्होंने उसी समय अधिकारियों के पास बदली के लिए कलकत्ता दरख्वास्त भेज दी।

रोगी की सेवा से छुट्टी पाकर रतन ने दरवाज़े के बाहर फिर अपने स्थान पर अधिकार जमा लिया। लेकिन अब पहले की तरह उसकी बुलाहट नहीं होती थी। वह बीच-बीच में झाँककर देखती—पोस्टमास्टर बड़े ही अनमने भाव से या तो चौकी पर बैठे रहते या खाट पर लेटे रहते। जिस समय इधर रतन बुलाहट की प्रतीक्षा में रहती, वे अधीर होकर अपनी दरख्वास्त के उत्तर की प्रतीक्षा करते रहते। दरवाजे के बाहर बैठी रतन ने हजारों बार अपना पुराना पाठ दोहराया। बाद में यदि किसी दिन सहसा उसकी बुलाहट हुई तो उस दिन कहीं उसका संयुक्त अक्षरों का ज्ञान गड़बड़ न हो जाए, इसकी उसे आशंका थी। आखिर लगभग एक सप्ताह के बाद एक दिन शाम को उसकी पुकार हुई।

काँपते हृदय से उसने भीतर प्रवेश किया और पूछा, "मुझे बुलाया था, भैया ?"

पोस्टमास्टर ने कहा, "रतन, मैं कल ही चला जाऊँगा।"

"कहाँ चले जाओगे, भैया ?"

"घर जाऊँगा।"

"फिर कब लौटोगे ?"

"अब नहीं लौटूँगा।"

रतन ने कोई बात नहीं पूछी। पोस्टमास्टर ने स्वयं ही उसे बताया कि उन्होंने बदली के लिए दरख्वास्त दी थी, पर दरख्वास्त नामंज़ूर हो गई, इसीलिए वे काम छोड़कर घर वापस जा रहे हैं। बहुत देर तक दोनों में से किसी ने और कोई बात

नहीं की। दीया टिमटिमाता रहा और घर के जीर्ण छप्पर को भेदकर वर्षा का पानी मिट्टी के सकोरे में टप-टप करता टपकता रहा।

बड़ी देर के बाद रतन धीरे-धीरे उठकर रसोइघर में रोटियाँ बनाने चली गई। पर आज और दिनों की तरह उसके हाथ जल्दी-जल्दी नहीं चल रहे थे। शायद उसके मन में रह-रहकर तरह-तरह की आशंकाएँ उठ रही थीं। जब पोस्टमास्टर भोजन कर चुके तब उसने पूछा, "घर ले चलोगे ?"

पोस्टमास्टर ने हँसकर कहा, "भला यह कैसे हो सकता है !" किन कारणों से यह बात संभव न थी, बालिका को यह समझाना उन्होंने आवश्यक नहीं समझा।

रात-भर जागते और स्वप्न देखते हुए बालिका के कानों में पोस्टमास्टर के हँसी-मिश्रित स्वर गूँजते रहे–'भला यह कैसे हो सकता है !'

सवेरे उठकर पोस्टमास्टर ने देखा कि उनके नहाने के लिए पानी पहले ही रख दिया गया है। कलकत्ता की अपनी आदत के अनुसार वे ताजे पानी से ही स्नान करते थे। न जाने क्यों बालिका यह नहीं पूछ सकी थी कि सवेरे किस समय यात्रा करेंगे। बाद में कहीं तड़के ही जरूरत पड़ जाए, यह सोचकर रतन रात में ही नदी से उनके नहाने के लिए पानी भरकर ले आई थी। स्नान समाप्त होते ही रतन की पुकार हुई। रतन ने चुपचाप भीतर प्रवेश किया और आदेश की प्रतीक्षा में मौन भाव से एक बार अपने मालिक की ओर देखा।

मालिक ने कहा, "रतन, मेरी जगह जो सज्जन आएँगे उन्हें कह जाऊँगा। वे मेरी ही तरह तेरी देखभाल करेंगे। मेरे चले जाने के बाद तुझे कोई चिंता करने की जरूरत नहीं।" इसमें कोई संदेह नहीं कि ये बातें अत्यंत स्नेहपूर्ण और दयार्द्र हृदय से निकली थीं, किंतु नारी के हृदय को कौन समझ सकता है। रतन इसके पहले बहुत बार अपने मालिक के हाथों अपना तिरस्कार चुपचाप सहन कर चुकी थी, लेकिन इस कोमल बात को सहन न कर पाई। उसका हृदय एकाएक उमड़ आया और उसने रोते-रोते कहा, "नहीं, नहीं ! तुम्हें किसी से कुछ कहने की जरूरत नहीं है, मैं रहना नहीं चाहती।"

पोस्टमास्टर ने रतन का ऐसा व्यवहार पहले कभी नहीं देखा था, इसलिए वे अवाक् रह गए।

नया पोस्टमास्टर आया। उसको सारा चार्ज सौंप देने के बाद पुराने पोस्टमास्टर चलने को तैयार हुए। चलते-चलते रतन को बुलाकर बोले, "रतन, तुझे मैं कभी भी कुछ नहीं दे सका, आज जाते समय कुछ दिए जा रहा हूँ, इससे कुछ दिन तेरा काम चल जाएगा।"

तनख्वाह में जो रुपए मिले थे उनमें से राह-खर्च के लिए कुछ बचा लेने के बाद उन्होंने बाकी रुपए जेब से निकाले। यह देखकर रतन धूल में लोटकर उनके पैरों से लिपटकर बोली, "भैया, मैं तुम्हारे पैरों में पड़ती हूँ, मेरे लिए किसी को कोई चिंता करने की जरूरत नहीं।" और यह कहते-कहते वह तुरंत वहाँ से भाग गई।

भूतपूर्व पोस्टमास्टर दीर्घ निःश्वास लेकर हाथ में कारपेट का बैग लटकाए, कंधे पर छाता रखे, कुली के सिर पर नीली-सफेद धारियों से चित्रित टीन की पेटी रखवाकर धीरे-धीरे नाव की ओर चल पड़े।

जब वे नौका पर सवार हो गए और नाव चल पड़ी, वर्षा से उमड़ी नदी धरती की छलछलाती अश्रुधारा के समान चारों ओर छलछल करने लगी, तब वे अपने हृदय में एक तीव्र व्यथा अनुभव करने लगे। एक साधारण ग्रामीण बालिका के करुण मुख का चित्र मानो विश्वव्यापी बृहत् अव्यक्त मर्म-व्यथा प्रकट करने लग गया।

एक बार बड़े जोर से उनकी इच्छा हुई कि लौट जाएँ और जगत् की गोद से वंचित उस अनाथिनी को साथ ले चलें। लेकिन तब तक पाल में हवा भर गई थी, वर्षा का प्रवाह और भी तेज हो गया था। गाँव को पार करने पर नदी किनारे का श्मशान दिखाई दे रहा था और नदी की धारा के साथ बढ़ते हुए पथिक के उदास हृदय में यह उदित हो रहा था—'जीवन में न जाने कितना वियोग है, कितना मरण है, लौटने से क्या लाभ ! संसार में कौन किसका है !'

लेकिन रतन के हृदय में किसी भी सत्य का उदय नहीं हुआ। वह उस पोस्ट ऑफिस के चारों ओर चुपचाप आँसू बहाती चक्कर काटती रही। शायद उसके मन में हलकी-सी आशा जीवित थी कि हो सकता है, भैया लौट आएँ। आशा के इसी बंधन में बँधी वह किसी भी तरह दूर नहीं जा पा रही थी।

हाय रे बुद्धिहीन मानव-हृदय ! तेरी भ्रांति किसी भी तरह नहीं मिटती। युक्ति-शास्त्र का तर्क बड़ी देर बाद मस्तिष्क में प्रवेश करता है। प्रबल से प्रबल प्रमाण पर भी अविश्वास करके, मिथ्या आशा को अपनी दोनों बाँहों में जकड़कर तू भरसक छाती से चिपकाए रहता है। अंत में एक दिन सारी नाड़ियाँ काटकर, हृदय का सारा रक्त सोखकर वह निकल भागती है। तब होश आते ही मन किसी दूसरी भ्रांति के जाल में बँध जाने के लिए व्याकुल हो उठता है।

जीवित और मृत

एक

रानीहाट के जमींदार बाबू शारदाशंकर के परिवार की विधवा बहू के पितृ-कुल में कोई नहीं था; एक-एक करके सब मर गए। पति-कुल में भी सचमुच अपना कहने योग्य कोई नहीं था; पति भी नहीं, पुत्र भी नहीं। जेठ का लड़का था, शारदाशंकर का छोटा पुत्र, वही उसकी आँखों का तारा था। उसके जन्म के बाद उसकी माता बहुत दिनों तक कठिन रोग से पीड़ित रहीं, इसलिए उसकी विधवा काकी कादंबिनी ने ही उसका पालन-पोषण किया। पराए लड़के का पालन-पोषण करने पर उसके प्रति स्नेह का आकर्षण मानो और भी अधिक हो जाता है, क्योंकि उस पर कोई अधिकार नहीं होता, न उस पर कोई सामाजिक दावा रहता है, बस केवल स्नेह का अधिकार रहता है। किंतु अकेला स्नेह समाज के सामने अपने अधिकार को तर्क द्वारा प्रमाणित नहीं कर पाता, और वह करना भी नहीं चाहता, केवल अनिश्चित प्राणधन को दुगुनी व्याकुलता से प्यार करने लगता है। विधवा की सारी रुद्ध प्रीति से इस बालक को सींचकर श्रावण की एक रात में अकस्मात् कादंबिनी की मृत्यु हो गई। न जाने किस कारण सहसा उसका हृत्स्पंदन स्तब्ध हो गया—बाकी सारे संसार में समय गति चलती रही, केवल उस स्नेह-कातर छोटे कोमल वृक्ष के भीतर समय की घड़ी की कल चिरकाल के लिए बंद हो गई।

कहीं पुलिस बखेड़ा न खड़ा कर दे, इस डर से बिना विशेष आडंबर के जमींदार के चार ब्राह्मण कर्मचारी मृत देह को तुरंत दाह-संस्कार के लिए ले गए।

रानीहाट का श्मशान बस्ती से बहुत दूर था। पोखर के किनारे एक झोंपड़ी थी और उसके निकट ही एक विशाल वट वृक्ष था, विस्तृत मैदान में और कहीं कुछ नहीं था। पहले यहाँ से होकर नदी बहती थी, इस समय नदी बिलकुल सूख गई थी। उसी शुष्क जल-धारा के एक अंश को खोदकर श्मशान के पोखर का निर्माण कर लिया गया था। वर्तमान निवासी उस पोखर को ही पुण्य-स्रोतस्विनी का प्रतिनिधि स्वरूप मानते थे।

मृत देह को झोंपड़ी में रखकर चिता के लिए लकड़ी आने की प्रतीक्षा में चारों जने बैठे रहे। समय इतना लंबा मालूम होने लगा कि अधीर होकर उनमें से निताई और गुरुचरण तो यह देखने के लिए चल दिए कि लकड़ी आने में इतनी देर क्यों हो रही है और विधु तथा वनमाली मृत देह की रक्षा करते बैठे रहे।

सावन की अँधेरी रात थी। सघन बादल छाए हुए थे, आकाश में एक भी तारा नहीं दिखता था। अँधेरी झोंपड़ी में दोनों चुपचाप बैठे रहे। एक ही चादर में दियासलाई और बत्ती बँधी हुई थी। वर्षा ऋतु की दियासलाई बहुत प्रयत्न करने पर भी नहीं जली—जो लालटेन साथ थी, वह भी बुझ गई।

बहुत देर चुप बैठे रहने के बाद एक ने कहा, "भाई, एक चिलम तंबाकू का प्रबंध होता तो बड़ी सुविधा होती। जल्दी-जल्दी में कुछ भी नहीं ला सके।"

दूसरे ने कहा, "मैं झट से एक सपाटे में सब-कुछ इकट्ठा करके ला सकता हूँ।"

वनमाली के भागने के अभिप्राय को ताड़कर विधु ने कहा, "अरे बाप ! और मैं क्या यहाँ अकेला बैठा रहूँगा ?"

फिर बातचीत भी बंद हो गई। पाँच मिनट एक घंटे के समान लगने लगे। जो जने लकड़ी लेने गए थे उनको ये लोग मन ही मन गाली देने लगे—'वे कहीं खूब आराम से बैठे बातें करते हुए तंबाकू पी रहे होंगे।' धीरे-धीरे यह संदेह उनके मन में दृढ़ होने लगा।

कहीं कोई आहट नहीं—पोखर के किनारे से झिल्लियों और मेढकों की अविरल पुकार सुनाई पड़ रही थी। इतने में प्रतीत हुआ जैसे खाट थोड़ी-सी हिली और मृत देह ने करवट बदली।

विधु और वनमाली राम नाम जपते-जपते काँपने लगे। हठात् झोंपड़ी में दीर्घ निःश्वास लेने की आवाज सुनाई पड़ी। विधु और वनमाली पलक मारते झोंपड़ी से झपटकर बाहर निकले और गाँव की ओर दौड़े।

लगभग डेढ़ कोस रास्ता पार करने पर उन्होंने देखा, उनके बाकी दो साथी हाथ में लालटेन लिए चले आ रहे हैं। वे वास्तव में तंबाकू पीने ही गए थे, लकड़ी का उन्हें कोई पता नहीं था, तो भी उन्होंने समाचार दिया कि पेड़ काटकर लकड़ी चीरी जा रही है—जल्दी पहुँच जाएगी। तब विधु और वनमाली ने झोंपड़ी की सारी घटना का वर्णन किया। निताई और गुरुचरण ने अविश्वास करते हुए उसे उड़ा दिया, और कर्तव्य त्यागकर भाग आने के लिए उन दोनों पर अत्यंत क्रुद्ध हुए और डाँटने-फटकारने लगे।

अविलंब चारों व्यक्ति उस झोंपड़ी में उपस्थित हुए। भीतर घुसकर देखा—मृत

देह नहीं है, खाट सूनी पड़ी है।

वे परस्पर एक-दूसरे का मुँह देखते रह गए। शायद श्रृगाल ले गए हों ? किंतु आच्छादन वस्त्र तक नहीं था। खोजते-खोजते बाहर जाकर देखा, झोंपड़ी के द्वार के पास थोड़ी कीचड़ जमी थी, उस पर किसी स्त्री के छोटे पैरों के ताजे चिह्न थे।

शारदाशंकर सहज आदमी नहीं थे, उनसे भूत की यह कहानी कहने पर सहसा कोई शुभ फल मिलेगा, ऐसी संभावना नहीं थी। इसलिए चारों व्यक्तियों ने खूब सलाह करके निश्चय किया कि यही खबर देना ठीक होगा कि दाह-कार्य पूरा कर दिया है।

भोर में जो लोग लकड़ी लेकर आए उन्हें खबर मिली कि देर होती देखकर पहले ही कार्य संपन्न कर दिया गया, झोंपड़ी में लकड़ियाँ मौजूद थीं। इस विषय में किसी को संदेह उत्पन्न नहीं हो सकता—क्योंकि मृत देह ऐसी कोई बहुमूल्य वस्तु नहीं है, जिसे धोखा देकर कोई चुरा ले जाएगा।

दो

सभी जानते हैं कि जीवन का जब कोई लक्षण नहीं मिलता तब भी कई बार जीवन प्रच्छन्न रूप में बना रहता है, और समयानुकूल फिर मृतवत् देह में उसका कार्य आरंभ होता है। कादंबिनी भी मरी नहीं थी—सहसा न जाने किस कारण से उसके जीवन की गति बंद हो गई थी।

जब उसकी चेतना लौटी तो देखा, चारों ओर निविड़ अंधकार था। हमेशा की आदत के अनुसार जहाँ होती थी, उसे लगा यह वह जगह नहीं है। एक बार पुकारा, "दीदी !" अँधेरी झोंपड़ी में किसी ने उत्तर नहीं दिया। भयभीत होकर उठ बैठी। उसे उस मृत्युशय्या की बात याद आई ! एकाएक छाती में हुई पीड़ा—साँस रुकने की बात। उसकी बड़ी जिठानी कमरे के कोने में बैठी चूल्हे पर बच्चे के लिए दूध गरम कर रही थी—कादंबिनी खड़ी न रह सकी और पछाड़ खाकर बिछौने पर गिर पड़ी—रुँधे गले से पुकारा, 'दीदी, एक बार बच्चे को ले आओ, मेरा मन न जाने कैसा हो रहा है।' उसके बाद सब-कुछ काला पड़ गया—जैसे किसी लिखी हुई पुस्तिका पर दवात की पूरी स्याही उलट गई हो। कादंबिनी की सारी स्मृति एवं चेतना, विश्व ग्रंथ के समस्त अक्षर एक मुहूर्त में एकाकार हो गए। बच्चे ने उसको अंतिम बार अपने उसे मोटे, प्यार-भरे स्वर में 'काकी' पुकारा था या नहीं, उसकी अनंत मरण-यात्रा के पथ के लिए चिरपरिचित पृथ्वी से यह अंतिम स्नेह पाथेय-मात्र इकट्ठा करके लाया था या नहीं, विधवा को यह भी याद नहीं आ रहा था।

पहले तो लगा, यमलोक कदाचित् इसी प्रकार चिर-निर्जन और चिरांधकारपूर्ण है। वहाँ कुछ भी देखने को नहीं है, सुनने को नहीं है, काम करने को नहीं है। केवल सदा इसी प्रकार जागते हुए बैठे रहना पड़ेगा।

उसके पश्चात् जब मुक्त द्वार से एकाएक वर्षा-काल की ठंडी हवा का झोंका आया और बरसाती मेढकों की पुकार कानों में पड़ी, तब क्षण-भर में इस लघु जीवन की आशैशव समस्त वर्षा की स्मृति घनीभूत होकर उसके मन में उदित हुई और वह पृथ्वी के निकट स्पर्श का अनुभव कर सकी। एक बार बिजली चमकी; सामने के पोखर, वट वृक्ष, विस्तृत मैदान और सुदूर की तरु-श्रेणी पर अचानक उसकी दृष्टि पड़ी। उसे याद आया कि पुण्य तिथियों के अवसर पर बीच-बीच में आकर उसने इस पोखर में स्नान किया था और यह भी याद आया कि उस समय श्मशान में मृत देह को देखकर मृत्यु कैसी भयानक प्रतीत होती थी।

पहले तो मन में आया कि घर लौटना चाहिए। किंतु साथ ही सोचा, 'मैं तो जीवित नहीं हूँ, मुझे वे घर में क्यों घुसने देंगे ? वहाँ तो अमंगल माना जाएगा। मैं जीव-जगत् से निर्वासित होकर आई हूँ—मैं अपनी ही प्रेतात्मा हूँ।'

यदि यह सही नहीं है तो इस अर्धरात्रि में शारदाशंकर के सुरक्षित अंतःपुर से इस दुर्गम श्मशान में आई कैसे ? यदि उसकी अंत्येष्टि क्रिया अभी समाप्त नहीं हुई है तो दाह-क्रिया करने वाले आदमी गए कहाँ ? शारदाशंकर के आलोकित घर में मृत्यु के अंतिम क्षण उसे याद आए और उसके बाद ही इस बहुदूरवर्ती जन-शून्य अँधेरे श्मशान में अपने को अकेली देखकर उसने अनुभव किया, 'मैं इस पृथ्वी के जन-समाज की अब कोई नहीं—मैं अति भीषण, अकल्याणकारिणी; मैं अपनी ही प्रेतात्मा हूँ।'

मन में यह बात आते ही लगा, जैसे उसके चारों ओर से विश्व-नियमों के समस्त बंधन टूट गए हैं। जैसे उसमें अद्भुत शक्ति हो, उसे असीम स्वाधीनता हो—वह जहाँ चाहे, जा सकती है। इस अभूतपूर्व नूतन विचार के आविर्भाव से वह उन्मत्त की भाँति प्रबल वायु के झोंके के समान झोंपड़ी से बाहर निकलकर अंधकारपूर्ण श्मशान को रौंदती हुई चल पड़ी—मन में लज्जा, भय, चिंता का लेश-मात्र न रहा।

चलते-चलते पैर थकने लग गए, देह दुर्बल लगने लगी; एक मैदान पार करते न करते दूसरा आ जाता। बीच-बीच में धान के खेत पार करने पड़ते या फिर कहीं-कहीं घुटनों तक पानी भरा मिलता। जब भोर का प्रकाश कुछ-कुछ दिखाई देने लगा तब जाकर थोड़ी दूर पर बस्ती के बाँस के झाड़ों से दो-एक पक्षियों की चहचहाहट सुनाई दी।

तब उसे न जाने कैसा भय लगने लगा ! जगत् और जीते-जागते लोगों के साथ

इस समय उसका कैसा नया संपर्क स्थापित हो गया था, यह वह तनिक भी नहीं जानती थी। जब तक मैदान में थी, श्मशान में थी, श्रावण-रजनी के अँधेरे में थी, तब तक वह जैसे निर्भय थी, जैसे अपने राज्य में थी। दिन के प्रकाश में लोगों की बस्ती उसे अत्यंत भयंकर स्थान लगने लगी थी। मनुष्य भूत से डरता है, भूत भी मनुष्य से डरता है; मृत्यु-नदी के अलग-अलग किनारे पर उनका वास है।

तीन

कपड़ों में कीचड़ लपेटे, अद्भुत भावों में डूबी और रात्रि-जागरण के कारण पागल के समान कादंबिनी के चेहरे की जो दशा हो गई थी उसे देखकर यह संभव था कि लोग डर जाते और लड़के शायद दूर भागकर उस पर ढेले फेंकने लगते। सौभाग्य से उसे सबसे पहले इस अवस्था में एक सज्जन पथिक ने देखा।

उसने आकर कहा, “बेटी, तुम भले परिवार की बहू लगती हो, तुम भला इस अवस्था में अकेली कहाँ जा रही हो ?”

पहले तो कादंबिनी कोई उत्तर न देकर ताकती रह गई। सहसा कुछ भी नहीं सोच पाई। वह संसार में है, वह भद्र कुलवधू जैसी दिखती है। गाँव के रास्ते में पथिक उससे प्रश्न पूछ रहा है, ये सारी बातें उसे कल्पनातीत लगीं।

पथिक ने उससे फिर कहा, “चलो बेटी, मैं तुम्हें घर पहुँचा दूँ। तुम्हारा घर कहाँ है, मुझे बताओ ?”

कादंबिनी सोचने लगी। ससुराल लौटने की बात वह मन में ला भी नहीं सकती थी, पिता का घर था नहीं—तभी उसे बचपन की सहेली याद आई।

यद्यपि सहेली योगमाया का साथ बचपन में ही छूट गया था, फिर भी कभी-कभी चिट्ठी-पत्री आती-जाती रहती थी, कभी-कभी बाकायदा प्रेम-कलह छिड़ जाता। कादंबिनी जताना चाहती थी कि उसी का स्नेह प्रबल है, योगमाया जताना चाहती कि कादंबिनी उसके स्नेह का यथोचित प्रतिदान नहीं देती। यदि किसी सुयोग से वे एक बार मिल सकें तो फिर वे क्षण-भर के लिए एक-दूसरे को आँख की ओट नहीं करेंगी, इस विषय में उन दोनों में से किसी को भी कोई संदेह नहीं था।

कादंबिनी ने उस सज्जन से कहा, “निशिंदापुर में श्रीपति बाबू के घर जाना है।” पथिक कलकत्ता जा रहे थे; निशिंदापुर पास नहीं था, पर फिर भी उनके मार्ग में पड़ता था। उन्होंने स्वयं बंदोबस्त करके कादंबिनी को श्रीपतिचरण बाबू के घर पहुँचा दिया।

दोनों सखियों का मिलन हुआ। पहले पहचानने में कुछ देर हुई, फिर दोनों के नेत्रों के सामने बचपन क. चित्र धीरे-धीरे परिपुष्ट हो उठा।

योगमाया ने कहा, "वाह-वाह, मेरा भाग्य कितना अच्छा है ! फिर से तुम्हारे दर्शन कर सकूँगी, इसकी तो मैं कल्पना भी नहीं कर सकती थी। लेकिन बहन, तुम आई कैसे ? तुम्हारी ससुराल के लोगों ने क्या तुम्हें छोड़ दिया ?"

कादंबिनी चुप लगा गई। अंत में बोली, "बहन, ससुराल की बात मुझसे मत पूछो। मुझे दासी की भाँति घर के कोने में जगह दे दो, मैं तुम लोगों का कामकाज कर दिया करूँगी।"

योगमाया बोली, "वाह री, यह खूब क़ही। दासी की तरह क्यों रहोगी ? तुम मेरी सहेली हो, तुम मेरी···" इत्यादि।

इसी समय श्रीपति ने कमरे में प्रवेश किया। कादंबिनी कुछ देर उनके मुँह की ओर ताकती रही, फिर धीरे-धीरे कमरे से बाहर निकल गई—सिर पर पल्ला ठीक कर लेने का, या किसी प्रकार के संकोच या संभ्रम का कोई लक्षण नहीं दिखाई पड़ा।

बाद में श्रीपति कहीं उसी की सहेली के विरुद्ध कुछ सोच न बैठें, इसी संभावना से विकल होकर योगमाया ने अनेक प्रकार से उनको समझाना शुरू किया। किंतु समझाना इतना कम पड़ा और श्रीपति ने योगमाया के सारे प्रस्तावों का इतनी आसानी से अनुमोदन किया कि योगमाया मन ही मन विशेष संतुष्ट न हो सकी।

कादंबिनी सहेली के घर आ तो गई, पर सहेली के साथ हिल-मिल नहीं सकी—बीच में मृत्यु की दीवार थी। अपने बारे में निरंतर कोई संदेश एवं चेतना बनी रहने पर दूसरे के साथ घुला-मिला नहीं जा सकता। कादंबिनी योगमाया के मुँह की ओर देखती और न जाने क्या सोचती। सोचती, 'अपने पति और अपनी घर-गृहस्थी लिए वह मानो बहुत दूर किसी दूसरे लोक में हो। स्नेह-ममता और समस्त कर्तव्य लिए हुए वह मानो धरती की निवासिनी हो, और मैं मानो कोई शून्य छाया। यह जैसे अस्तित्व के देश में हो और मैं जैसे किसी अनंत में।'

योगमाया को भी न जाने कैसा-कैसा लगा, कुछ भी नहीं समझ पाई। स्त्री की जाति रहस्य नहीं सह सकती; क्योंकि अनिश्चित को लेकर कवित्व किया जा सकता है, वीरत्व प्रदर्शित किया जा सकता है, पांडित्य दिखाया जा सकता है; किंतु घर-गृहस्थी नहीं चलाई जा सकती। इसी कारण स्त्री जाति जिसको समझ नहीं सकती, या तो वह उसके अस्तित्व का विलोप करके उसके साथ कोई संपर्क ही नहीं रखती या फिर उसको अपने हाथ से नया रूप देकर उसे अपने व्यवहार के योग्य वस्तु गढ़ लेती है—यदि दोनों में से एक भी नहीं कर पाती, फिर उसके ऊपर वह

भीषण क्रोध करती रहती है।

कादंबिनी जितनी ही दुर्बोध होने लगी, योगमाया उसके ऊपर उतनी ही क्रोधित होने लगी। उसने सोचा, 'सिर पर यह क्या मुसीबत आ पड़ी !'

तिस पर एक और भी आफत थी। कादंबिनी स्वयं अपने से डरती थी। वह अपने सामीप्य से स्वयं किसी प्रकार भी नहीं भाग पाती थी। जो भूत से डरते हैं उन्हें अपने अतीत का डर सताया करता है—जहाँ दृष्टि नहीं जा पाती वहीं का भय लगता है। लेकिन कादंबिनी को अपने से ही सबसे अधिक डर लगता था, बाहर का उसे कोई भय नहीं था।

इसीलिए निर्जन दोपहरी में वह कभी-कभी कमरे में अकेली चीख उठती और संध्या समय दीये के उजाले में अपनी छाया देखकर उसका शरीर थर-थर काँपने लग जाता।

उसका यह डर देखकर घर के सभी जनों के मन में न जाने कैसा एक भय समा गया। नौकर-चाकर, दास-दासियाँ, यहाँ तक कि योगमाया को भी जब-तब जहाँ-तहाँ भूत दिखाई पड़ने लगा।

एक दिन ऐसा हुआ कि अचानक आधी रात को कादंबिनी रोती हुई सोने के कमरे में से बाहर निकली और योगमाया के कमरे के द्वार पर आकर बोली, "दीदी, दीदी, तुम्हारे पैरों पड़ती हूँ ! तुम मुझे अकेली मत छोड़ा करो !"

योगमाया को एक ओर डर लगा तो दूसरी ओर क्रोध भी आया। उसकी इच्छा हुई, कादंबिनी को उसी क्षण निकाल दे। श्रीपति ने दयापूर्वक जैसे-तैसे उसको शांत करके पास के कमरे में स्थान दिया।

दूसरे दिन असमय श्रीपति को अंतःपुर में तलब किया गया। योगमाया ने उनको अचानक डाँटना-फटकारना आरंभ किया, "क्यों जी, तुम कैसे आदमी हो ! एक औरत अपनी ससुराल छोड़कर तुम्हारे घर में आकर डट गई है; महीना होने को आया, फिर भी टलने का नाम नहीं लेती और तुम्हारे मुँह से विरोध का एक शब्द भी नहीं सुनाई पड़ा। तुम्हारे मन में क्या है, साफ-साफ कहो न ? पुरुषों की तो जात ही ऐसी होती है।"

वास्तव में, साधारणतः स्त्री पर पुरुषों का एक तर्कहीन पक्षपात रहता है और इसके लिए स्त्रियाँ ही उनको अधिक अपराधी ठहराती हैं। निःसहाय, किंतु सुंदर कादंबिनी के प्रति उनकी करुणा यथोचित मात्रा से कुछ अधिक थी, इस बात के विरोध में श्रीपति योगमाया की देह छूकर सौगंध खाने को भी तैयार थे। फिर भी, उनके व्यवहार से उसका प्रमाण मिल ही जाता।

वे सोचते, 'इसकी ससुराल के लोग जरूर इस पुत्रहीना विधवा के प्रति अन्याय-अत्याचार करते होंगे, तभी तो किसी भी प्रकार सहन कर सकने पर ही वहाँ से भागकर कादंबिनी ने मेरा आश्रय लिया है। जब इसके माँ या बाप कोई हैं ही नहीं तब इसे मैं कैसे त्याग दूँ !' इसी कारण वे किसी प्रकार की खोज-खबर लेने की ओर से उदासीन थे और इस अप्रीतिकर विषय पर प्रश्न करके कादंबिनी को व्यथित करने की भी उनकी इच्छा नहीं होती थी।

हारकर उनकी पत्नी उनकी निष्क्रिय कर्तव्य-बुद्धि पर नाना प्रकार से आघात करने लगी। कादंबिनी की ससुराल में समाचार भिजवाना उनके घर की शांति-रक्षा के लिए अत्यंत आवश्यक है, यह वे अच्छी तरह समझ गए। अंत में उन्होंने निश्चय किया, अचानक चिट्ठी लिख भेजने का परिणाम शायद अच्छा न भी हो, अतएव स्वयं रानीहाट जाकर पता लगाने के बाद अपना कर्तव्य तय करेंगे।

श्रीपति तो चले गए, इधर योगमाया ने आकर कादंबिनी से कहा, "बहन, तुम्हारा यहाँ पर अब और टिके रहना अच्छा नहीं दिखता। लोग क्या कहेंगे ?"

गंभीरता से योगमाया के मुँह की ओर देखकर कादंबिनी बोली, "लोगों से मुझे क्या लेना-देना है ?"

योगमाया सुनकर अवाक् रह गई। जरा झल्लाकर बोली, "तुम्हें भली न हो, हमें तो लेना-देना है। हम पराए घर की बहू को क्या कहकर टिकाए रहें ?"

कादंबिनी ने कहा, "मेरी ससुराल है ही कहाँ !"

योगमाया ने सोचा, 'मर गए, न जाने क्या कह रही है मुँहजली !'

कादंबिनी धीरे-धीरे बोली, "मैं क्या कोई तुम लोगों की हूँ ? मैं क्या इस जगत् की हूँ ? तुम लोग हँसते हो, रोते हो, प्यार करते हो, सब अपने में मगन हो, मैं··· तो बस देखती रहती हूँ। तुम लोग मनुष्य हो और मैं हूँ छाया। समझ नहीं आता, भगवान् ने मुझे तुम लोगों के इस जगत् में क्यों ला रखा है ? तुम लोगों को भी डर लगा रहता है कि कहीं मैं तुम लोगों के हँसी-खेल में अमंगल न ले आऊँ—मैं भी नहीं समझ पाती कि तुम लोगों के साथ मेरा क्या संबंध है। किंतु ईश्वर ने जब हमारे लिए कोई दूसरा स्थान बनाया ही नहीं, तब चाहे बात-बात में बंधन टूटता रहे, फिर भी तुम्हीं लोगों के आसपास चक्कर काटती रहती हूँ।"

उसने ये बातें कुछ इस ढंग से देखते हुए कहीं कि योगमाया जैसे-तैसे मोटे तौर पर कुछ तो समझ पाई, किंतु असल बात वह भी नहीं समझ पाई और कोई जवाब भी नहीं दे सकी। दुबारा प्रश्न भी नहीं कर सकी। वह अत्यंत भारग्रस्त होकर गंभीर भाव से चली गई।

चार

जब रात के लगभग दस बज रहे थे तब श्रीपति रानीहाट होकर लौटे। मूसलधार वर्षा में धरती डूबी जा रही थी। उसकी निरंतर झर-झर ध्वनि से ऐसा प्रतीत होता था कि मानो वह वर्षा समाप्त नहीं होगी, आज रात-भर चलती रहेगी।

योगमाया ने पूछा, "क्या हुआ ?"

श्रीपति ने कहा, "ढेरों बातें हैं, फिर होंगी।" कहकर उन्होंने कपड़े बदलकर भोजन किया और हुक्का पीकर सोने चले गए। मुद्रा अत्यंत चिंतित थी।

योगमाया बहुत देर से कौतूहल दबाए हुए थी। बिस्तर पर पहुँचते ही उसने पूछा, "क्या सुन आए, बताओ ?"

श्रीपति ने कहा, "तुमने जरूर एक भूल की है।"

सुनते ही योगमाया मन ही मन कुछ नाराज हुई। औरतें कभी भूल नहीं करतीं, यदि करें भी तो किसी बुद्धिमान पुरुष के लिए उसका उल्लेख करना उचित नहीं है। उसे अपने ही सिर पर ले लेना बुद्धिमानी है। योगमाया ने थोड़ा गरम होकर कहा, "कैसी, सुनूँ तो !"

श्रीपति ने कहा, "तुमने जिस स्त्री को अपने घर में स्थान दिया है वह तुम्हारी सखी कादंबिनी नहीं है।"

ऐसी बात सुनकर सहज ही क्रोध आ सकता है—विशेष रूप से अपने पति के मुँह से सुनने पर तो कहना ही क्या। योगमाया ने कहा, "अपनी सहेली को मैं नहीं पहचानती, तुमसे पहचान करवा लेनी होगी—खूब कही !"

श्रीपति ने समझाया, "यहाँ बात की खूबी को लेकर किसी प्रकार का तर्क नहीं हो रहा है, प्रमाण देखना होगा। योगमाया की सहेली कादंबिनी मर गई है, इसमें कोई संदेह नहीं।"

योगमाया ने कहा, "लो, और सुनो ! तुम जरूर कोई बखेड़ा खड़ा कर आए हो। न जाने कहाँ के कहाँ पहुँचे और क्या का क्या सुन आए, भला कोई ठिकाना है ! तुम्हें खुद वहाँ जाने के लिए किसने कहा था, एक चिट्ठी लिख देते, सब बात साफ हो जाती।"

अपनी कर्म-कुशलता के प्रति स्त्री के ऐसे विश्वासाभाव से श्रीपति अत्यंत खिन्न होकर विस्तारपूर्वक सब प्रमाणों का उल्लेख करने लगे, किंतु कोई फल नहीं हुआ। उभय पक्ष के हाँ-ना करते-करते आधी रात हो गई।

यद्यपि कादंबिनी को उसी क्षण घर से बाहर निकाल देने के विषय में पति-पत्नी

किसी में मतभेद नहीं था—क्योंकि, श्रीपति का विश्वास था कि उनके अतिथि ने छद्म परिचय देकर उनकी स्त्री को इतने दिन तक धोखे में रखा है, और योगमाया का विश्वास था कि वह कुल-त्यागिनी है—तथापि प्रस्तुत तर्क के संबंध में दोनों में से कोई भी हार मानने को तैयार न था।

धीरे-धीरे दोनों की आवाज चढ़ने लगी। वे भूल गए कि बगल के ही कमरे में कादंबिनी सो रही है।

एक ने कहा, "अच्छी आफत में पड़ गए ! मैं अपने कानों से सुन आया हूँ।"

दूसरे ने दृढ़ स्वर में कहा, "तो क्या तुम्हारे कहने से मान लूँ, मैं अपनी आँखों देख रही हूँ।"

अंत में योगमाया ने पूछा, "कादंबिनी कब मरी थी, बताओ तो ?"

उसने सोचा कि कादंबिनी की किसी चिट्ठी की तारीख से इस बात का विरोध दिखाकर श्रीपति के भ्रम को प्रमाणित कर देगी।

श्रीपति ने जिस तारीख की बात कही, दोनों ने हिसाब करके देखा कि वह तारीख जिस दिन संध्या-समय कादंबिनी उनके घर आई थी, ठीक उसके पहले दिन पड़ती थी। सुनते ही योगमाया का हृदय सहसा काँप उठा, श्रीपति को भी न जाने कैसा लगने लगा !

इतने में उनके कमरे का द्वार खुल गया, चौमासे की हवा के एक झोंके से दिया भक् से बुझ गया। पलक मारते ही बाहर का अँधेरा सारे कमरे में ऊपर से नीचे तक भर गया। कादंबिनी एकाएक कमरे के भीतर आ खड़ी हुई। उस समय ढाई पहर रात बीत चुकी थी, बाहर लगातार वर्षा हो रही थी।

कादंबिनी ने कहा, "बहन, मैं तुम्हारी वही कादंबिनी हूँ, किंतु अब मैं जीवित नहीं हूँ। मैं मर चुकी हूँ।"

योगमाया भय से चीख पड़ी। श्रीपति की बोलती बंद हो गई।

"लेकिन मैंने मरने के अलावा तुम लोगों की दृष्टि में और क्या अपराध किया है ? मेरे लिए न तो इस लोक में स्थान है, न परलोक में—हाय ! तो फिर मैं कहाँ जाऊँ ?"

जोर से चीखकर वह मानो उस घोर वर्षा की रात में सोते हुए विधाता को जगाकर पूछ उठी, "हाय ! तो फिर मैं कहाँ जाऊँ ?"

यह कहकर मूर्च्छित दंपती को अँधेरे कमरे में छोड़कर कादंबिनी विश्व में अपना स्थान खोजने निकल पड़ी।

पाँच

कादंबिनी किस प्रकार वापस रानीहाट पहुँची, यह कहना कठिन है। किंतु पहले किसी को भी दिखाई नहीं पड़ी। उसने सारा दिन बिना खाए-पिए एक टूटे मंदिर के खँडहर में बिताया।

वर्षा ऋतु की अकाल संध्या जब अत्यंत सघन हो गई और आसन्न दुर्योग की आशंका से गाँव के लोगों ने घबराकर अपने-अपने घरों की शरण ली, तब कादंबिनी बाहर निकली। ससुराल के दरवाजे पर पहुँचकर एक बार तो उसका हृदय काँप उठा, लेकिन जब वह लंबा घूँघट निकालकर भीतर जाने लगी तो उसको दासी समझकर दरबानों ने कोई रोक-टोक नहीं की। तभी बड़े जोर की वर्षा होने लगी और हवा भी तेजी से चलने लगी।

उस समय घर की मालकिन शारदाशंकर की स्त्री अपनी विधवा ननद के साथ ताश खेल रही थी। नौकरानी रसोईघर में थी और बीमार मुन्ना ज्वर उतर जाने पर सोने के कमरे में बिछौने पर सो रहा था। कादंबिनी सबकी आँख बचाकर उसी कमरे में प्रविष्ट हुई। वह क्या सोचकर ससुराल आई थी, पता नहीं, वह स्वयं भी नहीं जानती थी; बस इतना जानती थी कि एक बार आकर मुन्ने को एक नजर देख लेने की इच्छा थी। उसके बाद कहाँ जाएगी, क्या होगा, यह तो उसने सोचा भी नहीं था।

दिन के उजाले में उसने देखा, रुग्ण, क्षीणकाय मुन्ना मुट्ठी बाँधे सोया हुआ है। देखते ही उसका उत्तप्त हृदय मानो तृषातुर हो उठा—उसकी सारी बलाएँ लेकर उसको एक बार छाती से लगाए बिना क्या रहा जा सकता है ! और, फिर उसे याद आया, 'मैं नहीं रही, अब इसको देखने वाला कौन है ? इसकी माँ को संगत अच्छी लगती है, गप-शप अच्छी लगती है, खेल-तमाशा अच्छा लगता है। इतने दिन तक इसका भार मुझे सौंपकर वे निश्चिंत थीं, लड़के के पालन-पोषण का कोई झंझट उन्हें नहीं उठाना पड़ा। अब इसकी उस प्रकार देखभाल कौन करेगा !'

तभी मुन्ना अचानक करवट बदलकर अर्द्धनिद्रित अवस्था में बोल पड़ा, 'काकी, पानी दो।' हाय ! मैं वारी ! मेरे लाल, अपनी काकी को तू अब भी नहीं भूला ! झटपट सुराही से पानी लेकर मुन्ने को छाती से चिपटाकर कादंबिनी ने उसे पानी पिलाया।

जब तक वह नींद के झोंके में रहा, अपनी आदत के अनुसार काकी के हाथ से पानी पीने में मुन्ने को कोई आश्चर्य नहीं हुआ। अंत में कादंबिनी ने जब अपनी बहुत दिनों की आकांक्षा पूरी करने के लिए उसका मुँह चूमकर उसे फिर लिटा दिया,

तो उसकी नींद खुल गई और उसने काकी से लिपटकर पूछा, “काकी, तू मर गई थी न ?”

काकी बोली, “हाँ, बेटा !”

“तू फिर मुन्ने के पास लौट आई है ! अब तो नहीं मरेगी ?”

उसका उत्तर देने के पहले ही हल्ला मच गया—नौकरानी कटोरी में साबूदाना लिए कमरे में घुसी थी, अकस्मात् कटोरी फेंककर “मैया री !” पुकारती हुई पछाड़ खाकर गिर पड़ी।

यह सब देखकर मुन्ने के मन में भय का संचार होने लगा। वह रोते-रोते बोला, “काकी, तू जा !”

बहुत दिनों बाद आज कादंबिनी को अनुभव हुआ कि वह मरी नहीं है—वही पुराना घर-द्वार, वही सब-कुछ, वही मुन्ना, वही स्नेह उसके लिए ज्यों के त्यों जीवित हैं; बीच में कोई विच्छेद, कोई व्यवधान नहीं हुआ। सहेली के घर जाकर उसे अनुभव हुआ था कि बाल्य-काल की वह सखी मर चुकी है, पर मुन्ने के कमरे में आकर उसने अनुभव किया कि मुन्ने की काकी तनिक भी नहीं मरी है।

उसने विकल होकर कहा, “दीदी, मुझे देखकर तुम लोग डर क्यों रही हो ? ये देखो, मैं तो आज भी उसी तरह तुम्हारी हूँ।”

मालकिन ज्यादा देर खड़ी नहीं रह सकीं, मूर्च्छित होकर गिर पड़ीं। बहन से समाचार पाकर शारदाशंकर बाबू स्वयं अंतःपुर में आकर उपस्थित हुए; हाथ जोड़कर उन्होंने कादंबिनी से कहा, “छोटी बहू, यह क्या तुम्हारे लिए उचित है ? सतीश मेरे कुल का इकलौता लड़का है, उसको तुम नजर क्यों लगा रही हो ? हम क्या कोई पराए हैं। तुम्हारे जाने के बाद से वह दिनोदिन सूखता जा रहा है, बीमारी जाने का नाम नहीं लेती, बस रात-दिन ‘काकी-काकी’ रटता रहता है। तुमने जब संसार से विदा ले ली है तो अब यह माया-बंधन भी तोड़ डालो—हम तुम्हारा यथोचित संस्कार करेंगे।”

कादंबिनी अब और अधिक नहीं सह सकी, जोर से बोल उठी, “अरे, मैं मरी नहीं हूँ, मरी नहीं हूँ। मैं तुम लोगों को कैसे समझाऊँ कि मैं मरी नहीं। ये देखो, मैं जीवित हूँ।”

यह कहकर वह धरती पर पड़ी काँसे की कटोरी उठाकर माथे पर मारने लगी, माथे से रक्त फूटकर बहने लगा।

वह फिर बोली, “ये देखो, मैं जीवित हूँ।”

शारदाशंकर मूर्तिवत् खड़े रहे; मुन्ना डर के मारे पिता को पुकारने लगा; दोनों

मूर्च्छित स्त्रियाँ जमीन पर पड़ी रहीं।

तब कादंबिनी "अरे ! मैं मरी नहीं हूँ रे, नहीं मरी रे, नहीं मरी !" चीखती हुई कमरे से बाहर निकलकर सीढ़ियों से उतरती हुई अंतःपुर की पुष्करिणी में कूद पड़ी। ऊपर के कमरे से शारदाशंकर ने छपाक् की आवाज सुनी।

सारी रात वर्षा होती रही, अगले दिन सवेरे भी वर्षा होती रही, दोपहर को भी वर्षा रुकने के कोई आसार दिखाई नहीं दिए। कादंबिनी ने मरकर प्रमाणित कर दिया कि वह मरी नहीं थी।

काबुलीवाला

मेरी पाँच बरस की छोटी बेटी मिनी बिना बोले पल-भर भी नहीं रह सकती। संसार में जन्म लेने के बाद भाषा सीखने में उसने केवल एक वर्ष का समय खर्च किया था। उसके बाद से जब तक वह जागती रहती है, एक पल भी मौन रहकर नष्ट नहीं करती। उसकी माँ बहुत बार डाँटकर उसका मुँह बंद कर देती है, किंतु मैं यह नहीं कर पाता। चुपचाप बैठी मिनी देखने में ऐसी अस्वाभाविक लगती है कि मुझे बहुत देर तक सहन नहीं होता। इसलिए मेरे साथ उसका वार्तालाप कुछ उत्साह के साथ चलता है।

सुबह मैंने अपने उपन्यास के सत्रहवें परिच्छेद में हाथ लगाया था कि मिनी ने आते ही बात छेड़ दी, "पिताजी, रामदयाल दरबान काक को कौआ कहता था, वह कुछ नहीं जानता है। है न ?"

संसार की भाषाओं की विभिन्नता के संबंध में उसे ज्ञानदान करने के लिए मेरे प्रवृत्त होने के पहले ही वह दूसरे प्रसंग पर चली गई। "देखो पिताजी, भोला कह रहा था कि आकाश में हाथी सूँड़ से पानी डालता है, उसी से वर्षा होती है। ओ माँ ! भोला कैसी बेकार की बातें करता है ! खाली बकबक करता रहता है ! दिन-रात बकबक लगाए रहता है।"

इसी बारे में मेरी हाँ-ना की तनिक भी प्रतीक्षा किए बिना वह अचानक प्रश्न कर बैठी, "पिताजी, माँ तुम्हारी कौन होती हैं ?"

मन ही मन कहा, 'साली', ऊपर से कहा, "मिनी, जा, तू भोला के साथ खेल ! मुझे इस समय काम है।"

तब वह मेरे लिखने की मेज के किनारे मेरे पैरों के पास बैठकर अपने दोनों घुटनों पर हाथ रखकर बड़ी तेजी से 'आगूड़ूम-वागूड़ूम' कहते हुए खेलने लगी। मेरे सत्रहवें परिच्छेद में उस समय प्रतापसिंह कांचनमाला को लेकर अँधेरी रात में कारागार के उच्च वातायन से नीचे बहती नदी के जल में कूद रहे थे।

मेरा कमरा सड़क के किनारे पर था। सहसा मिनी 'आगूड़ूम-वागूड़ूम' का खेल छोड़कर जँगले की तरफ भागी और जोर-जोर से पुकारने लगी, "काबुलीवाले ! ओ

काबुलीवाले !"

मैले से ढीले-ढाले कपड़े पहने, सिर पर पगड़ी बाँधे, पीठ पर झोली लिए, हाथों में अंगूरों के दो-चार बक्स लिए एक लंबा काबुलीवाला सड़क पर धीरे-धीरे जा रहा था—उसे देखकर मेरी कन्या-रतन के मन में कैसे भाव उठे, कहना कठिन है। उसने उसको ऊँची आवाज में बुलाना शुरू कर दिया। मैंने सोचा, 'बस अब पीठ पर झोली लिए एक आफत खड़ी होगी, मेरा सत्रहवाँ परिच्छेद अब पूरा नहीं हो सकता।'

किंतु मिनी की चीख पर ज्यों ही काबुलीवाले ने हँसकर मुँह फेरा और मेरे घर की ओर आने लगा, त्यों ही वह झटपटकर अंतःपुर में भाग गई—उसका नामो-निशान भी दिखाई नहीं पड़ा। उसके मन में एक तरह का अंधविश्वास था कि उस झोली के भीतर खोज करने पर उसके समान दो-चार जीवित मानव-संतान मिल सकती हैं।

इधर काबुलीवाला आकर मुसकराता हुआ मुझे सलाम करके खड़ा हो गया। मैंने सोचा, 'यद्यपि प्रतापसिंह और कांचनमाला की अवस्था अत्यंत संकटापन्न है तथापि आदमी को घर पर बुला लेने के बाद उससे कुछ न खरीदना शोभा नहीं देता।'

कुछ खरीदा। उसके बाद दो-चार बातें भी हुईं। अब्दुर्रहमान से रूस, अंग्रेजों आदि से लेकर सीमांत प्रदेश की रक्षा नीति के बारे में बातचीत होने लगी।

अंत में उठकर चलते समय उसने पूछा, "बाबू, तुम्हारी लड़की कहाँ गई ?"

मैंने मिनी के भय को समूल नष्ट कर देने के अभिप्राय से उसे भीतर से बुलवा लिया। वह मेरी देह से सटकर काबुली के चेहरे और झोली की ओर संदेह की दृष्टि से देखती खड़ी रही। काबुली उसे झोली से किशमिश, खुबानी निकालकर देने लगा, पर वह लेने को किसी तरह राजी नहीं हुई। दुगने संदेह से मेरे घुटने से सटकर रह गई। प्रथम परिचय इस प्रकार पूरा हुआ।

कुछ दिन बाद एक दिन सवेरे किसी काम से घर से बाहर जाते समय देखा, मेरी दुहिता द्वार के पास बेंच के ऊपर बैठकर अनर्गल बातें कर रही है और काबुलीवाला उसके पैरों के पास बैठा मुस्कराता हुआ सुन रहा है और बीच-बीच में प्रसंगानुसार अपना मतामत भी मिश्रित बाँग्ला में व्यक्त कर रहा है। मिनी को अपने पंचवर्षीय जीवन की अभिज्ञता से पिता के अतिरिक्त ऐसा धैर्यवान श्रोता कभी नहीं मिला था। मैंने यह भी देखा कि उसका छोटा आँचल बादाम-किशमिश से भरा था। मैंने काबुलीवाले से कहा, "उसे यह सब क्यों दिया ? अब फिर मत देना !" और मैंने जेब से एक अठन्नी निकालकर उसको दे दी। बिना संकोच के अठन्नी लेकर उसने झोली में रख ली।

घर लौटकर देखा, उस अठन्नी को लेकर पूरा झगड़ा मचा हुआ है।

मिनी की माँ सफेद चमचमाते हुए गोलाकार पदार्थ को लेकर कड़े स्वर में मिनी से पूछ रही थी, "तुझे यह अठन्नी कहाँ से मिली ?"

मिनी कह रही थी, "काबुलीवाले ने दी है।"

उसकी माँ कह रही थी, "काबुलीवाले से अठन्नी लेने तू क्यों गई ?"

मिनी ने रोने की तैयारी करते हुए कहा, "मैंने माँगी थोड़ी ही थी, उसने स्वयं दी।"

मैंने आकर आसन्न विपद् से मिनी का उद्धार किया और उसे बाहर ले गया।

पता चला, काबुलीवाले से मिनी की यह दूसरी मुलाकात हो, ऐसा नहीं था। इस बीच में उसने प्रायः प्रतिदिन आकर पिस्ता-बादाम घूस में देकर मिनी के नन्हे लुब्ध हृदय पर बहुत-कुछ अधिकार कर लिया है।

मालूम हुआ, उन दो मित्रों में कुछ बँधी हुई बातें और परिहास प्रचलित है—जैसे रहमत को देखते ही मेरी कन्या हँसते-हँसते पूछती, "काबुलीवाले ! ओ काबुलीवाले ! तुम्हारी झोली में क्या है ?"

रहमत अनावश्यक चंद्रबिंदु जोड़कर हँसते हुए उत्तर देता, "हाँति।"

अर्थात् उसकी झोली में एक हाथी है। उसकी हँसी का यही गूढ़ रहस्य था। यह रहस्य बहुत ज्यादा गूढ़ था, यह तो नहीं कहा जा सकता, किंतु इस परिहास से दोनों ही काफी विनोद का अनुभव करते रहते—और शरत्काल के प्रभात में एक वयस्क और एक अप्राप्तवयस्क शिशु का सरल हास्य देखकर मुझे भी अच्छा लगता।

इनमें एक और बात भी प्रचलित थी। रहमत मिनी से कहता, "मुन्नी, तुम क्या ससुराल कभी नहीं जाओगी ?"

बंगाली परिवार की लड़की जन्मकाल से ही 'ससुराल' शब्द से परिचित रहती है, किंतु हम लोगों के कुछ आधुनिक ढंग के लोग होने के कारण शिशु बालिका को ससुराल के संबंध में परिचित नहीं कराया गया था। इसीलिए वह रहमत के अनुरोध को ठीक से नहीं समझ पाती थी। फिर भी प्रश्न का कुछ न कुछ उत्तर दिए बिना चुप रह जाना उसके स्वभाव के विपरीत था—वह उलटकर पूछती, "तुम ससुराल जाओगे ?"

रहमत काल्पनिक ससुर के प्रति खूब मोटा घूँसा तानकर कहता, "मैं ससुर को मारूँगा।"

सुनकर मिनी 'ससुर' नामक किसी एक अपरिचित जीव की दुरवस्था की कल्पना करके खूब हँसती।

शुभ्र शरत्काल था। प्राचीन काल में राजे-महाराजे दिग्विजय के लिए इसी ऋतु में निकलते थे। मैं कलकत्ता छोड़कर कभी कहीं नहीं गया, शायद इसी से मेरा मन पृथ्वी-भर में चक्कर काटता फिरता है। मैं मानो अपने घर के कोने में चिरप्रवासी होऊँ, बाहर के जगत् के लिए मेरा मन सदा विकल रहता है। विदेश का कोई नाम सुनते ही मेरा मन दौड़ पड़ता है, उसी प्रकार विदेशी व्यक्ति को देखते ही नदी-पर्वत-अरण्य के बीच कुटी का दृश्य मन में उदित होता है और एक उल्लासपूर्ण स्वाधीन जीवन-यात्रा की बात कल्पना में साकार हो उठती है।

दूसरी ओर मैं ऐसा उद्भिज-प्रकृति का व्यक्ति हूँ कि अपना कोना छोड़कर बाहर निकलते ही सिर पर वज्राघात हो जाता है, इसीलिए सुबह अपने छोटे-से कमरे में मेज के सामने बैठकर इस काबुली के साथ बातचीत करने से भ्रमण का मेरा काफी काम हो जाता। दोनों ओर बंधुर दुर्गम दग्ध रक्तवर्ण उच्च गिरि-श्रेणी, बीच में संकीर्ण मरुपथ, भार से लदे ऊँटों की चलती हुई पंक्ति; साफा बाँधे वणिक, पथिकों में से कोई ऊँट के ऊपर, कोई पैदल, किसी के हाथ में बल्लम, किसी के हाथ में पुरानी चाल की चकमक जड़ी बंदूक—काबुली मेघ-मंद्र स्वर में टूटी-फूटी बाँग्ला में अपने देश की बातें कहता और उसकी तस्वीर मेरी आँखों के सामने आ जाती।

मिनी की माँ बहुत शंकालु स्वभाव की महिला थीं। रास्ते में कोई आवाज सुनते ही उन्हें लगता, धरती के सारे शराबी उन्हीं के घर की ओर लक्ष्य बनाकर दौड़े चले आ रहे हैं। यह पृथ्वी सर्वत्र चोर, डकैत, शराबी, साँप, बाघ, मलेरिया, शूककीट, तिलचट्टों और गोरों से परिपूर्ण है। इतने दिन (बहुत अधिक नहीं) धरती पर वास करने पर भी यह विभीषिका उनके मन से दूर नहीं हुई थी।

रहमत काबुलीवाले के संबंध में वे पूर्ण रूप से निःसंशय नहीं थीं। उस पर विशेष दृष्टि रखने के लिए उन्होंने मुझसे बार-बार अनुरोध किया था। मुझसे एक-एक करके कई प्रश्न पूछे, "क्या कभी किसी के बच्चे चोरी नहीं हो जाते ? काबुल देश में क्या दास-व्यवसाय प्रचलित नहीं है ? एक भीमकाय काबुली के लिए एक छोटे-से बच्चे को चुरा ले जाना क्या नितांत असंभव है ?"

मुझे स्वीकार करना पड़ा—बात असंभव हो, ऐसा तो नहीं, किंतु अविश्वास्य है। पर विश्वास करने की शक्ति सब में समान नहीं होती, इसीलिए मेरी पत्नी के मन में भय बना रहा। किंतु मैं इस कारण निर्दोष रहमत को अपने घर आने से मना नहीं कर सका।

प्रतिवर्ष माघ के महीने के बीचोबीच रहमत अपने देश चला जाता। इस समय वह अपना सारा रुपया वसूल करने में बड़ा व्यस्त रहता। दूर-दूर घूमना पड़ता, पर

फिर भी वह मिनी को एक बार दर्शन दे जाता। देखने पर सचमुच ऐसा लगता मानो दोनों में कोई षड्यंत्र चल रहा हो। जिस दिन वह सवेरे नहीं आ पाता उस दिन देखता कि वह संध्या को आ पहुँचा है। अँधेरे में कमरे के कोने में उस ढीले-ढाले कुरता-पायजामा पहने, झोला-झोली वाले उस लंबे आदमी को देखने पर मन में सचमुच ही अचानक एक आशंका उठती। किंतु, जब वह देखता कि मिनी 'काबुलीवाले, ओ काबुलीवाले' कहती हँसती हुई दौड़ी चली आती एवं उन दो असमान वय वाले मित्रों में पुराना सरल परिहास चलता रहता तो मेरा हृदय प्रसन्नता से भर उठता।

एक दिन सवेरे मैं अपने छोटे कमरे में बैठा प्रूफ संशोधन कर रहा था। विदा होने से पहले आज दो-तीन दिन से जाड़ा खूब कँपकँपा रहा था, चारों ओर एकाएक सीत्कार मच गई थी। जँगले को पार करके सुबह की धूप टेबिल के नीचे आकर मेरे पैरों पर पड़ रही थी। उसकी गरमाहट बड़ी मीठी लग रही थी। यही कोई आठ बजे का समय रहा होगा, सिर पर गुलूबंद लपेटे तड़के टहलने वाले प्रायः सभी सवेरे की सैर पूरी करके घर लौट आए थे। तभी सड़क पर बड़े जोर का हल्ला सुनाई पड़ा। आँख उठाई तो देखा, दो पहरे वाले अपने रहमत को बाँधे लिए जा रहे हैं—उसके पीछे तमाशबीन लड़कों की टोली चली आ रही है। रहमत के शरीर तथा कपड़ों पर खून के दाग हैं और एक पहरे वाले के हाथ में खून से सना छुरा है। मैंने दरवाजे के बाहर जाकर पहरे वालों को रोककर पूछा, "मामला क्या है ?"

कुछ उससे, कुछ रहमत से सुनकर मालूम हुआ कि हमारे एक पड़ोसी ने रामपुरी चादर के लिए रहमत से कुछ रुपया उधार लिया था—उसने झूठ बोलकर रुपया देने से इंकार कर दिया, और इसी बात को लेकर कहा-सुनी करते-करते रहमत ने उसे छुरा भोंक दिया।

रहमत उस झूठे को लक्ष्य करके तरह-तरह की बेहूदी गालियाँ दे रहा था, तभी 'काबुलीवाले, ओ काबुलीवाले' पुकारती हुई मिनी घर से निकल आई।

पलक मारते रहमत का चेहरा कौतुकपूर्ण हँसी से प्रफुल्लित हो उठा। उसके कंधे पर आज झोली नहीं थी, इसीलिए झोली के संबंध में उनकी नियमित आलोचना नहीं हो सकी। मिनी ने छूटते ही उससे पूछा, "तुम ससुराल जाओगे ?"

रहमत ने हँसकर कहा, "वहीं जा रहा हूँ।"

देखा, उत्तर मिनी को विनोदपूर्ण नहीं लगा, तब वह हाथ दिखाकर बोला, "ससुर को मारता, पर क्या करूँ—हाथ बँधे हैं।"

घातक प्रहार करने के अपराध में रहमत को कई वर्ष की जेल हो गई।

उसकी बात करीब-करीब भूल गया। हम जिस समय घर में बैठकर सदा के समान नित्य नियमित काम में एक के बाद एक दिन काट रहे थे, उस समय एक स्वाधीन पर्वतचारी पुरुष कारा-प्राचीर में किस प्रकार वर्ष बिता रहा था, यह बात हमारे मन में उठी भी नहीं।

और चंचल हृदया मिनी का आचरण तो अत्यंत लज्जाजनक था, यह उसके पिता को भी स्वीकार करना पड़ेगा। उसने स्वच्छंदतापूर्वक अपने पुराने मित्र को भुलाकर पहले तो नबी सईस के साथ सख्य स्थापित किया, बाद में धीरे-धीरे और ज्यों-ज्यों उसकी उम्र बढ़ने लगी त्यों-त्यों सखा के बदले एक-एक करके सखियाँ जुटने लगीं। यही नहीं, अब वह अपने पिता के लिखने-पढ़ने के कमरे में भी नहीं दिखाई पड़ती थी। मैंने तो उसके साथ एक प्रकार से कुट्टी कर ली थी।

न जाने कितने वर्ष बीत गए। एक और शरत्काल आया। मेरी मिनी का विवाह-संबंध निश्चित हो गया। पूजा की छुट्टियों में उसका विवाह होगा, कैलाशवासिनी के साथ मेरे घर की आनंदमयी भी पितृ-भवन में अँधेरा करके पतिगृह चली जाएगी।

अत्यंत सुहावना प्रभात था। वर्षा के बाद शरत् की नई धुली धूप ने जैसे सुहागों में गलाए हुए निर्मल सोने का-सा रंग धर लिया हो। यही नहीं, कलकत्ता की गलियो के भीतर के घुटनदार जर्जर ईंटों वाले सटे हुए मकानों पर भी इस धूप की आभा ने एक अपूर्व लावण्य बिखेर दिया था।

आज मेरे घर में रात बीतते-न बीतते ही शहनाई बज उठी थी। वह बाँसुरी मानो मेरे हृदय के अस्थि-पिंजर में क्रंदन करती बज रही थी। करुण भैरवी राग्निी में मेरी आसन्न वियोग-व्यथा को शरद् की धूप के साथ समस्त संसार भर में व्याप्त कर रही थी। आज मेरी मिनी का विवाह था।

सवेरे से ही बड़ी भीड़-भाड़ थी, लोग आ-जा रहे थे। आँगन में बाँस बाँधकर मंडप ताना जा रहा था, घर के कमरों और बरामदों में झाड़ टाँगने की ठक्-ठक् आवाज हो रही थी; शोरगुल की हद नहीं थी।

मैं अपने लिखने के कमरे में बैठा हिसाब देख रहा था, तभी रहमत आकर सलाम करके खड़ा हो गया।

मैं पहले उसे पहचान नहीं सका। उसके पास न वह झोली थी, न उसके वे लंबे बाल थे; और न उसकी देह में पहले जैसा तेज था। आखिर उसकी हँसी सुनकर ही उसे पहचाना।

मैंने कहा, "क्यों रे रहमत, कब आया ?"

उसने कहा, "कल शाम को जेल से छूटा।"

बात सुनकर कानों में जैसे खटका हुआ। कभी किसी खूनी को प्रत्यक्ष नहीं देखा, इसे देखकर सारा अंतःकरण जैसे संकुचित हो गया। मन में हुआ, आज इस शुभ दिन पर यह आदमी यहाँ से चला जाता तो अच्छा होता।

मैंने उससे कहा, "आज हमारे घर में एक काम है, मैं कुछ व्यस्त हूँ, आज तुम जाओ !"

बात सुनते ही वह तत्क्षण चले जाने को उद्यत हुआ। अंत में दरवाजे के पास पहुँचकर थोड़ा इधर-उधर करके बोला, "क्या एक बार मुन्नी को नहीं देख सकूँगा?"

कदाचित् उसे विश्वास था, मिनी अब भी वैसी ही होगी। मानो उसने सोचा हो, मिनी अब भी पहले की भाँति 'काबुलीवाले, ओ काबुलीवाले' करती दौड़ी आएगी। उनके उस अत्यंत उत्सुकतापूर्ण पुरानी हँसी-विनोद की बातों में किसी प्रकार का अंतर नहीं होगा। यही नहीं, पुरानी मित्रता का स्मरण करके शायद अपने किसी स्वदेशीय मित्र से माँग-जाँचकर वह एक डिब्बा अंगूर और कागज के ठोंगे में थोड़े-से किशमिश और बादाम जुटा लाया था। उसकी वह अपनी झोली अब नहीं थी।

मैंने कहा, "आज घर में काम है, आज किसी और से भेंट नहीं हो सकेगी।"

वह मानो कुछ दुखी हुआ। चुपचाप खड़े-खड़े एक बार स्थिर दृष्टि से उसने मेरे मुख की ओर देखा, फिर 'सलाम बाबू' कहकर दरवाजे से बाहर चला गया। मुझे अपने मन में न जाने कैसी व्यथा का अनुभव हुआ। सोच रहा था कि उसको वापस बुलवा लूँ, तभी देखा कि वह स्वयं लौटा चला आ रहा है।

पास आकर बोला, "ये अंगूर और थोड़े से किशमिश-बादाम मुन्नी के लिए लाया था। उसे दे दीजिएगा।"

उन्हें लेकर दाम देने के लिए मेरे तैयार होते ही उसने तुरंत मेरा हाथ कसकर पकड़ लिया। बोला, "आपकी बड़ी कृपा है, मुझे सदा याद रहेगी—मुझे पैसा मत दीजिए। बाबू, जिस तरह तुम्हारी एक लड़की है, उसी तरह देश में मेरे भी एक लड़की है। मैं उसी का चेहरा याद करके तुम्हारी मुन्नी के लिए हाथ में थोड़ा-बहुत मेवा लेकर आया हूँ, सौदा करने नहीं।"

यह कहते ही उसने अपने ढीले-ढाले कुर्ते में हाथ डालकर कहीं छाती के पास से मैले कागज का एक टुकड़ा निकाला और बड़े यत्न से उसकी तह खोलकर दोनों हाथों से मेरी मेज पर बिछा दिया।

देखा, कागज पर किसी नन्हे हाथ की छाप थी। फोटोग्राफ नहीं, तैलचित्र नहीं, हाथ में थोड़ी-सी कालिख लगाकर कागज के ऊपर उसकी छाप ले ली गई थी; कन्या के स्मरण-चिह्न को छाती से लगाए रहमत हर साल कलकत्ता की सड़कों पर मेवा

बेचने आता–मानो उस सुकोमल नन्हे शिशु हस्त का स्पर्श-मात्र उसके बिराट् विरही वक्ष में सुधा-संचार करता रहता हो।

देखकर मेरी आँखें छलछला आईं। वह एक काबुली मेवा वाला है और मैं एक संभ्रांतवंशीय बंगाली–उस समय मैं भूल गया–उस समय मैंने समझा कि जो वह है, वही मैं हूँ। वह भी पिता है, मैं भी पिता हूँ। उसकी पर्वत-गृहवासिनी नन्ही पार्वती की उस हस्तछाप ने मुझे भी अपनी मिनी का स्मरण दिला दिया। मैंने तत्क्षण उसे भीतर से बुलवाया। अंतःपुर में इस बात पर बहुत-सी आपत्तियाँ की गईं। मैंने उन पर कोई ध्यान नहीं दिया। लाल 'चेली' (बंगालियों में पुराने समय में विवाह के अवसर पर वधू को पहनाया जाने वाला लाल रेशमी वस्त्र) पहने, माथे पर चंदन लगाए, वधूवेशिनी मिनी सलज्ज भाव से मेरे पास आकर खड़ी हो गई।

उसको देखकर पहले तो काबुलीवाला सकपका गया, अपनी पुरानी बातचीत नहीं जमा पाया। अंत में हँसकर बोला, "मुन्नी, तू ससुराल जाएगी ?"

मिनी अब ससुराल का अर्थ समझती थी, इस समय वह पहले के समान उत्तर नहीं दे सकी–रहमत का प्रश्न सुनकर लज्जा से लाल होकर मुँह फेरकर खड़ी हो गई। काबुलीवाले से मिनी की जिस दिन पहले भेंट हुई थी, मुझे उस दिन की बात याद हो आई। मन न जाने कैसा व्यथित हो उठा !

मिनी के चले जाने पर गहरी साँस लेकर रहमत जमीन पर बैठ गया। अचानक उसकी समझ में साफ आ गया, इस बीच उसकी पुत्री भी इसी तरह बड़ी हो गई होगी। उसके साथ भी अब नया परिचय करना होगा। वह उसे बिलकुल पहले जैसी नहीं मिलेगी। इन आठ वर्षों में उस पर क्या बीती होगी, यह भी भला कौन जानता है ! सवेरे के समय शरत्कालीन स्निग्ध सूर्य की किरणों में शहनाई बजने लगी, रहमत कलकत्ता की किसी गली में बैठकर अफगानिस्तान के किसी मरु-पर्वत का दृश्य देखने लगा।

मैंने एक नोट निकालकर उसे दिया। कहा, "रहमत, तुम अपनी लड़की के पास अपने देश लौट जाओ; तुम्हारा मिलन-सुख मेरी मिनी का कल्याण करे।"

इन रुपयों का दान करने के कारण हिसाब में से उत्सव-समारोह की तैयारियों में से दो-एक चीज की कटौती कर देनी पड़ी। जैसा सोचा था, बिजली की वैसी रोशनी नहीं की जा सकी। फौजी बैंड भी नहीं आ सका। अंतःपुर में स्त्रियाँ बड़ा असंतोष प्रकट करने लगीं, किंतु मंगल-आलोक से मेरा शुभ-उत्सव उज्ज्वल हो उठा।

आधी रात में

"डॉक्टर ! डॉक्टर !!"

"परेशान कर डाला ! इतनी रात गए–"

आँखें खोलकर देखा, अपने दक्षिणाचरण बाबू थे। हड़बड़ाकर उठकर टूटी पीठ की चौकी घसीटकर उन्हें बैठने को दी और उद्विग्न भाव से मुँह की ओर देखा। घड़ी देखी, रात के ढाई बजे थे।

दक्षिणाचरण बाबू ने विवर्ण मुख विस्फारित नेत्रों से कहा, "आज रात को फिर वही उपद्रव मच गया है–तुम्हारी औषधि कुछ काम नहीं आई।"

मैंने कुछ संकोच के साथ कहा, "मालूम होता है, आपने शराब की मात्रा फिर बढ़ा दी है।"

दक्षिणाचरण बाबू ने अत्यंत खीझकर कहा, "यह तुम्हारा भारी भ्रम है। शराब की बात नहीं; आद्योपांत विवरण सुने बिना तुम असली कारण का अनुमान नहीं कर पाओगे।"

आले में मिट्टी के तेल की छोटी-सी ढिबरी मंद-मंद जल रही थी, मैंने उसे उकसा दिया; प्रकाश थोड़ा जगमगा उठा और बहुत-सा धुआँ निकलने लगा। धोती का छोर देह के ऊपर खींचकर अखबार बिछे चीड़ के खोखे पर बैठ गया। दक्षिणाचरण बाबू कहने लगे–"मेरी पत्नी जैसी गृहिणी मिलना बड़ा कठिन है। किंतु तब मेरी अवस्था ज्यादा नहीं थी, सहज ही रसाधिक्य हो गया था, तिस पर काव्य-शास्त्र का अच्छी तरह अध्ययन किया था, इससे निरे गृहिणीपन से मन नहीं भर पाता था। कालिदास का यह श्लोक प्रायः मन में उभर आता–

गृहिणी सचिवः सखी मिथः
प्रियशिष्या ललिते कलाविधौ।

किंतु मेरी पत्नी पर ललित कलाविधि का कोई उपदेश नहीं चल पाता था और यदि सखीभाव से प्रथम-संभाषण करता तो वे हँसकर उड़ा देतीं। गंगा के प्रवाह से जिस प्रकार इंद्र का ऐरावत परास्त हो गया था वैसे ही उनकी हँसी के सामने बड़े-बड़े काव्यों के टुकड़े और प्यार के अच्छे-अच्छे संभाषण क्षण-भर में ही खिसककर बह

जाते। हँसने की उनमें अपूर्व क्षमता थी।

उसके बाद, आज लगभग चार बरस हुए मुझे भयंकर रोग ने धर दबाया। होंठों पर दाने निकल आए। ज्वर-विकार हुआ, मरने की-सी हालत हो गई। बचने की कोई आशा नहीं थी। एक दिन ऐसा हुआ कि डॉक्टर भी जवाब दे गया। तभी मेरे एक आत्मीय ने कहीं से एक ब्रह्मचारी को ला उपस्थित किया; उसने गाय के घी के साथ एक जड़ी पीसकर मुझे खिला दी। चाहे औषधि के गुण से हो या भाग्य के फेर से, उस बार मैं बच गया।

बीमारी के समय मेरी स्त्री ने दिन-रात एक क्षण भी विश्राम नहीं किया। उन कई एक दिनों में एक अबला स्त्री ने मनुष्य की सामान्य शक्ति के सहारे प्राणपण से व्याकुलता के साथ द्वार पर आए हुए यमदूतों से अनवरत युद्ध किया। अपने संपूर्ण प्रेम, समस्त हृदय, सारी सेवा से उसने मेरे इस अयोग्य प्राण को स्वयं मानो दुधमुँहे शिशु समान दोनों हाथों से छिपाकर ढक लिया था। आहार नहीं, नींद नहीं, संसार में और किसी का कोई ध्यान न रहा।

यम तो पराजित बाघ के समान मुझे अपने चंगुल से छोड़कर चले गए, किंतु जाते-जाते मेरी स्त्री पर एक प्रबल पंजा मार गए।

मेरी स्त्री उस समय गर्भवती थीं. कुछ समय बाद उन्होंने एक मृत संतान को जन्म दिया। उसके बाद से ही उनके नाना प्रकार के जटिल रोगों का सूत्रपात हुआ। तब मैंने उनकी सेवा आरंभ कर दी। उससे वे बहुत व्याकुल हो उठीं। कहने लगीं, “अरे ! क्या करते हो ? लोग क्या कहेंगे ! इस प्रकार दिन-रात तुम मेरे कमरे में मत आया-जाया करो।”

स्वयं पंखे की हवा के बहाने यदि रात को ज्वर के समय मैं पंखा झलने चला जाता तो भारी छीना-झपटी मच जाती। किसी दिन उनकी शुश्रूषा के कारण यदि मेरे नियमित भोजन के समय में दस मिनट की देर हो जाती, वह भी नाना प्रकार के अनुनय, अनुयोग का कारण बन जाती। थोड़ी-सी भी सेवा करने पर लाभ के बदले हानि होने लगती। वे कहतीं, “पुरुषों का इतना अति करना अच्छा नहीं है।”

हमारे बरानगर के उस घर को, मेरा खयाल है तुमने देखा है। घर के सामने ही बगीचा है और बगीचे के सामने गंगा बहती है। हमारे सोने के कमरे के नीचे ही दक्षिण की ओर मेहँदी की बाड़ लगाकर कुछ जमीन घेरकर मेरी पत्नी ने अपने मनपसंद बगीचे का एक टुकड़ा तैयार किया था। संपूर्ण बगीचे में वही भाग अत्यंत सीधा-सादा और एकदम देशी था। अर्थात् उसमें गंध की अपेक्षा वर्ण की बहार, फूल की तुलना में पत्तों का वैचित्र्य नहीं था. और गमलों में लगाए छोटे पौधों के समीप

कमची के सहारे कागज की बनी लैटिन में लिखे नाम की जय-ध्वजा नहीं उड़ती थी। बेला, जूही, गुलाब, गंधराज, कनेर और रजनीगंधा का ही प्रादुर्भाव कुछ अधिक था। एक विशाल मौलश्री वृक्ष के नीचे सफेद संगमरमर पत्थर का चबूतरा बना था। स्वस्थ रहने पर वे स्वयं खड़ी होकर दोनों समय उसको धोकर साफ करवाती थीं। ग्रीष्मकाल में काम से छुट्टी पाने पर संध्या समय वही उनके बैठने का स्थान था। वहाँ से गंगा दिखती थीं, किंतु गंगा से कोठी की छोटी नौका में बैठे बाबू लोग उनको नहीं देख पाते थे।

बहुत दिन तक चारपाई पर पड़े-पड़े एक दिन चैत्र में शुक्लपक्ष की संध्या को उन्होंने कहा, "घर में बंद रहने से मेरा प्राण न जाने कैसा हो रहा है, आज एक बार अपने उस बगीचे में जाकर बैठूँगी।"

मैंने उनको बहुत सँभालकर पकड़े हुए धीरे-धीरे ले जाकर उसी मौलश्री वृक्ष के नीचे बनी पत्थर की वेदी पर लिटा दिया। यों तो मैं अपनी जाँघ पर ही उनका सिर रख सकता था, किंतु मैं जानता था कि वे उसे विचित्र-सा आचरण समझेंगी, इसलिए एक तकिया लाकर उनके सिर के नीचे रख दिया।

मौलश्री के दो-एक खिले हुए फूल झर रहे थे और शाखाओं के बीच से छायांकित ज्योत्स्ना उनके शीर्ण मुख के ऊपर आ पड़ी। चारों ओर शांति और निस्तब्धता थी; उस सघन गंधपूर्ण छायांधकार में एक ओर चुपचाप बैठकर उनके मुख की ओर देखकर मेरी आँखों में पानी भर आया।

मैंने धीरे-धीरे बहुत समीप पहुँचकर अपने हाथों से उनका एक उत्तप्त जीर्ण हाथ ले लिया। इस पर उन्होंने कोई आपत्ति नहीं की। कुछ देर इसी प्रकार चुपचाप बैठे-बैठे मेरा हृदय न जाने कैसा उद्वेलित हो उठा ! मैं बोल उठा, "तुम्हारे प्रेम को मैं कभी नहीं भूलूँगा।"

तभी समझा, इस बात के कहने की कोई आवश्यकता नहीं थी। मेरी पत्नी हँस पड़ीं। उस हँसी में लज्जा थी, सुख था और थोड़ा-सा अविश्वास था; और उसमें काफी मात्रा में परिहास की तीव्रता भी थी। प्रतिवादस्वरूप कोई बात न कहकर उन्होंने केवल अपनी उसी हँसी से ही व्यक्त किया, "किसी दिन भूलोगे नहीं, यह कभी संभव नहीं और मैं इसकी प्रत्याशा भी नहीं करती।"

इस सुमिष्ट सुतीक्ष्ण हँसी के भय से ही मैंने कभी अपनी पत्नी के साथ अच्छी तरह प्रेमालाप करने का साहस नहीं किया। उनके सामने न रहने पर जो अनेक बातें मन में आतीं, उनके सामने जाते ही वे अत्यंत व्यर्थ लगने लगतीं। छपे अक्षरों में जो बातें पढ़ने पर नेत्रों से आँसुओं की धारा बहने लगती है उनको मुँह से कहते हुए

क्यों हँसी आती है, यह मैं आज तक नहीं समझ सका।

बातचीत में तो वाद-प्रतिवाद चल जाता है, किंतु हँसी के ऊपर तर्क नहीं चलता, इसलिए चुप होकर रह जाना पड़ा। ज्योत्स्ना उज्ज्वलतर हो उठी। एक कोयल बार-बार कुहू-कुहू करती हुई चंचल हो गई। मैं बैठा-बैठा सोचने लगा, ऐसी ज्योत्स्ना-रात्रि में भी क्या पिकवधू बधिर हो गई है ?

बहुत चिकित्सा करने पर भी मेरी पत्नी का रोग शांत होने के कोई लक्षण नहीं दिखे। डॉक्टर ने कहा, "एक बार जलवायु परिवर्तन करके देखना अच्छा होगा।"

मैं पत्नी को लेकर इलाहाबाद चला गया।

इतना कहकर दक्षिणा बाबू सहसा चौंककर चुप हो गए। संदेहपूर्ण भाव से मेरे मुख की ओर देखा, उसके बाद दोनों हाथों से सिर थामकर सोचने लगे। मैं भी चुप बैठा रहा। ताक में केरोसीन की ढिबरी टिमटिमाकर जलने लगी और निस्तब्ध कमरे में मच्छरों की भिनभिनाहट स्पष्ट रूप से सुनाई दे रही थी। हठात् मौन तोड़कर दक्षिणा बाबू ने कहना शुरू किया—"वहाँ हारान डॉक्टर पत्नी की चिकित्सा करने लगे।"

अंत में बहुत दिन तक स्थिति में कोई अंतर होते न देखकर डॉक्टर ने भी कह दिया, मैं भी समझ गया और मेरी पत्नी भी समझ गई कि उनका रोग अच्छा होने वाला नहीं है। उनको सदा रुग्ण रहकर ही जीवन काटना पड़ेगा।

तब एक दिन मेरी पत्नी ने मुझसे कहा, "जब न तो व्याधि हो दूर होती है और न मेरे मरने की ही कोई आशा है तब और कितने दिन इस जीवन्मृत को लिए काटोगे ? तुम दूसरा विवाह करो।"

यह मानो केवल एक युक्तिपूर्ण और समझदारी की बात थी—इसमें कोई भारी महत्त्व, वीरत्व या कुछ असामान्य था, ऐसा लेश-मात्र भी उनका भाव नहीं था।

अब मेरे हँसने की बारी थी। किंतु, मुझमें क्या उस प्रकार हँसने की क्षमता है ! मैं उपन्यास के प्रधान नायक के समान गंभीर और सगर्व भाव से कहने लगा, "जितने दिन इस शरीर में प्राण है···"

वे टोककर बोलीं, "बस-बस, और अधिक मत बोलो ! तुम्हारी बात सुनकर तो मैं दंग रह जाती हूँ।"

पराजय स्वीकार न करते हुए मैं बोला, "इस जीवन में और किसी से प्रेम नहीं कर सकूँगा।"

सुनकर मेरी पत्नी जोर से हँस पड़ीं। तब मुझे परास्त होना पड़ा।

मैं नहीं जानता कि उस समय कभी अपने आपसे भी स्पष्ट स्वीकार किया था

या नहीं; किंतु इस समय मैं समझ रहा हूँ कि उस आरोग्य-आशाहीन सेवा-कार्य से मैं मन ही मन थक गया था। उस काम में चूक करूँगा, ऐसी कल्पना भी मेरे मन में नहीं थी; अतएव, चिर जीवन इस चिररुग्ण को लेकर बिताना होगा, यह कल्पना भी मुझे पीड़ाजनक प्रतीत हुई। हाय ! यौवन की प्रथम बेला में जब सामने देखा था तब प्रेम की कुहक में, सुख के आश्वासन में, सौंदर्य की मरीचिका में मुझे अपना समस्त भावी जीवन खिलता हुआ दिखाई दिया था, अब आज से लेकर अंत तक केवल आशाहीन सुदीर्घ प्यासी मरुभूमि।

मेरी सेवा में वह आंतरिक थकान उन्होंने अवश्य ही देख ली थी। उस समय मैं नहीं जानता था, किंतु अब जरा भी संदेह नहीं है कि वे मुझे संयुक्ताक्षरहीन 'शिशु शिक्षा' के प्रथम भाग के समान बहुत ही आसानी से समझ लेती थीं। इसीलिए जब उपन्यास का नायक बनकर मैं गंभीर मुद्रा में उनके पास कवित्व प्रदर्शित करने जाता तो वे बड़े अकृत्रिम स्नेह, किंतु अनिवार्य कौतुक के साथ हँस उठतीं। मेरे अपने अगोचर अंतर की सब बातों को भी वे अंतर्यामी के समान जानती थीं, इस बात को सोचकर आज भी लज्जा से मर जाने की इच्छा होती है।

डॉक्टर हारान हमारे स्वजातीय थे। उनके घर प्रायः मेरा निमंत्रण रहता। कुछ दिनों के आने-जाने के बाद डॉक्टर ने अपनी कन्या के साथ मेरा परिचय करा दिया। कन्या अविवाहित थी, उसकी उम्र पंद्रह की रही होगी। डॉक्टर ने कहा कि उनको मन के अनुकूल पात्र नहीं मिला, इसलिए उन्होंने उसका विवाह नहीं किया। किंतु, बाहर के लोगों से अफवाह सुनता—कन्या के कुल में दोष था।

किंतु, और कोई दोष नहीं था। जैसी सुंदर थी वैसी ही सुशिक्षिता। इस कारण कभी-कभी एकाध दिन उनके साथ नाना विषयों पर आलोचना करते-करते घर लौटते मुझे रात हो जाती, पत्नी की औषधि देने का समय निकल जाता। वे जानती थीं कि मैं डॉक्टर के घर गया हूँ; किंतु उन्होंने एक भी दिन विलंब के कारण के विषय में प्रश्न तक नहीं किया।

मरुभूमि में फिर एक बार मरीचिका दिखाई देने लगी। तृष्णा जब गले तक आ गई थी तभी आँखों के सामने लबालब स्वच्छ जल कलकल, छलछल करने लगा। इस स्थिति में मन को प्राणपण से रोकने पर भी मोड़ नहीं सका।

रोगी का कमरा मुझे पहले से दुगना निरानंद लगने लगा। तब सेवा करने और औषधि खिलाने का नियम, सब प्रायः भंग होने लगा।

डॉक्टर हारान बीच-बीच में मुझसे प्रायः कहते रहते, "जिनका रोग अच्छा होने की कोई संभावना नहीं है उनका मरना ही भला है, क्योंकि जीवित रहने से उनको

स्वयं भी सुख नहीं मिलता, और दूसरों को भी दुख होता है।" साधारण रूप से ऐसी बात कहने में कोई दोष नहीं तथापि मेरी स्त्री को लक्ष्य करके इस प्रकार के प्रसंग का उठाना उनके लिए उचित न था। किंतु, मनुष्य के जीवन-मरण के विषय में डॉक्टरों के मन ऐसे अनुभूतिशून्य होते हैं कि वे ठीक प्रकार से हमारे मन की हालत नहीं समझ सकते।

सहसा एक दिन बगल के कमरे से सुना, मेरी पत्नी हारान बाबू से कह रही थीं, "डॉक्टर, फिजूल में इतनी औषधियाँ खिला-खिलाकर औषधालय का कर्ज क्यों बढ़ा रहे हो ? जब मेरी जान ही एक लाइलाज बीमारी है तब कोई ऐसी दवा दो कि यह जान ही निकल जाए और जान छूटे।"

डॉक्टर ने कहा, "छिः ! ऐसी बातें न करें।"

यह सुनकर मेरे हृदय को एकबारगी बड़ा आघात पहुँचा। डॉक्टर के चले जाने पर मैं अपनी स्त्री के कमरे में जाकर उनकी चारपाई के सिरहाने बैठ गया, उनके माथे पर धीरे-धीरे हाथ फेरने लगा। वे बोलीं, "यह कमरा बड़ा गरम है, तुम बाहर जाओ। तुम्हारे टहलने जाने का समय हो गया है। थोड़ा टहले बिना रात को तुम्हें भूख नहीं लगेगी।"

टहलने जाने का अर्थ था, डॉक्टर के घर जाना। मैंने उनको समझाया था कि भूख लगने के लिए थोड़ा टहल लेना विशेष आवश्यक है। आज मैं निश्चयपूर्वक कह सकता हूँ, वे प्रतिदिन की मेरी इस छलना को समझती थीं। मैं ही निर्बोध था जो सोचता था कि ये निर्बोध हैं।

यह कहकर दक्षिणाचरण बाबू हथेली पर सिर टिकाए बहुत देर तक मौन बैठे रहे। अंत में बोले, "मुझे एक गिलास पानी ला दो !" पानी पीकर कहने लगे—एक दिन डॉक्टर बाबू की पुत्री मनोरमा ने मेरी पत्नी को देखने के लिए आने की इच्छा प्रकट की। पता नहीं क्यों, उनका यह प्रस्ताव मुझे अच्छा नहीं लगा। किंतु प्रतिवाद करने का कोई कारण नहीं था। वे एक दिन संध्या को मेरे घर आ उपस्थित हुईं।

उस दिन मेरी पत्नी की पीड़ा अन्य दिनों की अपेक्षा कुछ बढ़ गई थी। जिस दिन उनका कष्ट बढ़ता उस दिन वे अत्यंत स्थिर और चुपचाप रहतीं; केवल बीच-बीच में मुट्ठियाँ बँध जातीं और मुँह नीला हो जाता, इसी से उनकी पीड़ा का अनुमान होता। कमरे में कोई आहट नहीं थी, मैं बिस्तर के किनारे चुपचाप बैठा था। उस दिन टहलने जाने का मुझसे अनुरोध करें, इतनी सामर्थ्य उनमें नहीं थी या हो सकता है, मन ही मन उनकी यह इच्छा रही हो कि अत्यधिक कष्ट के समय मैं उनके पास रहूँ। चौंध न लगे, इससे केरोसिन की बत्ती दरवाजे के पास थी। कमरा अँधेरा

और निस्तब्ध था। केवल कभी-कभी पीड़ा के समय कुछ शांत होने पर मेरी पत्नी का दीर्घ निःश्वास सुनाई पड़ता था।

इस समय मनोरमा कमरे के दरवाजे पर आ खड़ी हुई। उलटी ओर से बत्ती का प्रकाश आकर मुख पर पड़ा। प्रकाश से चौंधिया जाने के मारे कमरे में कुछ भी न देख पाने के कारण वे कुछ क्षणों तक दरवाजे के पास खड़ी इधर-उधर करने लगीं।

मेरी स्त्री ने चौंककर मेरा हाथ पकड़कर पूछा, "वह कौन है ?" अपनी उस दुर्बल अवस्था में सहसा अपरिचित व्यक्ति को देखकर उन्होंने डरकर मुझसे दो-तीन बार अस्पष्ट स्वर में प्रश्न किया, "कौन है ? वह कौन है जी ?"

न जाने मेरी कैसी दुर्बुद्धि हुई कि मैंने पहले ही कह दिया, "मैं नहीं जानता।" कहते ही मानो किसी ने मुझे चाबुक मारा। दूसरे क्षण मैं बोला, "ओह, अपने डॉक्टर बाबू की लड़की !"

पत्नी ने एक बार मेरे मुख की ओर देखा, मैं उनके मुख की ओर नहीं देख सका। दूसरे ही क्षण उन्होंने क्षीण स्वर में अभ्यागत से कहा, "आप आइए !" मुझसे बोलीं, "उजाला करो।"

मनोरमा कमरे में आकर बैठ गईं। उनके साथ मरीज की थोड़ी-बहुत बातचीत चलने लगी। इसी समय डॉक्टर बाबू आ उपस्थित हुए।

वे अपने औषधालय से दो शीशी औषधि साथ ले आए थे। उन शीशियों को बाहर निकालते हुए वे मेरी पत्नी से बोले, "यह नीली शीशी मालिश करने के लिए और यह खाने के लिए। देखिए, दोनों को मिलाइएगा नहीं, यह औषधि भयंकर विष है।"

मुझे भी एक बार सावधान करते हुए दोनों दवाइयों को चारपाई के पास मेज पर रख दिया। विदा लेते समय डॉक्टर ने अपनी पुत्री को बुलाया।

मनोरमा ने कहा, "पिताजी, मैं यहाँ रह जाऊँ ? साथ में कोई महिला नहीं है, उनकी सेवा कौन करेगा ?"

मेरी स्त्री व्याकुल हो उठीं। बोलीं, "नहीं-नहीं, आप कष्ट न कीजिए ! पुरानी नौकरानी है, वह माँ की भाँति मेरी सेवा करती है।"

डॉक्टर हँसते हुए बोले, "ये लक्ष्मीस्वरूपा हैं ! चिरकाल से दूसरों की सेवा करती आ रही हैं, दूसरे की सेवा सहन नहीं कर सकतीं।"

पुत्री को लेकर जाने की तैयारी कर ही रहे थे कि उसी समय मेरी स्त्री बोली, "डॉक्टर बाबू, ये इस बंद कमरे में बहुत समय से बैठे हैं, इनको थोड़ी देर बाहर घुमा ला सकते हैं ?"

डॉक्टर बाबू ने मुझसे कहा, "चलिए न, आपको नदी के किनारे थोड़ा घुमा लाएँ।"

मैं तनिक आपत्ति प्रकट करने के बाद शीघ्र ही राजी हो गया। डॉक्टर बाबू ने चलते समय दवाइयों की दोनों शीशियों के संबंध में फिर मेरी पत्नी को सावधान कर दिया।

उस दिन मैंने डॉक्टर के घर ही भोजन किया। लौटने में रात हो गई। आकर देखा, मेरी स्त्री छटपटा रही थीं। मैंने पश्चात्ताप से पीड़ित होकर पूछा, "क्या तुम्हारी तकलीफ बढ़ गई है ?"

वे उत्तर न दे सकीं। चुपचाप मेरे मुख की ओर देखने लगीं। उस समय उनका गला रुँध गया था।

मैं तुरंत रात में ही डॉक्टर को बुला लाया।

डॉक्टर आकर पहले तो बहुत देर तक कुछ समझ ही न सके। अंत में उन्होंने पूछा, "क्या तकलीफ बढ़ गई है ? एक बार दवा की मालिश करके क्यों न देखा जाए।"

यह कहते हुए उन्होंने टेबल से शीशी उठाकर देखी, वह खाली थी।

मेरी पत्नी से पूछा, "क्या आपने गलती से यह दवा खाई है ?"

मेरी पत्नी ने गर्दन हिलाकर चुपचाप बताया, "हाँ।"

डॉक्टर तुरंत अपने घर से पंप लाने के लिए गाड़ी में दौड़े। मैं अर्ध-मूर्च्छित-सा पत्नी के बिस्तर पर पड़ गया।

उस समय, जिस प्रकार माता पीड़ित शिशु को सांत्वना देती है उसी प्रकार उन्होंने मेरे सिर को अपने वक्षस्थल के पास खींचकर हाथों के स्पर्श द्वारा मुझे अपने मन की बात समझाने की चेष्टा की। केवल अपने उस करुण स्पर्श के द्वारा ही वे मुझसे बार-बार कहने लगीं, "दुखी मत होना, अच्छा ही हुआ। तुम सुखी रहोगे, यही सोचकर मैं सुख से मर रही हूँ।"

जब डॉक्टर लौटे तो जीवन के साथ-साथ मेरी स्त्री की सारी यंत्रणाओं का भी अवसान हो गया था।

दक्षिणाचरण फिर से एक बार पानी पीकर बोले, "ओह ! बड़ी गरमी है !" यह कहते हुए तेजी से बाहर निकलकर बरामदे में दो-चार बार टहलने के बाद फिर आ बैठे। अच्छी तरह स्पष्ट हो गया, वे कहना नहीं चाहते थे, किंतु मानो मैंने जादू से उनसे बात निकलवा ली हो। फिर आरंभ किया—

मनोरमा से विवाह करके घर लौट आया।

मनोरमा ने अपने पिता की सम्मति के अनुसार मुझसे विवाह किया। किंतु जब मैं उससे प्रेम की बात कहता, प्रेमालाप करके उसके हृदय पर अधिकार करने की चेष्टा करता तो वह हँसती नहीं, गंभीर बनी रहती। उसके मन में कहाँ किस जगह क्या खटका लग गया था, मैं कैसे समझता ?

इन्हीं दिनों मेरी शराब पीने की लत बहुत बढ़ गई।

एक दिन शरद् के आरंभ में संध्या को मनोरमा के साथ अपने बरानगर के बाग में टहल रहा था। घोर अंधकार हो आया था। घोंसलों में पक्षियों के पंख फड़फड़ाने तक की आहट नहीं थी, केवल घूमने के रास्ते के दोनों किनारे घनी छाया से ढँके झाऊ के पेड़ हवा में सर-सर करते काँप रहे थे।

थकान का अनुभव करती हुई मनोरमा उसी मौलश्री वृक्ष के नीचे शुभ्र पत्थर की वेदी पर आकर अपने हाथों के ऊपर सिर रखकर लेट गई। मैं भी पास आकर बैठ गया।

वहाँ और भी घना अंधकार था; आकाश का जो भाग दिखाई दे रहा था, वह पूरी तरह तारों से भरा था। वृक्षों के तले के झींगुरों की ध्वनि मानो अनंत गगन के वक्ष से च्युत निःशब्दता पर ध्वनि की एक पतली किनारी बुन रही हो।

उस दिन भी शाम को मैंने कुछ शराब पी थी, मन खूब तरलावस्था में था। अंधकार जब आँखों को सहन हो गया तब वृक्षों की छाया के नीचे पांडु वर्ण वाली उस शिथिल-आँचल श्रांतकाय रमणी की अस्पष्ट मूर्ति ने मेरे मन में एक अनिवार्य आवेग का संचार कर दिया। मुझे लगा, वह मानो कोई छाया हो, मैं उसे मानो किसी भी तरह अपनी बाँहों में बाँध नहीं सकूँगा।

इसी समय अँधेरे झाऊ वृक्षों की चोटियों पर जैसे आग जल उठी हो; उसके पश्चात् कृष्ण पक्ष के क्षीण हरिद्रावर्ण चाँद ने धीरे-धीरे वृक्षों के ऊपर आकाश में आरोहण किया। सफेद पत्थर पर सफेद साड़ी पहने उसी थकी लेटी रमणी के मुख पर ज्योत्स्ना आकर पड़ी। मैं और न सह सका। पास आकर हाथों में उसका हाथ लेकर बोला, "मनोरमा, तुम मेरा विश्वास नहीं करतीं, पर मैं तुमसे प्रेम करता हूँ। मैं तुमको कभी नहीं भूल सकता।"

बात कहते ही मैं चौंक उठा। याद आया, ठीक यही बात मैंने कभी किसी और से भी कही थी। और तभी मौलश्री की शाखाओं के ऊपर होती हुई झाऊ वृक्ष की चोटी पर से होती हुई कृष्ण पक्ष के पीतवर्ण खंडित चाँद के नीचे से, गंगा के पूर्वी किनारे से लेकर गंगा के सुदूर पश्चिमी किनारे तक हा-हा-हा-हा-हा-हा करती एक हँसी अत्यंत तीव्र वेग से प्रवाहित हो उठी। वह मर्मभेदी हँसी थी या अभ्रभेदी हाहाकार

था, कह नहीं सकता। मैं उसी क्षण मूर्च्छित होकर पत्थर की वेदी से नीचे गिर पड़ा।

मूर्च्छा भंग होने पर देखा, अपने कमरे में बिस्तर पर लेटा हूँ। पत्नी ने पूछा, "तुम्हें अचानक यह क्या हुआ ?"

मैंने काँपते हुए कहा, "तुमने सुना नहीं, समस्त आकाश को परिपूर्ण करती हुई एक हा-हा करती हँसी ध्वनित हुई थी ?"

पत्नी ने हँसकर कहा, "वह हँसी थोड़े ही थी। पंक्ति बाँधकर पक्षियों का एक बहुत बड़ा झुंड उड़ा था, उन्हीं के पंखों का शब्द सुनाई दिया था। तुम इतने से ही डर जाते हो ?"

दिन के समय मैं स्पष्ट समझ गया कि वह सचमुच पक्षियों के झुंड के उड़ने का ही शब्द था। इस ऋतु में उत्तर दिशा से हंस-श्रेणी नदी के कछार में चारा चुगने के लिए आती है, किंतु संध्या हो जाने पर यह विश्वास टिक नहीं पाता था। उस समय लगता, मानो चारों ओर समस्त अंधकार को भरती हुई सघन हँसी जमा हो गई हो, किसी सामान्य बहाने से ही अचानक आकाशव्यापी अंधकार को विदीर्ण करके ध्वनित हो उठेगी। अंत में ऐसा हुआ कि संध्या के बाद मनोरमा से मुझे कोई भी बात कहने का साहस न होता।

तब मैं बरानगर के अपने घर को त्यागकर मनोरमा को साथ लेकर नौका पर बाहर निकल पड़ा। अगहन के महीने में नदी की हवा से सारा भय भाग गया। कुछ दिनों बड़े सुख में रहा। चारों ओर के सौंदर्य से आकर्षित होकर—मनोरमा भी मानो बहुत दिन बाद मेरे लिए अपने हृदय का रुद्ध द्वार धीरे-धीरे खोलने लगी।

गंगा पार कर, खड़ पार कर अंत में हम पद्मा में आ पहुँचे। भयंकरी पद्मा उस समय हेमंत ऋतु की विवरलीन भुजंगिनी के समान कृश निर्जीव-सी लंबी शीतनिद्रा में मग्न थी। उत्तर की ओर जन-तृण-शून्य दिगंत प्रसारित बालुकापूर्ण कछार धू-धू कर रहा था और दक्षिण के ऊँचे किनारे पर गाँवों के आमों के बगीचे इस राक्षसी नदी के मुख के अत्यंत समीप हाथ जोड़े खड़े काँप रहे थे। बीच-बीच में पद्मा निद्रा के आवेश में करवट बदलती और विदीर्ण तट-भूमि छपाक से टूट-टूटकर गिर पड़ती। यहाँ घूमने की सुविधा देखकर नौका बाँध दी।

एक दिन घूमते हुए हम दोनों बहुत दूर चले गए। सूर्यास्त की स्वर्णच्छाया विलीन होते ही शुक्ल पक्ष का निर्मल चंद्रालोक देखते-देखते खिल उठा। उस अंतहीन शुभ्र बालू के कछार पर जब अजस्र, मुक्त उच्छ्वसित ज्योत्स्ना एकदम आकाश की सीमाओं तक प्रसारित हो गई तब लगा मानो जन-शून्य चंद्रालोक के असीम स्वप्न-राज्य में केवल हम दो व्यक्ति ही भ्रमण कर रहे हों। एक लाल शॉल मनोरमा

के सिर से उतरता उसके मुख को वेष्टित करते हुए उसके शरीर को ढँके हुए था। निस्तब्धता जब गहरी हो गई, केवल सीमाहीन, दिशाहीन शुभ्रता और शून्यता के अतिरिक्त जब और कुछ भी न रहा तब मनोरमा ने धीरे-धीरे हाथ बढ़ाकर जोर से मेरा हाथ पकड़ लिया। अत्यंत पास आकर वह मानो अपना संपूर्ण तन-मन-जीवन-यौवन मेरे ऊपर डालकर एकदम निर्भय होकर खड़ी हो गई। मैंने पुलकित-उद्वेलित हृदय से सोचा, कमरे के भीतर क्या भला यथेष्ट प्रेम किया जा सकता है ? यदि ऐसा अनावृत मुक्त अनंत आकाश न हो तो क्या कहीं दो व्यक्ति बँध सकते हैं ? उस समय लगा—हमारे न घर है, न द्वार है, न कहीं लौटना है। बस हम इसी प्रकार हाथ में हाथ लिए अगम्य मार्ग में उद्देश्यहीन भ्रमण करते हुए चंद्रालोकित शून्यता पर पैर धरते मुक्त भाव से चलते रहेंगे।

इसी प्रकार चलते-चलते एक जगह पहुँचकर देखा, थोड़ी दूर पर बालुका-राशि के बीच एक जलाशय-सा बन गया है, पद्मा के उतर जाने पर उसमें पानी जमा रह गया था।

उस मरु बालुकावेष्टित निस्तरंग, गाढ़ निद्रामग्न, निश्चल जल पर विस्तृत ज्योत्स्ना की रेखा मूर्च्छित भाव से पड़ी थी। उसी स्थान पर आकर हम दोनों व्यक्ति खड़े हो गए—मनोरमा ने न जाने क्या सोचकर मेरे मुख की ओर देखा, अचानक उसके सिर पर से शॉल खिसक गया। मैंने ज्योत्स्ना से खिला हुआ उसका वह मुँह उठाकर चूम लिया।

उसी समय उस जनमानव-शून्य निःसंग मरुभूमि के गंभीर स्वर में न जाने कौन तीन बार बोल उठा, “कौन है ? कौन है ? कौन है ?”

मैं चौंक पड़ा, मेरी पत्नी भी काँप उठी। किंतु दूसरे ही क्षण हम दोनों ही समझ गए कि यह शब्द मनुष्य का नहीं था, अमानवीय भी नहीं था। कछार में विहार करने वाले जलचर पक्षी की आवाज थी। इतनी रात को अचानक अपने निरापद निभृत निवास के समीप जन-समागम देखकर वह चौंक उठा था।

भय से चौंककर हम दोनों झटपट नौका में लौट आए। रात को आकर बिस्तर पर लेट गए। थकी होने के कारण मनोरमा शीघ्र ही सो गई। उस समय अंधकार में न जाने कौन मेरी मसहरी के पास खड़ा होकर सुषुप्त मनोरमा की ओर एक लंबी जीर्ण अस्थि-पिंजर-मात्र अँगुली दिखाकर मानो मेरे कान में बिलकुल चुपचाप अस्फुट स्वर में बारंबार पूछने लगी, “कौन है ? कौन है ? वह कौन है जी ?”

झटपट उठकर दियासलाई घिसकर बत्ती जलाई। उसी क्षण वह छायामूर्ति विलीन हो गई। मेरी मसहरी को कँपाकर, नौका को डगमगाकर, मेरे स्वेद-सने शरीर

के रक्त को बर्फ करके हा-हा-हा-हा-हा-हा करती हुई एक हँसी अंधकार रात्रि में बहती हुई चली गई। पद्मा को पार कर, पद्मा के कछार को पार कर, उसके तटवर्ती समस्त सुप्त देश, ग्राम, नगर पार कर मानो वह चिरकाल से देश-देशांतर, लोक-लोकांतर को पार करती क्रमशः क्षीण, क्षीणतर, क्षीणतम होकर असीम सुदूर की ओर चली जा रही थी, धीरे-धीरे वह मानो जन्म-मृत्यु के देश को पीछे छोड़ गई, क्रमशः वह मानो सुई के अग्रभाग के समान क्षीणतम हो आई। मैंने इतना क्षीण स्वर पहले कभी नहीं सुना, कल्पना भी नहीं की, मानो मेरे दिमाग में अनंत आकाश हो और वह शब्द कितनी ही दूर क्यों न जा रहा हो, किसी भी प्रकार मेरे मस्तिष्क की सीमा छोड़ नहीं पा रहा हो। अंत में जब नितांत असह्य हो गया तब सोचा, बत्ती बुझाए बिना सो नहीं पाऊँगा। जैसे ही रोशनी बुझाकर लेटा वैसे ही मेरी मसहरी के पास, मेरे कान के समीप, अँधेरे में वह अवरुद्ध स्वर फिर बोल उठा, "कौन है ? कौन है? वह कौन है जी ?" मेरे हृदय का रक्त भी उसी पर ताल देता हुआ क्रमशः ध्वनित होने लगा, "कौन है ? कौन है ? वह कौन है जी ?" "कौन है ? कौन है ? वह कौन है जी ?" उसी गहरी रात में निस्तब्ध नौका में मेरी गोलाकार घड़ी भी सजीव होकर अपनी घंटे की सुई को मनोरमा की ओर घुमाकर शेल्फ के ऊपर से ताल मिलाकर बोलने लगी, "कौन है ? कौन है ? वह कौन है जी ? कौन है ? कौन है ? वह कौन है जी ?"

कहते-कहते दक्षिणा बाबू का रंग फीका पड़ गया, उनका गला रुँध आया। मैंने उनको सहारा देते हुए कहा, "थोड़ा पानी पीजिए !" इसी समय सहसा मेरी केरोसीन की बत्ती लुप-लुप करती बुझ गई। अचानक देखा, बाहर प्रकाश हो गया है। कौआ बोल उठा। दहिंगल पक्षी सिसकारी भरने लगा। मेरे घर के सामने वाले रास्ते पर भैंसागाड़ी का चरमर-चरमर शब्द होने लगा। दक्षिणा बाबू के मुख की मुद्रा अब बिलकुल बदल गई। अब भय का कोई चिह्न न रहा। रात्रि की कुहक में काल्पनिक शंका की मत्तता में मुझसे जो इतनी बातें कह डालीं उसके लिए वे अत्यंत लज्जित और मेरे ऊपर मन ही मन क्रोधित हो उठे। शिष्टाचार-प्रदर्शक शब्द के बिना ही वे अकस्मात् उठकर द्रुतगति से चले गए।

उसी दिन आधी रात में फिर मेरे दरवाजे पर खटखटाहट हुई, "डॉक्टर ! डॉक्टर !"

क्षुधित पाषाण

मैं और मेरे संबंधी पूजा की छुट्टी में देश-भ्रमण समाप्त करके कलकत्ता लौट रहे थे, तभी रेलगाड़ी में उन बाबू से भेंट हुई। उनकी वेशभूषा देखकर शुरू में उन्हें पश्चिमी प्रांत का मुसलमान समझने का भ्रम हुआ था। उनकी बातचीत सुनकर और भी चक्कर में पड़ गया। वे दुनिया-भर के विषयों पर इस प्रकार बातें करने लगते मानो विधाता उनके साथ परामर्श करने के बाद ही सारा कामकाज करते हैं। संसार में भीतर ही भीतर भाँति-भाँति की जो नाना अश्रुतपूर्व गूढ़ घटनाएँ घटित हो रही थीं—रूसी कितने आगे बढ़ गए हैं, अंग्रेजों का क्या-क्या गुप्त अभिप्राय है, देशी राजाओं में कैसी खिचड़ी पक रही है, इन सबसे बेखबर हम पूर्णतः निश्चिंत थे। हमारे नवपरिचित वक्ता ने कुछ हँसकर कहा : There happen more things in heaven and earth, Horatio, then are reported in your newspapers. (होरेशियो, स्वर्ग और पृथ्वी पर तुम्हारे समाचार-पत्रों में छपने वाली बातों की अपेक्षा कहीं अधिक घटनाएँ घटती हैं।)

हम पहली ही बार घर से निकले थे, अतएव इस व्यक्ति का रंग-ढंग देखकर अवाक् रह गए। वह जरा-जरा-सी बात पर कभी विज्ञान की चर्चा करता, वेद की व्याख्या करता और कभी अचानक फारसी के बैतों की आवृत्ति करता, विज्ञान, वेद और फारसी भाषा पर हमारा कोई अधिकार न होने के कारण उनके प्रति हमारी भक्ति क्रमशः बढ़ने लगी। यही नहीं, मेरे थियोसोफिस्ट होने के बारे में इसका दृढ़ विश्वास हो गया कि अपने इस सहयात्री से किसी अलौकिक कार्य का कुछ न कुछ संबंध है, कोई अद्भुत मैगनेटिज्म या कोई देव-शक्ति अथवा सूक्ष्म शरीर, या ऐसी ही कोई एक चीज। वे इस असामान्य व्यक्ति की साधारण से साधारण बात भी भक्ति-विह्वल होकर मुग्ध भाव से सुन रहे थे और चुपचाप नोट करते जा रहे थे; मुझे उनके भाव से लगा कि वे असामान्य व्यक्ति भी मन ही मन यह समझ गए थे और कुछ खुश भी हुए थे।

जब गाड़ी जंक्शन पर पहुँचकर रुकी तो हम दूसरी गाड़ी की प्रतीक्षा में वेटिंग रूम में इकट्ठे हुए। उस समय रात के साढ़े दस बजे थे। सुनने में आया कि रास्ते

में कुछ बाधा आ जाने के कारण गाड़ी बहुत देर से आएगी। इस बीच मैंने मेज के ऊपर बिछौना फैलाकर सोने का निश्चय किया, तभी उन असामान्य व्यक्ति ने निम्नलिखित कहानी छेड़ दी। उस रात मुझे फिर नींद नहीं आई–

"राज्य-संचालन के सिलसिले में दो-एक बातों में मतभेद होने के कारण मैं जूनागढ़ की नौकरी छोड़कर जब हैदराबाद के निजाम की सरकारी नौकरी में आया तब शुरू में मुझे उम्र में छोटा और मजबूत आदमी देखकर बरीच में रुई का महसूल वसूल करने पर नियुक्त किया गया।

बरीच बड़ी ही रमणीय जगह थी। निर्जन पहाड़ी के नीचे बड़े-बड़े वनों के भीतर से होकर शुस्ता नदी (संस्कृत 'स्वच्छतोया' का अपभ्रंश) उपलमुखरित पथ में निपुणा नर्तकी के समान पग-पग पर लहराती, बल खाती, द्रुत गति से नाचती चली गई थी। ठीक उसी नदी के किनारे पत्थर की बनी डेढ़ सौ सीढ़ियों के अत्युच्च घाट पर सफेद पत्थर का एक एकाकी प्रसाद पर्वत की तराई में खड़ा था–आसपास कहीं कोई बस्ती न थी। बरीच की रुई की हाट एवं ग्राम यहाँ से दूर थे।

प्रायः ढाई सौ वर्ष पूर्व द्वितीय शाह महमूद ने भोग-विलास के लिए इस निर्जन स्थान में प्रासाद का निर्माण कराया था। उस समय स्नानागार के फव्वारे के मुख से गुलाब-सुगंधित जलधारा छूटती रहती और उस सीकर-शीतल निभृत कक्ष में संगमरमर-जटित स्निग्ध शिलासन पर बैठकर अपने कोमल नग्न पद पल्लवों को जलाशय की निर्मल जलराशि में फैलाए फारस देश की तरुण रमणियाँ स्नान के पूर्व केश बिखेरे सितार गोद में लिए द्राक्षावन की गजलें गाती रहतीं।

अब वह फव्वारा क्रीड़ा नहीं करता, न वह गीत था। सफेद पत्थर पर शुभ्र चरणों का सुंदर आघात नहीं पड़ता था–अब तो वह हम जैसे निर्जनता-पीड़ित संगिनीहीन महसूल-कलेक्टर का अति बृहत् एवं अति शून्य निवास-स्थान था। किंतु दफ्तर के वृद्ध क्लर्क करीम खाँ ने मुझे इस प्रासाद में रहने को बारंबार मना किया था। कहा था, इच्छा हो तो दिन में रहें, पर यहाँ रात्रि न बिताएँ। मैंने उसकी बात हँसी में उड़ा दी। नौकरों ने कहा कि वे संध्या-पर्यंत काम करेंगे, किंतु रात में यहाँ न रहेंगे। मैंने कहा, तथास्तु। इस घर की ऐसी बदनामी थी कि रात के समय चोर भी यहाँ आने का साहस नहीं करते थे।

पहले-पहल आने पर इस परित्यक्त पाषाण-प्रासाद की जन-शून्यता मेरे हृदय को मानो किसी भयंकर भार के समान दबाए रहती। मैं यथाशक्ति बाहर रहकर निरंतर काम-काज करने के बाद रात को क्लांत देह से घर लौटकर सो जाता।

पर अभी एक सप्ताह भी नहीं बीता था कि इस मकान का एक अपूर्व नशा

क्रमशः आक्रमण करके मुझे घेरने लगा। अपनी उस अवस्था का वर्णन करना भी कठिन है और लोगों को उसका विश्वास दिलाना भी मुश्किल है। सारा घर मानो एक सजीव पदार्थ की भाँति मुझे अपने जठरस्थ मोह-रस से धीरे-धीरे जीर्ण करने लगा।

शायद इस घर में पदार्पण करते ही इस प्रक्रिया का आरंभ हो गया था; किंतु मैंने जिस दिन सचेत होकर पहली बार इसके सूत्रपात का अनुभव किया उस दिन की बात मुझे अच्छी तरह याद है।

ग्रीष्मकाल के आरंभ में उस समय बाजार नरम था; हाथ में कोई काम नहीं था। सूर्यास्त के कुछ पहले मैं नदी-किनारे घाट की सबसे नीची सीढ़ी पर एक आरामकुर्सी लिए बैठा था। शुस्ता नदी क्षीण हो गई थी; दूसरे किनारे पर विस्तृत बालुका-तट अपराह्न की आभा से रंगीन हो उठा था। इस पार घाट की सीढ़ियों के नीचे उथले स्वच्छ जल में बटियाँ झिलमिला रही थीं। उस दिन कहीं भी हवा नहीं थी। समीप के पर्वत पर वनतुलसी, पुदीना और सौंफ के जंगल से उड़ती तीखी सुगंध ने शांत आकाश को आक्रांत कर रखा था।

सूर्य जब गिरि-शिखर के अंतराल में अवतीर्ण हो गए तभी दिन की नाट्यशाला पर एक दीर्घ छाया-यवनिका पड़ गई। पर्वत का व्यवधान होने के कारण यहाँ सूर्यास्त के समय प्रकाश और अंधकार का सम्मिलन बहुत देर स्थायी नहीं रहता। घोड़े पर बैठकर जरा घूम-फिर आऊँ। यह सोचकर अब उठूँ, तब उठूँ कर रहा था कि सीढ़ी पर पैरों की आहट सुनाई पड़ी। पीछे फिरकर देखा, कोई नहीं था।

इंद्रिय-भ्रम समझकर लौटकर दुबारा बैठते ही एकाएक बहुत-से पैरों का शब्द सुनाई पड़ा—जैसे बहुत से लोग मिलकर भाग-दौड़ करते हुए उतरते आ रहे हों। किंचित् भय के साथ एक अपरूप रोमांच से मेरा सर्वांग परिपूर्ण हो गया। यद्यपि मेरे सामने कोई मूर्ति नहीं थी तथापि प्रत्यक्ष के समान स्पष्ट जान पड़ा कि ग्रीष्म की उस संध्या में प्रमोद-चंचल नारियों का एक दल शुस्ता के जल में स्नान करने उतरा है। यद्यपि उस संध्या-काल में निस्तब्ध गिरि-तट पर नदी के किनारे निर्जन प्रासाद में कहीं कोई शब्द नहीं था तथापि मैंने मानो स्पष्ट सुना कि निर्झर की शतधाराओं के समान क्रीड़ामग्न कलहास्य करती हुई, मिलकर तेजी से दौड़ती हुई स्नानार्थिनियाँ मेरे पास से निकल गई हों। मुझे मानो उन्होंने देखा भी न हो। जिस प्रकार वे मेरे निकट अदृश्य थीं, मैं भी मानो उसी प्रकार उनके निकट अदृश्य था। नदी पहले की भाँति स्थिर थी, किंतु मुझे स्पष्ट बोध हुआ मानो स्वच्छतोया का उथला स्रोत अनेक वलयसिंचित बाहु-विक्षेपों से विक्षुब्ध हो उठा हो, हँस-हँसकर सखियाँ एक-दूसरे पर जल के छींटे मार रही हों एवं तैरती हुई रमणियों के पदाघात से

जलबिंदु-राशि मुट्ठी-भर मोतियों की भाँति आकाश में बिखरी पड़ रही हो।

मेरे वक्ष में एक प्रकार का कंपन होने लगा; वह उत्तेजना भय की या आनंद की या कौतूहल की थी, ठीक नहीं कह सकता। बड़ी इच्छा होने लगी कि अच्छी तरह से देखूँ, किंतु देखने के लिए सामने कुछ नहीं था; लगता था, अच्छी तरह कान लगाने से उनकी सारी बातचीत स्पष्ट सुनाई पड़ेगी—किंतु एकाग्र मन से कान लगाने पर केवल जंगली झींगुरों का शब्द सुनाई देता। मुझे लगा, मानो ढाई सौ वर्षों की कृष्ण वर्ण यवनिका ठीक मेरे सामने झूल रही हो। डरते-डरते एक सिरा उठाकर भीतर नजर डालूँ—वहाँ एक विराट् सभा लगी है, किंतु गाढ़े अंधकार में कुछ भी दिखाई नहीं दिया।

अचानक उमस को चीरती हुई हू-हू करके हवा चलने लगी। देखते-देखते शुस्ता का स्थिर जल-तल अप्सरा के केश-पाश की भाँति कुंचित हो उठा एवं संध्या छायाच्छन्न समस्त वनभूमि क्षण-भर में एक साथ मर्मर ध्वनि करके मानो दुःस्वप्न से जाग उठी। चाहे स्वप्न कहो या सत्य, ढाई सौ वर्ष के अतीत क्षेत्र से प्रतिफलित होकर मेरे सामने जो एक अदृश्य मरीचिका अवतीर्ण हुई थी, वह पल-भर में अंतर्धान हो गई। जो मायामयी मुझे फलाँगती हुई देह-हीन द्रुतपदों से शब्दहीन उच्च कलहास्य से दौड़कर शुस्ता के जल में जाकर कूद पड़ी थीं, अपने सिक्त अंचलों से बूँदें टपकाती-टपकाती फिर मेरी बगल से होकर नहीं निकलीं। जिस प्रकार वायु गंध को उड़ाकर ले जाती है, उसी प्रकार वे वसंत के एक निःश्वास में उड़कर चली गईं।

उस समय मुझे बड़ी आशंका हुई कि हठात् निर्जन देखकर कहीं कविता देवी मेरे कंधे पर न आ बैठी होंगी; मैं बेचारा रुई का महसूल वसूल करके मेहनत करके खाता हूँ, सर्वनाशिनी शायद इस बार मेरे प्राण ही लेने न आई हों। सोचा, अच्छी तरह भोजन करना होगा; खाली पेट होने पर ही सब तरह के दुःसाध्य रोग आकर घेर लेते हैं। अपने रसोइए को बुलाकर मैंने खूब घी में पकाकर गरम मसाले वगैरह और सुगंधि डालकर बाकायदा मुगलई खाना तैयार करने का हुक्म दिया।

दूसरे दिन सवेरे यहाँ सारा मामला अत्यंत हास्यजनक प्रतीत हुआ। प्रसन्न चित्त से साहबों की भाँति सोला हैट पहनकर अपने हाथों से गाड़ी हाँककर गड़गड़ाहट करता तहकीकात के अपने काम पर चला गया। उस दिन त्रैमासिक रिपोर्ट लिखने का दिन होने के कारण देर से घर लौटने की बात थी। किंतु संध्या होते-न होते मैं घर की ओर खिंचने लगा। कौन खींचने लगा, यह नहीं कह सकता; किंतु लगा, अब और देरी करना उचित न होगा। मुझे लगा, सब बैठे हुए हैं। रिपोर्ट को अधूरा छोड़कर मैं सोला हैट लगाए संध्या-धूसर पेड़ों की सघन छाया वाले निर्जन पथ को रथचक्र-

ध्वनि से चौंकाते हुए उस अंधकारपूर्ण शैलांतवर्ती निस्तब्ध विशाल प्रासाद में जाकर उपस्थित हुआ।

सीढ़ियों के ऊपर वाला सामने का कमरा बहुत बड़ा था। बड़े-बड़े खंभों की तीन पंक्तियों पर नक्काशीदार मेहराबों ने विस्तीर्ण छत को धारण कर रखा था। वह विशाल कमरा अपनी अपार शून्यता को लिए हुए अहर्निश ध्वनित होता रहा। उस दिन संध्या के कुछ पहले का समय था, अभी दीपक नहीं जलाए गए थे। दरवाजा ठेलकर मैंने ज्यों ही उस बड़े कमरे में प्रवेश किया त्यों ही मुझे लगा मानो कमरे में कोई भारी विप्लव मच गया हो—मानो सहसा सभा भंग करके चारों ओर के दरवाजों, खिड़कियों, कमरों, रास्तों, बरामदों से होकर न जाने कौन किस ओर भाग गया। कहीं भी कुछ न देख पाने के कारण मैं अवाक् होकर खड़ा रह गया। शरीर एक प्रकार के आवेश से रोमांचित हो उठा। मानो बहुत दिन के लुप्तप्राय केश-द्रव्य और इत्र की मृदु गंध मेरी नाक में आवेश करने लगी हो। उस दीपहीन जनहीन प्रकांड कक्ष की प्राचीन प्रस्तर स्तंभ-श्रेणी के बीच खड़े हुए मुझे सुनाई पड़ रही है कहीं नूपुरों की रुनन, कभी ताँबे के बृहत् घंटे पर पहर बजाने का शब्द, बहुत दूर पर बजती नौबत का आलाप, वायु से दोलायमान झाड़ की स्फटिक लटकनों की ठन-ठन ध्वनि, बरामदे से पिंजरे में बंद बुलबुल का गीत, बगीचे से पालतू सारस का बोल मेरे चारों ओर किसी प्रेमलोक की रागिनी रचने लगा।

मुझे एक ऐसे मोह ने आ घेरा कि लगा मानो यह अस्पृश्य, अगम्य, अवास्तव व्यापार ही जगत् में एकमात्र सत्य हो, बाकी सब मिथ्या मरीचिका हो। मैं, जो हूँ अर्थात् मैं जो श्रीयुक्त अमुक हूँ, अमुक का ज्येष्ठ पुत्र हूँ, रुई का महसूल वसूल करके साढ़े चार सौ रुपए वेतन पाता हूँ, मैं जो सोला हैट और ऊँचा कुर्ता पहनकर टमटम हाँककर दफ्तर जाता हूँ, ये सारी बातें मुझे ऐसी अद्भुत, हास्यकर, निर्मूल और मिथ्या-सी लगीं कि मैं उस विशाल निस्तब्ध अँधेरे कमरे के बीच खड़ा हा-हा करके हँस उठा।

उसी समय मेरे मुसलमान नौकर ने हाथ में केरोसीन का जलता हुआ लैंप लिए घर में प्रवेश किया। मालूम नहीं, उसने मुझे पागल समझा या नहीं, किंतु उसी क्षण मुझे याद आया कि मैं स्वर्गीय अमुकचंद्र का ज्येष्ठ पुत्र श्रीयुत अमुकनाथ हूँ; यह भी सोचा कि जगत् के भीतर अथवा बाहर कहीं कोई अमूर्त फव्वारा सर्वदा झरता है या नहीं और अदृश्य अँगुली के आघात से किसी माया-सितार से कोई अनंत रागिनी ध्वनित होती है या नहीं, यह तो हमारे महाकवि और कविवर ही बता सकते हैं, किंतु यह बात अवश्य सत्य है कि मैं बरीच के बाजार में रुई का महसूल वसूल

करके महीने में साढ़े चार सौ रुपए वेतन लेता हूँ। तभी मैं फिर अपने थोड़ी देर पहले के अद्‌भुत मोह की याद करके केरोसीन से प्रकाशित कैंप-टेबिल के पास समाचार-पत्र लिए विनोद से हँसने लगा।

समाचार-पत्र पढ़कर और मुगलई खाना खाकर मैं कोने में एक छोटे-से कमरे में बत्ती बुझाकर बिस्तर पर जा लेटा। मेरे सामने वाले खुले जँगले में से अँधेरे वन-वेष्टित अरावली पर्वत के ऊर्ध्व देश का एक अत्युज्ज्वल नक्षत्र सहस्र कोटि योजन दूर आकाश में उस अति तुच्छ कैंप-खाट के ऊपर श्रीयुक्त महसूल-कलेक्टर को एकटक देख रहा था—इस पर विस्मय और कौतुक अनुभव करते-करते मैं कब सो गया, कह नहीं सकता। कितनी देर सोया, यह भी नहीं जानता। सहसा एक बार सिहरकर जग पड़ा, कमरे में कोई आहट हुई हो, सो नहीं; किसी आदमी ने प्रवेश किया हो, यह भी नहीं देख सका। अंधकारपूर्ण पर्वत के ऊपर से निर्निमेष नक्षत्र अस्तमित हो गया था और कृष्णपक्ष के क्षीण चंद्रालोक के अनधिकार संकुचित स्वभाव से मेरी खिड़की की राह प्रवेश कर लिया था।

कोई भी व्यक्ति दिखाई नहीं पड़ा। तो भी मुझे स्पष्ट प्रतीत हुआ, मानो कोई मुझे धीरे-धीरे ठेल रहा हो। मेरे जाग उठते ही उसने बिना कुछ कहे मानो केवल अपनी अँगूठी-खचित पाँच उँगलियों के इशारे से मुझे अत्यंत सावधानी से अपना अनुसरण करने का आदेश किया।

मैं बिलकुल चुपके से उठा। यद्यपि उस शतकक्ष प्रकोष्ठमय, अपार शून्यतापूर्ण, निद्रित ध्वनि एवं सजग प्रतिध्वनिपूर्ण विशाल प्रासाद में मेरे अतिरिक्त और कोई भी प्राणी न था, तथापि पग-पग पर भय लगता कि कहीं कोई जाग न पड़े। प्रासाद के अधिकांश कक्ष बंद रहते थे और उन कमरों में मैं कभी नहीं गया था।

उस रात मैं बिना आहट किए पैर रखता हुआ साँस रोके उस अदृश्य आह्लादकारिणी का अनुसरण करता किधर से होकर कहाँ जा रहा था, आज यह नहीं बता सकता। मैंने कितना सँकरा अँधेरा रास्ता, कितना लंबा बरामदा, कितना गंभीर निस्तब्ध विशाल सभागृह, कितनी रुद्ध वायु सँकरी छिपी कोठरियाँ पार कीं, इसका कोई ठिकाना नहीं।

अपनी अदृश्य दूती को यद्यपि मैं आँखों से देख नहीं पा रहा था तथापि उसकी मूर्ति मेरे मन से अगोचर नहीं थी। अरब रमणी जिसकी झूलती आस्तीनों से संगमरमर के-से कठिन, सुडौल हाथ दिख रहे थे, टोपी से लेकर मुँह तक एक झीने कपड़े का पर्दा पड़ा था, कमरबंद में एक टेढ़ी कटार बँधी थी।

मुझे लगा, आज आरब्य उपन्यास की एकाधिक सहस्र रजनियों नें से एक

रजनी उपन्यास-लोक से उड़कर आ गई है। मैंने मानो अंधकारपूर्ण अर्धरात्रि में निद्रामग्न बगदाद के आलोकहीन सँकरे रास्ते में कोई संकट-संकुल अभिसार-यात्रा की हो।

अंत में मेरी दूती सहसा एक घने नीले पर्दे के सामने चौंककर खड़ी हो गई और मानो अँगुली से नीचे की ओर संकेत किया। नीचे कुछ भी नहीं था, किंतु भय से मेरे हृदय का रक्त जम गया। मैंने अनुभव किया, उस पर्दे के सामने जमीन पर किमखाब की पोशाक पहने एक भीषण हब्शी खोजा गोद में नंगी तलवार लिए दोनों पैर फैलाकर बैठा ऊँघ रहा था। दूती ने धीमी गति से उसके पैर लाँघकर पर्दे का एक कोना पकड़कर उठाया।

भीतर के कमरे का थोड़ा-सा भाग दिखाई पड़ा, जिस पर फारसी गलीचा बिछा हुआ था। तख्त के ऊपर कौन बैठा था, यह नहीं दिखाई पड़ा—केवल जाफरानी नीले रंग के ढीले पाजामे के नीचे जरी की जूतियाँ पहने गुलाबी मखमल के आसन पर अलस भाव से रखे हुए दो सुंदर चरण दिखाई दिए। मेज पर एक ओर एक नीलाभ स्फटिक पात्र में कुछ सेब, नाशपाती, नारंगी और बहुत-से अंगूरों के गुच्छे सजे हुए थे और उसकी बगल में दो छोटे प्याले और स्वर्णाभ मदिरा का एक काँच पात्र अतिथि के लिए प्रतीक्षा कर रहा था। कमरे के भीतर से किसी अपूर्व धूप के मादक-से सुगंधित धूम्र ने आकर मुझे विह्वल कर डाला।

मैं ज्यों ही काँपते हृदय से उस खोजे के फैले हुए पैरों को लाँघने चला त्यों ही वह चौंक उठा। उसकी गोद से तलवार पत्थर के फर्श पर आवाज करती हुई गिर पड़ी।

सहसा एक विकट चीत्कार सुनकर चौंककर देखा, मैं अपनी उसी कैंप-खाट पर पसीने से तर बैठा हुआ था—भोर के आलोक में कृष्णपक्ष का खंडित चंद्र जागरण से क्लांत रोगी के समान पांडुवर्ण हो गया था—और अपना पागल मेहरअली अपने प्रतिदिन के नियमानुसार प्रातःकाल जनशून्य रास्ते पर 'हट जाओ, हट जाओ' चिल्लाता जा रहा था।

इस प्रकार आरब्य उपन्यास की मेरी एक रात अकस्मात् समाप्त हो गई—किंतु अभी तो एक कम हजार रातें बाकी थीं।

मेरे दिन से रात का एक भारी विरोध ठन गया। दिन के समय मैं श्रांत-क्लांत देह से काम करने जाता और शून्य स्वप्नमयी मायाविनी रात को कोसता रहता—और फिर संध्या के बाद मुझे दिन के समय का अपना यह कर्मबद्ध अस्तित्व अत्यंत तुच्छ, मिथ्या एवं हास्यकर लगने लगता।

संध्या के पश्चात् मैं विह्वलभाव से एक नशे के जाल में जकड़ जाता। मैं सैकड़ों

वर्ष पहले के किसी अलिखित इतिहास का कोई अन्य अपूर्व व्यक्ति हो जाता, फिर उस समय मुझे ऊँची विलायती कमीज एवं चुस्त पतलून नहीं फबती। उस समय मैं सिर पर लाल मखमल की एक फैज लगाकर, ढीला पाजामा, फूलदार कावा और रेशम का लंबा चोगा पहनकर रंगीन रूमाल में इत्र लगाकर बड़े यत्न से सँवारा करता एवं सिगरेट छोड़कर गुलाबजल से भरा बहुकुंडलायित विशाल हुक्का लेकर ऊँची विशेष गद्दी वाले बड़े दीवान पर बैठ जाता। मानो रात में होने वाले किसी अपूर्व प्रिय सम्मेलन के लिए बड़े आग्रह से तैयार हो जाता।

इसके बाद ज्यों-ज्यों अंधकार घनीभूत होता जाता त्यों-त्यों न जाने कैसी अद्‌भुत घटनाएँ घटती रहतीं कि मैं उनका वर्णन नहीं कर सकता। ठीक मानो किसी चमत्कारपूर्ण कहानी के कुछ फटे हुए अंश वसंत की आरंभिक वायु से इस विशाल प्रासाद के विचित्र कमरों में उड़ते रहते। थोड़ी दूर तक मिलते, फिर उसके बाद बाकी दिखाई नहीं देते थे। मैं भी उन मँडराते विच्छिन्न अंशों का अनुसरण करता हुआ रात-भर कमरे-कमरे में चक्कर काटता रहता।

स्वप्न-खंड के इस आवर्त में कभी हिना की सुगंधि, कभी सितार के शब्द, कभी सुरभि-जल-सीकर-मिश्रित वायु के झोंकों के बीच क्षण-क्षण में विद्युत्-शिखा के समान एक नायिका अचानक दीख जाती। उसका जाफरानी रंग का पाजामा एवं कोमल विमल लाल चरणों में पहनी घुंडीदार उठी हुई जरी की जूतियाँ, वक्ष पर कसकर बँधी जरी की फूलोंदार चोली, सिर पर लाल टोपी और उससे झूलती सोने की झालर ने उसके शुभ्र ललाट एवं कपोलों को घेर लिया था।

उसने मुझे पागल बना दिया। मैं उसी के अभिसार में रोज रात को निद्रा के पाताल-लोक में जटिल पथ-संकुल स्वप्नों की मायापुरी की गली-गली, कमरे-कमरे में चक्कर काटता रहता।

किसी-किसी दिन संध्या के समय बड़े आईने के दोनों ओर दो बत्ती जलाकर यत्नपूर्वक शहजादे के समान सजधज रहा होता कि तभी अचानक देखता, आईने में मेरे प्रतिबिंब के पास क्षण-भर के लिए उसी ईरानी तरुणी की छाया आ पड़ी है—और पलक मारते ही गर्दन झुकाकर अपने गहरे काले विशाल नेत्रों के तारकों से सुगंभीर तीव्र आवेगमय, वेदनापूर्ण, आग्रहयुक्त कटाक्ष-पात करके, सरस सुंदर बिंबाधरों पर एक अस्फुट भाषा का आभास मात्र देकर लघु, ललित नृत्य द्वारा अपनी यौवन-पुष्पित देह-लता को द्रुत गति से ऊपर की ओर लहराकर मुहूर्त-भर में वेदना, वासना, विभ्रम, हास्य, कटाक्ष तथा भूषणों की चमक के स्फुलिंगों की वर्षा करके दर्पण में विलीन हो गई है। गिरि-कानन की समस्त सुगंधि को लूटकर उद्दाम वायु का एक

उच्छ्वास आकर मेरी दोनों बत्तियों को बुझा देता। मैं साज-सज्जा छोड़कर प्रसाधन कक्ष के पास वाली शय्या पर पुलकित तन से नयन मूँदकर लेटा रहता—मेरे चारों ओर उस वायु में अरावली के उस पर्वत-कुंज के समस्त मिश्रित सौरभ में मानो प्रचुर प्रेम, अनेक चुंबन, अनेक कोमल कर-स्पर्श निभृत अंधकार को भरकर तैरते रहते, कानों के पास प्रचुर कल-गुंजन सुनाई देता, मेरे माथे पर सुगंधित निःश्वास आकर टकराते। और कोई मृदु सौरभ रमणीय मुलायम ओढ़नी बारंबार उड़-उड़कर मेरे कपोलों का स्पर्श करती रहती। धीरे-धीरे मानो कोई मोहिनी सर्पिणी अपने मादक वेष्टन में मेरा सर्वांग कस लेती। मैं गहरी साँस लेकर बेसुध तन से गहरी नींद में अभिभूत हो जाता।

एक दिन अपराह्न में मैंने घोड़े पर चढ़कर बाहर जाने की ठानी, न जाने कौन मुझे मना करने लगा—किंतु उस दिन मैंने निषेध नहीं माना। काठ की एक खूँटी पर मेरा साहसी हैट और ऊँचा कुर्ता लटक रहा था, उसको उतारकर मैं पहनने ही वाला था कि तभी शुस्ता नदी की बालू एवं अरावली पर्वत की सूखी पल्लव-राशि की ध्वजा फहराता एक प्रबल बवंडर अचानक मेरे उस कुर्ते और टोपी को उड़ाकर घुमाता-घुमाता ले चला एवं एक अत्यंत सुमष्टि कल-हास्य उस हवा के साथ चक्कर काटता हुआ कौतूहल के एक-एक पर्दे पर आघात करता हुआ उच्च से उच्चतर सप्तक पर चढ़ता सूर्यास्त-लोक के पास पहुँचकर विलीन हो गया।

उस दिन फिर घोड़े की सवारी नहीं हुई और उसके दूसरे दिन से उस विचित्र ऊँचे कुर्ते और साहबी टोपी का पहनना एकदम छोड़ दिया।

उसी दिन आधी रात को बिछौने पर उठकर बैठने पर सुनाई पड़ा, मानो कोई भीतर-ही-भीतर फूट-फूटकर रो रही हो—मानो मेरी खाट के नीचे, फर्श के नीचे, इस बृहत् प्रासाद की पाषाण भित्ति के तले किसी आर्द्र अंधकारपूर्ण कब्र में से रो-रोकर कह रही हो, 'तुम मेरा उद्धार करके ले चलो—कठिन मायापाश, गंभीर निद्रा, निष्फल स्वप्न के सारे दरवाजे चूर-चूर कर तुम मुझे घोड़े पर बिठाकर, अपनी छाती में भींचकर, वन के बीच से, पहाड़ के ऊपर से, नदी पार करके अपने सूर्यालोकित घर में ले चलो! मेरा उद्धार करो !'

मैं कौन हूँ ? मैं कैसे उद्धार करूँगा ? मैं इस घूर्ण्यमान परिवर्तनशील स्वप्न प्रवाह में डूबी हुई किस कामना-सुंदरी को किनारे खींच लाऊँगा ? हे दिव्यरूपिणी! तुम कब हुई थीं ? कहाँ थीं ? तुमने किस शीतल उत्स के किनारे, खजूर-कुंज की छाया में किस गृह-हीना मरुवासिनी की गोद में जन्म-ग्रहण किया था ? कौन बेदुईं दस्यु वनलता से पुष्पकोरक के समान तुम्हें मातृ-क्रोड़ से वियुक्त करके विद्युतगामी अश्व पर बिठाकर दग्ध बालुका-राशि के पार किस राजपुरी की दासी-हाट बेचने के

लिए ले गया था ? वहाँ पर किस बादशाह के भृत्य ने तुम्हारी नवविकसित सलज्ज कातर यौवन-शोभा का निरीक्षण करके स्वर्णमुद्राएँ गिनकर समुद्र पार करके, तुम्हें सोने की पालकी में बिठाकर प्रभुगृह के अंतःपुर को तुम्हारा उपहार दिया था? कैसा विचित्र इतिहास था वहाँ का ! वही सारंगी का संगीत, नूपुरों की ध्वने और शीराज की स्वर्ण-मदिरा के बीच कटार की झलक, विष की ज्वाला, कटाक्ष का आघात! कैसा असीम ऐश्वर्य, कैसा अनंत कारागार ! दोनों ओर दो दासियाँ कंगनों के हीरों में बिजली चमकाती हुई चँवर डुलाती थीं। शहंशाह बादशाह शुभ्र चरणों की नणिमुक्ताजटित पादुकाओं पर लोटता था, बाहर दरवाजे पर यमदूत के समान हब्शी देवदूत की भाँति सजकर हाथ में नंगी तलवार लिए खड़ा रहता। उसके पश्चात् उस रक्त-कलुषित ईर्ष्या-फेनिल षड्यंत्र-संकुल भीषणोज्ज्वल ऐश्वर्य के प्रवाह में उतराती हुई तुम मरुभूमि की पुष्पमंजरी किस निष्ठुर मृत्यु में समा गईं अथवा कि निष्ठुरतर महिमा-तट पर जा पड़ीं ?

इसी समय वह पागल मेहरअली अकस्मात् चिल्ला उठा, "हट जाओ, हट जाओ ! सब झूठ है, सब झूठ है !"

आँखें खोलकर देखा, सवेरा हो गया था। चपरासी ने डाक की चिट्ठी-पत्री लाकर मेरे हाथ में दी और रसोइए ने आकर सलाम करके पूछा कि आज किस प्रकार का भोजन तैयार करना होगा ?

मैंने कहा, "नहीं, अब इस घर में और नहीं रहा जा सकता।" उसी दिन अपना सामान उठाकर दफ्तर के मकान में ज़ा ठहरा। ऑफिस का बूढ़ा क्लर्क करीम खाँ मुझे देखकर मुस्कराया। मैं उसकी हँसी से खीझकर कोई उत्तर दिए बिना काम करने लग गया।

ज्यों-ज्यों शाम होने लगी त्यों-त्यों मैं अन्यमनस्क होने लगा—लगने लगा, बस अभी तुरंत कहीं जाना है—रुई के हिसाब की जाँच का काम अत्यंत अनावश्यक प्रतीत होने लगा, निजाम की निजामत भी मुझे कुछ महत्त्वपूर्ण प्रतीत नहीं हुई—जो कुछ वर्तमान था, जो कुछ मेरे चारों ओर चल रहा था, फिर रहा था, कार्यरत था, रखा रहा था, सब-कुछ मेरे लिए अत्यंत दीन, अर्थहीन और तुच्छ प्रतीत होने लगे।

मैं कलम पटककर बड़ी बही बंद करके उसी क्षण टमटम पर चढ़कर भागा। देखा, टमटम ठीक गोधूलि-वेला में अपने आप उस पाषाण-प्रासाद के द्वार पर पहुँचकर रुक गई। शीघ्रता से सीढ़ियाँ चढ़कर मैंने कमरे में प्रवेश किया।

आज सब-कुछ निस्तब्ध था। अँधेरे कमरों ने मानो नाराज होकर मुँह फुला लिया था। पश्चात्ताप से मेरा हृदय उद्वेलित हो उठा; किंतु किसे बताऊँ, किससे माफी

माँगूँ, खोज नहीं पाया। मैं उदास चित्त से अँधेरे में एक-एक कमरे में घूमने लगा। इच्छा होने लगी कि हाथ में कोई साज लेकर किसी को लक्ष्य करके गीत गाऊँ। कहूँ, 'हे वह्नि ! जिस पतंगे ने तुमको छोड़कर भागने की चेष्टा की थी, वह फिर मरने के लिए आया है। इस बार उसे क्षमा करो, उसके दोनों पंख जला दो, भस्मसात् कर डालो।' सहसा ऊपर से मस्तक पर आँसू की बूँदें आ पड़ीं। उस दिन अरावली पर्वत की चोटी पर घनघोर मेघ छाए हुए थे। अंधकारपूर्ण अरण्य और शुस्ता का स्याह वर्ण जल किसी भीषण प्रतीक्षा में निश्चल हो गए थे। सहसा जल-स्थल-आकाश सिहर उठे एवं अकस्मात् विद्युत् दंत-विकसित आँधी शृंखला-छिन्न उन्माद के समान पथहीन सुदूर वन के भीतर से आर्त चीत्कार करती हुई झपट पड़ी। प्रासाद के बड़े-बड़े शून्य कमरों के सारे द्वार पछाड़ खाकर तीव्र वेदना से हू-हू करके रोने लगे।

आज सारे नौकर लोग दफ्तर के कमरे में थे, यहाँ बत्ती जलाने वाला कोई नहीं था। उस मेघाच्छन्न अमावस्या की रात में घर के भीतरी निकषकृष्ण अँधेरे में मैं स्पष्ट अनुभव करने लगा—कोई रमणी पलंग के नीचे, गलीचे के ऊपर, मुँह के बल पड़ी कसकर बँधी मुट्ठियों में अपने बिखरे केश-जाल को खींच-खींचकर नोचे डाल रही है। उसके गौर वर्ण ललाट से रक्त फूटकर निकल रहा है। कभी वह शुष्क तीव्र अट्टहासयुक्त हा-हा करके हँस पड़ती है, कभी फफक-फफककर फूट-फूटकर रोती है, दोनों हाथों से चोली फाड़कर अपनी उघड़ी हुई छाती पीट रही है। खुली खिड़की से वायु गर्जन करती हुई आ रही है एवं मूसलधार वर्षा ने आकर उसके सारे अंगों को अभिषिक्त कर दिया है।

सारी रात न तूफान थमा, न रोना बंद हुआ। मैं निष्फल परिताप से एक-एक कमरे में घूमता रहा। कहीं कोई नहीं था; किसको सांत्वना देता, यह प्रचंड अभिमान किसका था, यह अशांत आक्षेप कहाँ से उठ रहा था ?

अचानक पागल चीख उठा, "हट जाओ, हट जाओ ! सब झूठ है, सब झूठ है !"

देखा, भोर हो गया था और मेहरअली इस घोर दुर्योग के दिन भी यथानियम प्रासाद की प्रदक्षिणा करके अपने अभ्यास के अनुसार चीख रहा था। अचानक मुझे लगा, शायद वह मेहरअली भी मेरे समान कभी इस महल में निवास करता रहा हो, अब पागल होकर बाहर आने पर भी पाषाण-राक्षस के मोह से आकर्षित होकर प्रतिदिन प्रातःकाल प्रदक्षिणा करने आता हो।

मैंने तत्क्षण उस वर्षा में ही दौड़ते हुए पागल के पास जाकर उससे पूछा, "मेहरअली, क्या झूठ है भला ?"

वह मेरी बात का कोई उत्तर दिए बिना मुझे धकेलकर अजगर के समान चक्कर

काटते हुए अजगर के ग्रास, मोहाविष्ट पक्षी के समान चीखता हुआ प्रासाद के चारों ओर घूमने लगा। प्राणपण से केवल अपने को सतर्क करने के तिए बारंबार कह उठता, 'हट जाओ, हट जाओ ! सब झूठ है, सब झूठ है !'

उस वर्षा और आँधी में पागल की तरह दफ्तर जाकर और करीम खाँ को बुलाकर मैंने कहा, "इसका क्या मतलब है, मुझे खोलकर बताओ ?"

वृद्ध ने जो कुछ कहा उसका मर्मार्थ यह है, "किसी समय उस प्रासाद में अनेक अतृप्त वासनाएँ, अनेक उन्मत्त संभोगों की शिखाएँ आलोड़ित होती थीं–यह सब चित्त-दाह से, उस सब निष्फल कामनाओं के अभिशाप से इस प्रसाद का प्रत्येक प्रस्तर-खंड क्षुधार्त्त, तृषार्त्त हो उठा है, जीवित मनुष्य को पाने पर वह उसको लालायित पिशाचिनी के समान खा डालना चाहता है। जिन्होंने तीन रात उस प्रासाद में वास किया है, उनमें से केवल मेहरअली पागल होकर बाहर निकला है, आज तक और कोई उसके ग्रास से नहीं बच सका है।"

मैंने पूछा, "क्या मेरे उद्धार का कोई मार्ग नहीं है ?"

वृद्ध ने कहा, "केवल एक उपाय है, जो अत्यंत दुरूह है। वह तुम्हें बताता हूँ–किंतु इसके पहले उस गुलबाग की एक ईरानी क्रीतदासी का पुराना इतिहास बताना आवश्यक है। वैसी आश्चर्यजनक और वैसी हृदय-विदारक घटना संसार में और कभी नहीं घटी।"

तभी कुलियों ने आकर खबर दी कि गाड़ी आ रही है। इतनी जल्दी ? जल्दी-जल्दी बिस्तर-सामान बाँधते-बाँधते गाड़ी आ गई। उस गाड़ी के फर्स्ट क्लास में सोकर उठे एक अंग्रेज सज्जन खिड़की के बाहर मुख निकालकर स्टेशन का नाम पढ़ने की कोशिश कर रहे थे, हमारे सहयात्री मित्र को देखते ही 'हैलो' कहते हुए चीख उठे और अपने डिब्बे में बैठा लिया। हम सैकिंड क्लास में चढ़े। बाबू कौन थे, पता नहीं लगा, कहानी भी पूरी नहीं सुनी जा सकी।

मैंने कहा, "वह आदमी हम लोगों को मूर्ख समझ मजाक में बुद्धू बना गया ? कहानी शुरू से आखिर तक कल्पित थी।"

इस तर्क के फलस्वरूप अपने थियोसोफिस्ट संबंधी के साथ मेरा सदा के लिए विच्छेद हो गया है।

अतिथि

एक

काँठालिया के जमींदार मतिलाल बाबू नौका से सपरिवार अपने घर जा रहे थे। रास्ते में दोपहर के समय नदी के किनारे की एक मंडी के पास नौका बाँधकर भोजन बनाने का आयोजन कर ही रहे थे कि इसी बीच एक ब्राह्मण-बालक ने आकर पूछा, "बाबू, तुम लोग कहाँ जा रहे हो ?" सवाल करने वाले की उम्र पंद्रह-सोलह से अधिक न होगी।

मति बाबू ने उत्तर दिया, "काँठालिया।"

ब्राह्मण-बालक ने कहा, "मुझे रास्ते में नंदीग्राम उतार देंगे आप ?"

बाबू ने स्वीकृति प्रकट करते हुए पूछा, "तुम्हारा क्या नाम है ?"

ब्राह्मण-बालक ने कहा, "मेरा नाम तारापद है।"

गौरवर्ण बालक देखने में बड़ा सुंदर था। उसकी बड़ी-बड़ी आँखों और मुस्कराते हुए ओष्ठाधरों पर सुललित सौकुमार्य झलक रहा था। वस्त्र के नाम पर उसके पास एक मैली धोती थी। उघरी हुई देह में किसी प्रकार का बाहुल्य न था, मानो किसी शिल्पी ने बड़े यत्न से निर्दोष, सुडौल रूप में गढ़ा हो। मानो वह पूर्वजन्म में तापस-बालक रहा हो और निर्मल तपस्या के प्रभाव से उसकी देह का बहुत-सा अतिरिक्त भाग क्षय होकर एक साम्मर्जित ब्राह्मण्य-श्री परिस्फुट हो उठी हो।

मतिलाल बाबू ने बड़े स्नेह से उससे कहा, "बेटा, स्नान कर आओ, भोजनादि यहीं होगा।"

तारापद बोला, "ठहरिए !" और वह तत्क्षण निस्संकोच भोजन के आयोजन में सहयोग देने लगा। मतिलाल बाबू का नौकर गैर-बंगाली था, मछली आदि काटने में वह इतना निपुण नहीं था; तारापद ने उसका काम स्वयं लेकर थोड़े ही समय में अच्छी तरह से संपन्न कर दिया और दो-एक तरकारी भी बड़ी कुशलता से तैयार कर दी। भोजन बनाने का कार्य समाप्त होने पर तारापद ने नदी में स्नान करके पोटली खोली और एक सफेद वस्त्र धारण किया; काठ की एक छोटी-सी कंघी लेकर सिर के बड़े-बड़े बाल माथे पर से हटाकर गर्दन पर डाल लिए और स्वच्छ जनेऊ

का धागा छाती पर लटकाकर नौका पर बैठे मति बाबू के पास जा पहुँचा।

मति बाबू उसे नौका के भीतर ले गए। वहाँ मति बाबू की स्त्री और उनकी नौ वर्षीया कन्या बैठी थी। मति बाबू की स्त्री अन्नपूर्णा इस सुंदर बालक को देखकर स्नेह से उच्छ्वसित हो उठीं, मन-ही-मन कह उठीं, 'अहा ! किसका बच्चा है, कहाँ से आया है ? इसकी माँ इसे छोड़कर किस प्रकार जीती होगी ?'

यथासमय मति बाबू और इस लड़के के लिए पास-पास दो आसन डाले गए। लड़का ऐसा भोजन-प्रेमी न था, अन्नपूर्णा ने उसका अल्प आहार देखकर मन में सोचा कि लजा रहा है; उससे यह-वह खाने को बहुत अनुरोध करने लगीं; किंतु जब वह भोजन से निवृत्त हो गया तो उसने कोई भी अनुरोध न माना। देखा गया, लड़का हर काम अपनी इच्छा के अनुसार करता, लेकिन ऐसे सहज भाव से करता कि उसमें किसी भी प्रकार की जिद या हठ का आभास न मिलता। उसके व्यवहार में लज्जा के लक्षण लेशमात्र भी दिखाई नहीं पड़े।

सबके भोजनादि के बाद अन्नपूर्णा उसको पास बिठाकर प्रश्नों द्वारा उसका इतिहास जानने में प्रवृत्त हुईं। कुछ भी विस्तृत विवरण संग्रह नहीं हो सका। बस इतनी-सी बात जानी जा सकी कि लड़का सात-आठ बरस की उम्र में ही स्वेच्छा से घर छोड़कर भाग आया है।

अन्नपूर्णा ने प्रश्न किया, "तुम्हारी माँ नहीं है ?"

तारापद ने कहा, "हैं।"

अन्नपूर्णा ने पूछा, "वे तुम्हें प्यार नहीं करतीं ?"

इसे अत्यंत विचित्र प्रश्न समझकर हँसते हुए तारापद ने कहा, "प्यार क्यों नहीं करेंगी !"

अन्नपूर्णा ने प्रश्न किया, "तो फिर तुम उन्हें छोड़कर क्यों आए ?"

तारापद बोला, "उनके और भी चार लड़के और तीन लड़कियाँ हैं।"

बालक के इस विचित्र उत्तर से व्यथित होकर अन्नपूर्णा ने कहा, "ओ माँ, यह कैसी बात है ! पाँच अँगुलियाँ हैं, तो क्या एक अँगुली त्यागी जा सकती है ?"

तारापद की उम्र कम थी, उसका इतिहास भी उसी अनुपात में संक्षिप्त था; किंतु लड़का बिलकुल असाधारण था। वह अपने माता-पिता का चौथा पुत्र था, शैशव में ही पितृहीन हो गया था। बहु-संतान वाले घर में भी तारापद सबको अत्यंत प्यारा था। माँ, भाई-बहन और मुहल्ले के सभी लोगों से वह अजस्र स्नेह-लाभ करता। यहाँ तक कि गुरुजी भी उसे नहीं मारते थे—मारते तो भी बालक के अपने-पराए सभी उससे वेदना का अनुभव करते। ऐसी अवस्था में उसका घर छोड़ने का कोई कारण

नहीं था। जो उपेक्षित रोगी लड़का हमेशा चोरी करके पेड़ों से फल और गृहस्थों से उसका चौगुना प्रतिफल पाता घूमता-फिरता वह भी अपनी परिचित ग्राम-सीमा के भीतर अपनी कष्ट देने वाली माँ के पास पड़ा रहा और समस्त ग्राम का दुलारा यह लड़का एक बाहरी जात्रा-दल में शामिल होकर निर्ममता से ग्राम छोड़कर भाग खड़ा हुआ।

सब लोग उसका पता लगाकर उसे गाँव लौटा लाए। उसकी माँ ने उसे छाती से लगाकर आँसुओं से आर्द्र कर दिया। उसकी बहनें रोने लगीं। उसके बड़े भाई ने पुरुष-अभिभावक का कठिन कर्तव्य-पालन करने के उद्देश्य से उस पर मृदुभाव से शासन करने का यत्न करके अंत में अनुतप्त चित्त से खूब प्रश्रय और पुरस्कार दिया। मुहल्ले की लड़कियों ने उसको घर-घर बुलाकर खूब प्यार किया और नाना प्रलोभनों से उसे वश में करने की चेष्टा की। किंतु बंधन, यही नहीं, स्नेह का बंधन भी उसे सहन नहीं हुआ, उसके जन्म-नक्षत्र ने उसे गृहहीन कर रखा था। वह जब भी देखता कि नदी में कोई विदेशी नौका अपनी रस्सी घिसटाती जा रही है, गाँव के विशाल पीपल के वृक्ष के तले किसी दूर देश के किसी संन्यासी ने आश्रय लिया है अथवा बनजारे नदी के किनारे ढालू मैदान में छोटी-छोटी चटाइयाँ बाँधकर खपच्चियाँ छीलकर टोकरियाँ बनाने में लगे हैं, तब अज्ञात बाह्य पृथ्वी को स्नेहहीन स्वाधीनता के लिए उसका मन बेचैन हो उठता। लगातार दो-तीन बार भागने के बाद उसके कुटुंबियों और गाँव के लोगों ने उसकी आशा छोड़ दी।

पहले उसने एक जात्रा-दल का साथ पकड़ा। जब अधिकारी उसको पुत्र के समान स्नेह करने लगे और जब वह दल के छोटे-बड़े सभी का प्रिय पात्र हो गया, यही नहीं, जिस घर में जात्रा होती उस घर के मालिक, विशेषकर घर का महिला वर्ग जब विशेष रूप से उसे बुलाकर उसका आदर-मान करने लगा, तब एक दिन किसी से बिना कुछ कहे वह भटककर कहाँ चला गया, इसका फिर कोई पता न चल सका।

तारापद हरिण के छौने के समान बंधनभीरु था और हरिण के ही समान संगीत-प्रेमी भी। जात्रा के संगीत ने ही उसे पहले घर से विरक्त किया था। संगीत का स्वर उसकी समस्त धमनियों में कंपन पैदा कर देता और संगीत की ताल पर उसके सर्वांग में आंदोलन उपस्थित हो जाता। जब वह बिलकुल बच्चा था तब भी वह संगीत-सभाओं में जिस प्रकार संयत-गंभीर प्रौढ़ भाव से आत्मविस्मृत होकर बैठा-बैठा झूमने लगता। उसे देखकर प्रवीण लोगों के लिए हँसी संवरण करना कठिन हो जाता। केवल संगीत ही क्यों, वृक्षों के घने पत्तों के ऊपर जब श्रावण की वृष्टि-धारा पड़ती, आकाश में मेघ गरजते, पवन अरण्य में मातृहीन दैत्य-शिशु की भाँति क्रंदन करता रहता तब

उसका चित्त मानो उच्छृंखल हो उठता। निस्तब्ध दोपहरी में, आकाश से बड़ी दूर से आती चील की पुकार, वर्षा ऋतु की संध्या में मेढकों का कलरव, गहन रात में शृगालों की चीत्कार-ध्वनि—सभी उसको अधीर कर देते। संगीत के इस मोह से आकृष्ट होकर वह शीघ्र ही एक पांचाली दल (लोकगीत गायकों का दल) में भर्ती हो गया। मंडली का अध्यक्ष उसे बड़े यत्न से गाना सिखाने और पांचाली कंठस्थ कराने में प्रवृत्त हुआ और उसे अपने वक्ष-पिंजर के पक्षी की भाँति प्रिय समझकर स्नेह करने लगा। पक्षी ने थोड़ा-बहुत गाना सीखा और एक दिन तड़के उड़कर चला गया।

अंतिम बार वह कलाबाजी दिखाने वालों के दल में शामिल हुआ। ज्येष्ठ के अंतिम दिनों से लेकर आषाढ़ के समाप्त होने तक इस अंचल में जगह-जगह क्रमानुसार समवेत रूप से अनुष्ठित मेले लगते। उनके उपलक्ष्य में जात्रा वालों के दो-तीन दल पांचाली गायक, कवि, नर्तकियाँ एवं अनेक प्रकार की दुकानें छोटी-छोटी नदियों, उपनदियों के रास्ते नौकाओं द्वारा एक मेले के समाप्त होने पर दूसरे मेले में घूमती रहतीं। पिछले वर्ष से कलकत्ता की एक छोटी कलाबाज-मंडली इस पर्यटनशील मेले के मनोरंजन में योग दे रही थी। तारापद ने पहले तो नौकारूढ़ दुकानदारों के साथ मिलकर पान की गिलौरियाँ बेचने का भार लिया, बाद में अपने स्वाभाविक कौतूहल के कारण इस कलाबाज-दल के अद्भुत व्यायाम-नैपुण्य से आकृष्ट होकर उसमें प्रवेश किया। तारापद ने अपने आप अभ्यास करके अच्छी तरह वंशी बजाना सीख लिया था—करतब दिखाने के समय वह द्रुत ताल पर लखनवी ठुमरी के सुर में वंशी बजाता—यही उसका एकमात्र काम था।

उसका आखिरी पलायन इसी दल से हुआ था। उसने सुना था कि नंदीग्राम के जमींदार बाबू बड़ी धूमधाम से एक शौकिया जात्रा-दल बना रहे हैं—अतः वह अपनी छोटी सी पोटली लेकर नंदीग्राम की यात्रा की तैयारी कर रहा था, इसी समय उसकी भेंट मति बाबू से हो गई।

एक के बाद एक नाना दलों में शामिल होकर भी तारापद ने अपनी स्वाभाविक कल्पना-प्रवण प्रकृति के कारण किसी भी दल की विशेषता प्राप्त नहीं की थी। वह अंतःकरण से बिलकुल निर्लिप्त और मुक्त था। संसार में उसने हमेशा से कई बेहूदी बातें सुनीं और अनेक अशोभन दृश्य देखे, किंतु उन्हें उसके मन में संचित होने का रत्ती-भर अवकाश न मिला। उस लड़के का ध्यान किसी ओर था ही नहीं। अन्यान्य बंधनों की भाँति किसी प्रकार का अभ्यास-बंधन भी उसके मन को बाध्य न कर सका। वह उस संसार में पंकिल जल के ऊपर शुभ्रपक्ष राजहंस की भाँति तैरता फिरता। कौतूहलवश भी वह जितनी बार डुबकी लगाता, उसके पंख न तो भीग पाते

थे, न मलिन हो पाते थे। इसी कारण इस गृह-त्यागी लड़के के मुख पर एक शुभ्र स्वाभाविक तारुण्य अम्लान भाव से झलकता रहता। उसकी यही मुखश्री देखकर प्रवीण, दुनियादार मतिलाल बाबू ने बिना कुछ पूछे, बिना संदेह किए बड़े प्यार से उसका आह्वान किया था।

दो

भोजन समाप्त होने पर नौका चल पड़ी। अन्नपूर्णा बड़े स्नेह से ब्राह्मण-बालक से उसके घर की बातें, उसके स्वजन-कुटुंबियों का समाचार पूछने लगीं। तारापद ने अत्यंत संक्षेप में उनका उत्तर देकर बाहर आकर परित्राण पाया। बाहर परिपूर्णता की अंतिम सीमा तक भरकर वर्षा नदी ने अपने आत्म-विस्मृत उद्दाम चांचल्य से प्रकृति-माता को मानो उद्विग्न कर दिया था। मेघ-मुक्त धूप में नदी किनारे की अर्धनिमग्न काशतृण-श्रेणी एवं उसके ऊपर सरस सघन ईख के खेत और उससे भी परवर्ती प्रदेश में दूर-दिगंत चुंबित नीलांजन-वर्ण वनरेखा, सभी-कुछ मानो किसी काल्पनिक कथा की सोने की छड़ी[1] के स्पर्श से सद्यःजाग्रत् नवीन सौंदर्य की भाँति नीरव नीलाकाश की मुग्ध दृष्टि के सम्मुख परिस्फुटित हो उठा हो; सभी कुछ मानो सजीव, स्पंदित, प्रगल्भ प्रकाश में उद्भासित, नवीनता से मसृण और प्राचुर्य से परिपूर्ण हो।

तारापद ने नौका की छत पर पाल की छाया में जाकर आश्रय लिया। ढालू हरा मैदान, पानी से भरे पाट के खेत, गहन श्याम लहराते हुए आमन[2] धान, घाट से गाँव की ओर जाने वाले सँकरे रास्ते, सघन वन-वेष्टित छायामय गाँव—एक के बाद एक उसकी आँखों के सामने से निकलने लगे। जल, स्थल, आकाश, चारों ओर की यह गतिशीलता, सजीवता, मुखरता, आकाश-पृथ्वी की यह व्यापकता और वैचित्र्य एवं निर्लिप्त सुदूरता, यह अत्यंत विस्तृत, चिरस्थायी, निर्निमेष, नीरव, वाक्य-विहीन विश्व तरुण बालक के परमात्मीय थे; पर फिर भी वह इस चंचल मानव को क्षण-भर के लिए भी स्नेह-बाहुओं में बाँध रखने की कोशिश नहीं करता था। नदी के किनारे बछड़े पूँछ उठाए दौड़ रहे थे, गाँव का टट्टू-घोड़ा रस्सी से बँधे अपने अगले पैरों के बल कूदता हुआ घास चरता फिर रहा था, मछरंग पक्षी मछुआरों के जाल बाँधने के बाँस के डंडे से बड़े वेग से पानी में झप से कूदकर मछली पकड़ रहा था, लड़के पानी में खेल रहे थे, लड़कियाँ उच्च स्वर से हँसती हुई बातें करती हुई छाती तक गहरे

---

1. प्रसिद्ध लोककथा है कि एक राजकुमार ने सोने की छड़ी छुआकर सोई हुई राजकुमारी को जगा दिया था, चाँदी की छड़ी छुआने से वह सो जाती थी। सोने की छड़ी प्रेम जाग्रत् अवस्था का प्रतीक है।
2. हेमंतकालीन धान।

पानी में अपना वस्त्रांचल फैलाकर दोनों हाथों से उसे धो रही थीं, आँचल कमर में खोंसे मछुआरिनें डलिया लेकर मछुआरों से मछली खरीद रही थीं, इस सबको वह चिरनूतन अश्रांत कौतूहल से बैठा देखता था। उसकी दृष्टि की पिपासा किसी भी तरह निवृत्त नहीं होती थी।

नौका की छत पर जाकर तारापद ने धीरे-धीरे खिवैया-माँझियों से बातचीत छेड़ दी। बीच-बीच में आवश्यकतानुसार वह मल्लाहों के हाथ से लग्गी लेकर खुद ही ठेलने लग जाता; माँझियों को जब तमाखू पीने की जरूरत पड़ती तब वह स्वयं जाकर हाल सँभाल लेता। जब जिधर हाल मोड़ना आवश्यक होता, वह दक्षतापूर्वक संपन्न कर देता।

संध्या होने के कुछ पूर्व अन्नपूर्णा ने तारापद को बुलाकर पूछा, "रात में तुम क्या खाते हो ?"

तारापद बोला, "जो मिल जाता है वही खा लेता हूँ; रोज खाता भी नहीं।"

इस सुंदर ब्राह्मण-बालक की आतिथ्य-ग्रहण करने की उदासीनता अन्नपूर्णा को थोड़ी कष्टकर प्रतीत हुई। उनकी बड़ी इच्छा थी कि खिला-पिलाकर, पहना-ओढ़ाकर इस गृह-च्युत यात्री बालक को संतुष्ट करें। किंतु किससे वह संतुष्ट होगा, यह वे नहीं जान सकीं। नौकरों को बुलाकर गाँव से दूध-मिठाई आदि खरीद मँगाने में अन्नपूर्णा ने धूमधाम मचा दी। तारापद ने पेट-भर भोजन तो किया, किंतु दूध नहीं पिया। मौन स्वभाव मतिलाल बाबू तक ने उससे दूध पीने का अनुरोध किया।

उसने संक्षेप में कहा, "मुझे अच्छा नहीं लगता।"

नदी पर दो-तीन दिन बीत गए। तारापद ने भोजन बनाने, सौदा खरीदने से लेकर नौका चलाने तक सब कामों में स्वेच्छा और तत्परता से योग दिया। जो भी दृश्य उसकी आँखों के सामने आता, उसी ओर तारापद की कौतूहलपूर्ण दृष्टि दौड़ जाती; जो भी काम उसके हाथ लग जाता, उसी की ओर वह अपने आप आकर्षित हो जाता। उसकी दृष्टि, उसके हाथ, उसका मन सर्वदा ही गतिशील बने रहते, इसी कारण वह इस नित्य चलायमान प्रकृति के समान सर्वदा निश्चिंत, उदासीन रहता; किंतु सर्वदा क्रियासक्त भी। यों तो हर मनुष्य की अपनी एक स्वतंत्र अधिष्ठान भूमि होती है, किंतु तारापद इस अनंत नीलांबरवाही विश्व-प्रवाह की एक आनंदोज्ज्वल तरंग था—भूत-भविष्यत् के साथ उसका कोई संबंध न था। आगे बढ़ते जाना ही उसका एकमात्र काम था।

इधर बहुत दिन तक नाना संप्रदायों के साथ योग देने के कारण अनेक प्रकार की मनोरंजनी विद्याओं पर उसका अधिकार हो गया था। किसी भी प्रकार की चिंता

से आच्छन्न न रहने के कारण उसके निर्मल स्मृति-पट पर सारी बातें अद्भुत सहज ढंग से अंकित हो जातीं। पांचाली कथकता[1], कीर्तन-गान, जात्राभिनय के लंबे अवतरण उसे कंठस्थ थे। मतिलाल बाबू अपनी नित्य-प्रति की प्रथा के अनुसार एक दिन संध्या समय अपनी पत्नी और कन्या को रामायण पढ़कर सुना रहे थे, लव-कुश की कथा की भूमिका चल रही थी, तभी तारापद अपना उत्साह संवरण न कर पाने के कारण नौका की छत से उतर आया और बोला, "किताब रहने दें। मैं लव-कुश का गीत सुनाता हूँ, आप सुनते चलिए !"

यह कहकर उसने लव-कुश की पांचाली शुरू कर दी। बाँसुरी के समान सुमिष्ट उन्मुक्त स्वर पर आकर झुके पड़ रहे थे। उस नदी-नीर के संध्याकाश में हास्य, करुणा एवं संगीत का एक अपूर्व रस-स्रोत प्रवाहित होने लगा। दोनों निस्तब्ध किनारे कौतूहलपूर्ण हो उठे, पास से जो सारी नौकाएँ गुजर रही थीं उनमें बैठे लोग क्षण-भर के लिए उत्कंठित होकर उसी ओर कान लगाए रहे। जब गीत समाप्त हो गया तो सभी ने व्यथित चित्त से लंबी साँस लेकर सोचा, इतनी जल्दी यह क्यों समाप्त हो गया ?

सजल नयना अन्नपूर्णा की इच्छा हुई कि उस लड़के को गोद में बिठाकर छाती से लगाकर उसका माथा सूँघ लें। मतिलाल बाबू सोचने लगे, यदि इस लड़के को किसी प्रकार अपने पास रख सकूँ तो पुत्र का अभाव पूरा हो जाए। केवल छोटी बालिका चारुशशि का अंतःकरण ईर्ष्या और विद्वेष से परिपूर्ण हो उठा।

तीन

चारुशशि अपने माता-पिता की इकलौती संतान और उनके स्नेह की एकमात्र अधिकारिणी थी। उसकी धुन और हठ की कोई सीमा न थी। खाने, पहनने, बाल बनाने के संबंध में उसका स्वतंत्र मत था; किंतु उसके मन में तनिक भी स्थिरता नहीं थी। जिस दिन कहीं निमंत्रण होता उस दिन उसकी माँ को भय रहता कि कहीं लड़की साज-सिंगार को लेकर कोई असंभव जिद न कर बैठे। यदि दैवात् कभी केश-बंधन उसके मन के अनुकूल न हुआ तो फिर उस दिन चाहे जितनी बार बाल खोलकर चाहे जितने प्रकार से बाँधे जाते, वह किसी तरह संतुष्ट न होती। और अंत में रोना-धोना मच जाता। हर बात में यही दशा थी। पर कभी-कभी जब चित्त प्रसन्न रहता तो उसे किसी भी प्रकार की कोई आपत्ति न होती। उस समय वह प्रचुर मात्रा

---

1. पुराणादि पाठ और व्याख्या।

में स्नेह प्रकट करके अपनी माँ से लिपटकर चूमकर हँसती हुई बात करते-करते उसे एकदम परेशान कर डालती। यह छोटी बालिका एक दुर्भेद्य पहेली थी।

यह बालिका अपने दुर्बोध्य हृदय के पूरे वेग का प्रयोग करके मन-ही-मन विषम ईर्ष्या से तारापद का निरादर करने लगी। माता-पिता को भी पूरी तरह से उद्विग्न कर डाला। भोजन के समय रोदनोन्मुखी होकर भोजन के पात्र को ठेलकर फेंक देती, खाना उसको रुचिकर नहीं लगता; नौकरानी को मारती, सभी बातों में अकारण शिकायत करती रहती। जैसे-जैसे तारापद की विद्याएँ उसका एवं अन्य सबका मनोरंजन करने लगीं, वैसे-ही-वैसे मानो उसका क्रोध बढ़ने लगा। तारापद में कोई गुण है, इसे उसका मन स्वीकार करने से विमुख रहता और उसका प्रमाण जब प्रबल होने लगा तो उसके असंतोष की मात्रा भी बढ़ गई। तारापद ने जिस दिन लव-कुश का गीत सुनाया उस दिन अन्नपूर्णा ने सोचा, संगीत से वन के पशु तक वश में आ जाते हैं, आज शायद मेरी लड़की का मन पिघल गया है। उससे पूछा, “चारु, कैसा लगा ?”

उसने कोई उत्तर दिए बिना बड़े जोर से सिर हिला दिया। भाषा में इस मुद्रा का तरजुमा करने पर यह रूप होता—जरा भी अच्छा नहीं लगा, और न कभी अच्छा लगेगा।

चारु के मन में ईर्ष्या का उदय हुआ है, यह समझकर उसकी माँ ने चारु के सामने तारापद के प्रति स्नेह प्रकट करना कम कर दिया। संध्या के बाद जब चारु जल्दी-जल्दी खाकर सो जाती तब अन्नपूर्णा नौका-कक्ष के दरवाजे के पास आकर बैठतीं और मति बाबू और तारापद बाहर बैठते। अन्नपूर्णा के अनुरोध पर तारापद गाना शुरू करता। उसके गाने से जब नदी के किनारे की विश्रामनिरता ग्राम-श्री संध्या के विपुल अंधकार में मुग्ध निस्तब्ध हो जाती और अन्नपूर्णा का कोमल हृदय स्नेह और सौंदर्य-रस से छलकने लग जाता तब सहसा चारु बिछौने से उठकर तेजी से आकर सरोष रोती हुई कहती, “माँ, तुमने यह क्या शोर मचा रखा है ! मुझे नींद नहीं आती।” माता-पिता उसको अकेला सुलाकर तारापद को घेरकर संगीत का आनंद ले रहे हैं, यह उसे एकदम असह्य हो उठता। इस दीप्त कृष्णनयना बालिका की स्वाभाविक उग्रता तारापद को बड़ी मनोरंजक प्रतीत होती। उसने इसे कहानी सुनाकर, गाना गाकर, वंशी बजाकर वश में करने की बहुत चेष्टा की; किंतु किसी भी प्रकार सफल नहीं हुआ। केवल जब मध्याह्न में तारापद नदी में स्नाने करने उतरता, परिपूर्ण जलराशि में अपनी गौरवर्ण सरल कमनीय देह को तैरने की अनेक प्रकार की क्रीड़ाओं में संचालित करता, तरुण जल-देवता के समान शोभा पाता, तब

बालिका का कौतूहल आकर्षित हुए बिना न रहता। वह इसी समय की प्रतीक्षा करती रहती; किंतु आंतरिक इच्छा का किसी को भी पता न चलने देती, और यह अशिक्षापटु, अभिनेत्री ध्यानपूर्वक ऊनी गुलूबंद बुनने का अभ्यास करती हुई बीच-बीच में मानो अत्यंत उपेक्षा-भरी दृष्टि से तारापद की संतरण-लीला देखा करती।

चार

नंदीग्राम कब छूट गया, तारापद को पता न चला। विशाल नौका अत्यंत मृदु-मंद गति से कभी पाल तानकर, कभी रस्सी खींचकर अनेक नदियों की शाखा-प्रशाखाओं में होकर चलने लगी; नौकारोहियों के दिन भी इन सब नदी-उपनदियों के समान, शांति-सौंदर्यपूर्ण वैचित्र्य के बीच सहज सौम्य गति से मृदुमिष्ट कल-स्वर में प्रवाहित होने लगे। किसी को किसी प्रकार की जल्दी नहीं थी; दोपहर को स्नानाहार में बहुत समय व्यतीत होता; और इधर संध्या होते न होते बड़े दिखने वाले किसी गाँव के किनारे, घाट के समीप, झिल्लीमंद्रित खद्योतखचित वन के पास नौका बाँध दी जाती।

इस प्रकार दसेक दिन में नौका काँठालिया पहुँची। जमींदार के आगमन से घर से पालकी और टट्टू-घोड़ों का समागम हुआ, और हाथ में बाँस की लाठी धारण किए सिपाही-चौकीदारों के दल ने बार-बार बंदूक की खाली आवाज से गाँव के उत्कंठित काक समाज को 'यत्परोनास्ति' मुखर कर दिया।

इस सारे समारोह में समय लगा, इस बीच में तारापद ने तेजी से नौका से उतरकर एक बार सारे गाँव का चक्कर लगा डाला। किसी को दादा, किसी को काका, किसी को दीदी, किसी को मौसी कहकर दो-तीन घंटे में सारे गाँव के साथ सौहार्द्र बंधन स्थापित कर लिया। कहीं भी उसके लिए स्वभावतः कोई बंधन नहीं था, इससे यह बालक गजब की शीघ्रता और आसानी से सबके साथ परिचय कर लेता था। तारापद ने देखते-देखते थोड़े दिनों में ही गाँव के समस्त हृदयों पर अधिकार कर लिया।

इतनी आसानी से हृदय-हरण करने का कारण यह था कि तारापद हरेक के साथ उसका अपना बनकर स्वाभाविक रूप से योग दे सकता था। वह किसी भी प्रकार के विशेष संस्कारों के द्वारा बँधा हुआ नहीं था, अतएव सभी अवस्थाओं में और सभी कामों में उसमें एक प्रकार की सहज प्रवीणता थी। बालकों के लिए वह बिलकुल स्वाभाविक बालक था और उनसे श्रेष्ठ और स्वतंत्र, वृद्धों के लिए वह बालक न रहता, किंतु पुरखा भी नहीं; चरवाहों के साथ चरवाहा था, फिर भी ब्राह्मण। हरेक के हर काम में वह चिरकाल के सहयोगी के समान अभ्यस्त भाव से हस्तक्षेप

करता। हलवाई की दुकान पर बातें करते-करते हलवाई कह उठता, "भैया, जरा बैठो तो सही ! मैं अभी आया।" तारापद अम्लानबदन से दूकान पर बैठकर साल के पत्ते से संदेश पर बैठी मक्खियाँ उड़ाने लग जाता। मिठाइयाँ बनाने में भी पक्का था, करघे का मर्म भी उसे थोड़ा-बहुत मालूम था, कुम्हार का चाक चलाना भी उसके लिए बिलकुल नया नहीं था।

तारापद ने सारे गाँव को वश में कर लिया, बस केवल ग्रामवासिनी बालिका की ईर्ष्या वह अभी तक नहीं जीत पाया था। यह बालिका उग्रभाव से उसके बहुत दूर निर्वासन की कामना करती थी, यही जानकर शायद तारापद इस गाँव में इतने दिन आबद्ध बना रहा।

किंतु बालिकावस्था में भी नारी के अंतर रहस्य का भेद जानना बहुत कठिन है, चारुशशि ने इसका प्रमाण दिया।

ब्राह्मण पुरोहिताइन की कन्या सोनामणि पाँच वर्ष की अवस्था में विधवा हो गई थी; वह चारु की समवयस्का सहेली थी। अस्वस्थ होने के कारण वह घर लौटी सहेली से कुछ दिनों तक भेंट न कर सकी। स्वस्थ होकर जिस दिन भेंट करने आई उस दिन प्रायः अकारण ही दोनों सहेलियों में कुछ मनोमालिन्य की नौबत आ गई।

चारु ने अत्यंत विस्तार से बात आरंभ की थी। उसने सोचा था कि तारापद नामक अपने नवार्जित परम रत्न को जुटाने की बात का विस्तारपूर्वक वर्णन करके वह अपनी सहेली के कौतूहल एवं विस्मय को सप्तम पर चढ़ा देगी। किंतु, जब उसने सुना कि तारापद सोनामणि के लिए तनिक भी अपरिचित नहीं था, पुरोहिताइन को वह मौसी कहता है और सोनामणि उसको 'भाई' कहकर पुकारती है, जब उसने सुना कि तारापद ने केवल बाँसुरी पर कीर्तन का सुर बजाकर माता और पुत्री का मनोरंजन ही नहीं किया है, सोनामणि के अनुरोध से उसके लिए अपने हाथों से बाँस की एक बाँसुरी भी बना दी है, न जाने कितने दिनों से वह उसे ऊँची डाल से फल और कंटक-शाखा से फूल तोड़कर देता रहा है तब चारु के अंतःकरण को मानो तप्तशूल बेधने लगा। चारु समझती थी कि तारापद विशेष रूप से उन्हीं का तारापद था—अत्यंत गुप्त रूप से संरक्षणीय; अन्य साधारणजन केवल उसका थोड़ा-बहुत आभास-मात्र पाएँगे, फिर भी किसी भी तरह उसका सामीप्य न पा सकेंगे, दूर से ही उसके रूप-गुण पर मुग्ध होंगे और चारुशशि को धन्यवाद देते रहेंगे। यही अद्भुत दुर्लभ, दैवलब्ध ब्राह्मण-बालक सोनामणि के लिए सहजगम्य क्यों हुआ ? हम यदि उसे इतना यत्न करके न लाते, इतने यत्न से न रखते तो सोनामणि आदि उसका दर्शन कहाँ से पातीं ? सोनामणि का 'भैया' शब्द सुनते ही उसके शरीर में आग लग गई।

चारु जिस तारापद को मन ही मन विद्वेष-बाणों से जर्जर करने की चेष्टा करती रही है, उसी के एकाधिकार को लेकर इतना प्रबल उद्वेग क्यों ?—किसकी सामर्थ्य है जो यह समझे !

उसी दिन किसी अन्य तुच्छ बात के सहारे सोनामणि के साथ चारु की गहरी कुट्टी हो गई। और वह तारापद के कमरे में जाकर उसकी प्रिय वंशी लेकर उस पर कूद-कूदकर उसे कुचलती हुई निर्दयतापूर्वक तोड़ने लगी।

चारु जब प्रचंड रोष में इस वंशी-ध्वंस कार्य में व्यस्त थी तभी तारापद ने कमरे में प्रवेश किया। बालिका की यह प्रलय-मूर्ति देखकर उसे आश्चर्य हुआ। बोला, "चारु, मेरी वंशी क्यों तोड़ रही हो ?"

चारु रक्त नेत्रों और लाल मुख से "ठीक कर रही हूँ, अच्छा कर रही हूँ" कहकर टूटी हुई वंशी को और दो-चार अनावश्यक लातें मारकर उच्छ्वसित कंठ से रोती हुई कमरे से बाहर चली गई। तारापद ने वंशी उठाकर उलट-पलटकर देखी, उसमें अब कोई दम नहीं था। अकारण ही अपनी पुरानी वंशी की यह आकस्मिक दुर्गति देखकर वह अपनी हँसी न रोक सका। चारुशशि दिनोदिन उसके परम कौतूहल का विषय बनती जा रही थी।

उसके कौतूहल का एक और क्षेत्र था, मतिलाल बाबू की लाइब्रेरी में तस्वीरों वाली अंग्रेजी की किताबें। बाहरी जगत् से उसका यथेष्ट परिचय हो गया था, किंतु तस्वीरों के इस जगत् में वह किसी प्रकार भी अच्छी तरह प्रवेश नहीं कर पाता था। कल्पना द्वारा वह अपने मन में बहुत कुछ जमा लेता, किंतु उससे उसका मन किसी प्रकार तृप्त न होता।

तस्वीरों की पुस्तकों के प्रति तारापद का यह आग्रह देखकर एक दिन मतिलाल बाबू बोले, "अंग्रेजी सीखोगे ? तब तुम इन सारी तस्वीरों का अर्थ समझ लोगे !"

तारापद ने तुरंत कहा, "सीखूँगा।"

मति बाबू बड़े खुश हुए। उन्होंने गाँव के एंट्रेंस स्कूल के हेडमास्टर रामरतन बाबू को प्रतिदिन संध्या-समय इस लड़के को अंग्रेजी पढ़ाने के लिए नियुक्त कर दिया।

पाँच

तारापद अपनी प्रखर स्मरण-शक्ति एवं अखंड मनोयोग के साथ अंग्रेजी शिक्षा में प्रवृत्त हुआ। मानो वह किसी नवीन दुर्गम राज्य में भ्रमण करने निकला हो, उसने पुराने जगत् के साथ कोई संपर्क न रखा; मुहल्ले के लोग अब उसे न देख पाते; जब

वह संध्या के पहले निर्जन नदी-तट पर तेजी से टहलते-टहलते पाठ कंठस्थ करता, तब उसका उपासक बालक-संप्रदाय दूर से खिन्नचित्त होकर संभ्रमपूर्वक उसका निरीक्षण करता, उसके पाठ में बाधा डालने का साहस न कर पाता।

चारु भी आजकल उसे बहुत नहीं देख पाती थी। पहले तारापद अंतःपुर में जाकर अन्नपूर्णा की स्नेह-दृष्टि के सामने बैठकर भोजन करता था—किंतु इसके कारण कभी-कभी देर हो जाती थी। इसीलिए उसने मति बाबू से अनुरोध करके अपने भोजन की व्यवस्था बाहर ही करा ली थी। अन्नपूर्णा ने व्यथित होकर इस पर आपत्ति प्रकट की थी, किंतु अध्ययन के प्रति बालक का उत्साह देखकर अत्यंत संतुष्ट होकर उन्होंने इस नई व्यवस्था का अनुमोदन कर दिया।

तभी सहसा चारु भी जिद कर बैठी, "मैं भी अंग्रेजी सीखूँगी।" उसके माता-पिता ने अपनी कन्या के इस प्रस्ताव को पहले तो परिहास का विषय समझकर स्नेह-मिश्रित हँसी उड़ाई—किंतु कन्या ने इस प्रस्ताव के परिहास्य अंश को प्रचुर अश्रु जलधारा से तुरंत पूर्ण रूप से धो डाला। अंत में इन स्नेह-दुर्बल निरुपाय अभिभावकों ने बालिका के प्रस्ताव को गंभीरता से स्वीकार कर लिया। तारापद के साथ-साथ चारु भी मास्टर से पढ़ने लग गई।

किंतु पढ़ना-लिखना इस अस्थिर चित्त बालिका के स्वभाव के विपरीत था। वह स्वयं तो कुछ न सीख पाई, बस तारापद की पढ़ाई में विघ्न डालने लगी। वह पिछड़ जाती, पाठ कंठस्थ न करती। किंतु फिर भी वह किसी प्रकार तारापद से पीछे रहना न चाहती। तारापद के उससे आगे निकलकर नया पाठ लेने पर वह बहुत रुष्ट होती, यहाँ तक कि रोने-धोने से भी बाज न आती थी। तारापद के पुरानी पुस्तक समाप्त कर नई पुस्तक खरीदने पर उसके लिए भी नई पुस्तक खरीदनी पड़ती। तारापद छुट्टी के समय स्वयं कमरे में बैठकर लिखता और पाठ कंठस्थ करता, यह उस ईर्ष्या-परायण बालिका से सहन न होता। वह छिपकर उसके लिखने की कॉपी में स्याही उड़ेल देती, कलम चुराकर रख देती, यहाँ तक कि किताब में जिसका अभ्यास करना होता उस अंश को फाड़ आती। तारापद बालिका की यह सारी धृष्टता आमोदपूर्वक सहता; असह्य होने पर मारता, किंतु किसी प्रकार भी उसका नियंत्रण नहीं कर सका।

दैवात् एक उपाय निकल आया। एक दिन बहुत खीझकर निरुपाय तारापद स्याही से रँगी अपनी लिखने की कॉपी फाड़-फेंककर गंभीर खिन्न मुद्रा में बैठा था; दरवाजे के समीप खड़ी चारु ने सोचा, आज मार पड़ेगी। किंतु उसकी प्रत्याशा पूर्ण नहीं हुई। तारापद बिना कुछ कहे चुपचाप बैठा रहा। बालिका कमरे के भीतर-बाहर चक्कर काटने लगी। बारंबार उसके इतने समीप से निकलती कि तारापद चाहता

तो अनायास ही उसकी पीठ पर एक थप्पड़ जमा सकता था। किंतु वह वैसा न करके गंभीर ही बना रहा। बालिका बड़ी मुश्किल में पड़ गई। किस प्रकार क्षमा-प्रार्थना करनी होती है, उस विद्या का उसने कभी अभ्यास न किया था, अतएव उसका अनुतप्त क्षुद्र हृदय अपने सहपाठी से क्षमा-याचना करने के लिए अत्यंत कातर हो उठा। अंत में कोई उपाय न देखकर फटी हुई लेख-पुस्तिका का टुकड़ा लेकर तारापद के पास बैठकर खूब बड़े-बड़े अक्षरों में लिखा, 'मैं फिर कभी किताब पर स्याही नहीं फैलाऊँगी।' लिखना समाप्त करके वह उस लेख की ओर तारापद का ध्यान आकर्षित करने के लिए अनेक प्रकार की चंचलता प्रदर्शित करने लगी। यह देखकर तारापद हँसी न रोक सका—वह हँस पड़ा। इस पर बालिका लज्जा और क्रोध से अधीर होकर कमरे से भाग गई। जिस कागज के टुकड़े पर उसने अपने हाथ से दीनता प्रकट की थी उसको अनंतकाल के लिए अनंत जगत् से बिलकुल लोप कर पाती तो उसके हृदय का गहरा क्षोभ मिट सकता।

उधर संकुचित चित्त सोनामणि एक-दो दिन अध्ययनशाला के बाहर घूम-फिरकर झाँककर चली गई। सहेली चारुशशि के साथ सब बातों में उसका विशेष बंधुत्व था, किंतु तारापद के संबंध में वह चारु को अत्यंत भय और संदेह से देखती। चारु जिस समय अंतःपुर में होती, उसी समय का पता लगाकर सोनामणि संकोच करती हुई तारापद के द्वार के पास आ खड़ी होती। तारापद किताब से मुँह उठाकर सस्नेह कहता, "क्यों सोना ! क्या समाचार है ? मौसी कैसी है ?"

सोनामणि कहती, "बहुत दिन से आए नहीं, माँ ने तुमको एक बार चलने के लिए कहा है। कमर में दर्द होने के कारण वे तुम्हें देखने नहीं आ सकतीं।"

इसी बीच शायद सहसा चारु आ उपस्थित होती। सोनामणि घबरा जाती, वह मानो छिपकर अपनी सहेली की संपत्ति चुराने आई हो। चारु आवाज को सप्तम पर चढ़ाकर, भौंह चढ़ाकर, मुँह बनाकर कहती, "ऐ सोना, तू पढ़ने के समय हल्ला मचाने आती है, मैं अभी जाकर पिताजी से कह दूँगी।" मानो वह स्वयं तारापद की एक प्रवीण अभिभाविका हो; उसके पढ़ने-लिखने में लेश-मात्र भी बाधा न पड़े और मानो दिन-रात बस इसी पर उसकी दृष्टि रहती हो। किंतु वह स्वयं किस अभिप्राय से असमय ही तारापद के पढ़ने के कमरे में आकर उपस्थित हुई थी, यह अंतर्यामी से छिपा नहीं था और तारापद भी उसे अच्छी तरह जानता था। किंतु बेचारी सोनामणि डरकर उसी क्षण हजारों झूठी कैफियतें देती; अंत में जब चारु घृणापूर्वक उसको 'मिथ्यावादिनी' कहकर संबोधित करती तो वह लज्जित-शंकित-पराजित होकर व्यथित चित्त से लौट जाती। दयार्द्र तारापद उसको बुलाकर कहता, "सोना, आज

संध्या समय मैं तेरे घर आऊँगा, अच्छा !"

चारु सर्पिणी के समान फुफकारती हुई उठकर कहती, "हाँ, जाओगे ! तुम्हें पाठ तैयार नहीं करना है ? मैं मास्टर साहब से कह दूँगी !"

चारु की इस धमकी से न डरकर तारापद एक-दो दिन संध्या के समय पुरोहित जी के घर गया था। तीसरी या चौथी बार चारु ने कोरी धमकी न देकर धीरे-धीरे एक बार बाहर से तारापद के कमरे के दरवाजे की साँकल चढ़ाकर माँ के मसाले के बक्स का ताला लाकर लगा दिया। सारी संध्या तारापद को इसी बंदी अवस्था में रखकर भोजन के समय द्वार खोला। गुस्से के कारण तारापद कुछ बोला नहीं और बिना खाए चले जाने की तैयारी करने लगा। उस समय अनुतप्त व्याकुल बालिका हाथ जोड़कर विनयपूर्वक बारंबार कहने लगी, "तुम्हारे पैरों पड़ती हूँ, फिर ऐसा नहीं करूँगी। तुम्हारे पैरों पड़ती हूँ, तुम खाकर जाना !" उससे भी जब तारापद वश में न आया तो वह अधीर होकर रोने लगी; संकट में पड़कर तारापद लौटकर भोजन करने बैठ गया।

चारु ने कितनी बार अकेले में प्रतिज्ञा की कि वह तारापद के साथ सद्व्यवहार करेगी, फिर कभी उसे एक क्षण के लिए भी परेशान न करेगी, किंतु सोनामणि आदि अन्य पाँच जनों के बीच आ पड़ते ही न जाने कब, कैसे उसका मिजाज बिगड़ जाता और वह किसी भी प्रकार आत्म-नियंत्रण न कर पाती। कुछ दिन जब ऊपर-ऊपर से वह भलमनसाहत बरतती तब किसी आगामी उत्कट-विप्लव के लिए तारापद सतर्कतापूर्वक प्रस्तुत हो जाता। आक्रमण हठात् किस कारण किस दिशा से होगा, कहा नहीं जा सकता था। उसके बाद प्रचंड तूफान, तूफान के बाद प्रचुर अश्रुवारि वर्षा, उसके बाद प्रसन्न-स्निग्ध शांति।

छह

इस तरह लगभग दो वर्ष बीत गए। इतने लंबे समय तक तारापद कभी किसी के पास बँधकर नहीं रहा। शायद पढ़ने-लिखने में उसका मन एक अपूर्व आकर्षण में बँध गया था; लगता है, वयोवृद्धि के साथ उसकी प्रकृति में भी परिवर्तन आरंभ हो गया था और स्थिर बैठे रहकर संसार के सुख-स्वच्छंदता का भोग करने की ओर उसका मन लग रहा था; कदाचित् उसकी सहपाठिनी बालिका का स्वाभाविक दौरात्म्य, चंचल सौंदर्य अलक्षित भाव से उसके हृदय पर बंधन फैला रहा था।

इधर चारु की अवस्था ग्यारह पार कर गई। मति बाबू ने खोजकर अपनी पुत्री के विवाह के लिए दो-तीन अच्छे रिश्ते जुटाए। कन्या की अवस्था विवाह के योग्य हुई जानकर मति बाबू ने उसका अंग्रेजी पढ़ना और बाहर निकलना बंद कर दिया।

इस आकस्मिक अवरोध पर घर के भीतर चारु ने भारी आंदोलन उपस्थित कर दिया।

तब अन्नपूर्णा ने एक दिन मति बाबू को बुलाकर कहा, "पात्र के लिए तुम इतनी खोज क्यों करते फिर रहे हो ? तारापद लड़का तो अच्छा है। और तुम्हारी लड़की भी उसको पसंद है।"

सुनकर मति बाबू ने बड़ा विस्मय प्रकट किया। कहा, "भला यह कभी हो सकता है ! तारापद का कुल-शील कुछ भी तो ज्ञात नहीं है। मैं अपनी इकलौती लड़की को किसी अच्छे घर में देना चाहता हूँ।"

एक दिन रायडाँगा के बाबुओं के घर से लोग लड़की देखने आए। वस्त्राभूषण पहनाकर चारु को बाहर लाने की चेष्टा की गई। वह सोने के कमरे का द्वार बंद करके बैठ गई—किसी प्रकार भी बाहर न निकली। मति बाबू ने कमरे के बाहर से बहुत अनुनय-विनय की, बहुत फटकारा, किसी प्रकार भी कोई परिणाम न निकला। अंत में बाहर आकर रायडाँगा के दूतों से बहाना बनाकर कहना पड़ा कि एकाएक कन्या बहुत बीमार हो गई है, आज दिखाई की रस्म नहीं हो सकेगी। उन्होंने सोचा, लड़की में शायद कोई दोष है, इसी से इस चतुराई का सहारा लिया गया है।

तब मति बाबू विचार करने लगे, तारापद लड़का देखने-सुनने में सब तरह से अच्छा है; उसको मैं घर ही में रख सकूँगा, ऐसा होने से अपनी एकमात्र लड़की को पराए घर नहीं भेजना पड़ेगा। यह भी सोचा कि उनकी अशांत-अबाध्य लड़की का दुरांतपना उनकी स्नेहपूर्ण आँखों को कितना ही क्षम्य प्रतीत हो, ससुराल वाले सहन नहीं करेंगे।

फिर पति-पत्नी ने सोच-विचारकर तारापद के घर उसके कुल का हाल-चाल जानने के लिए आदमी भेजा। समाचार आया कि वंश तो अच्छा है, किंतु दरिद्र है। तब मति बाबू ने लड़के की माँ एवं भाई के पास विवाह का प्रस्ताव भेजा। उन्होंने आनंद से उच्छ्‌वसित होकर सम्मति देने में मुहूर्त-भर की भी देर न की।

काँठालिया के मति बाबू और अन्नपूर्णा विवाह के मुहूर्त के बारे में विचार करने लगे, किंतु स्वाभाविक गोपनताप्रिय, सावधान मति बाबू ने बात को गोपनीय रखा।

चारु को बंद न रखा जा सका। वह बीच-बीच में बर्गी (प्राचीन मराठा अश्वारोही लुटेरों का सैन्य दल) के हंगामे के समान तारापद के पढ़ने के कमरे में जा पहुँचती। कभी रोष, कभी प्रेम, कभी विराग के द्वारा उसके अध्ययन-क्रम की निभृत शांति को अकस्मात् तरंगित कर देती। उससे आजकल इस निर्लिप्त मुक्त स्वभाव से ब्राह्मण के मन में बीच-बीच में कुछ समय के लिए विद्युत्स्पंदन के समान एक अपूर्व चांचल्य का संचार हो जाता। जिस व्यक्ति का हलका चित्त सर्वदा अक्षुण्ण

अव्याहत भाव से काल-स्रोत की तरंग-शिखरी पर उतराकर सामने बह जाता वह आजकल प्रायः अन्यमनस्क होकर विचित्र दिवा-स्वप्न के जाल में उल्झ जाता। वह प्रायः पढ़ना-लिखना छोड़कर मति बाबू की लाइब्रेरी में प्रवेश करके तस्वीरों वाली पुस्तकों के पन्ने पलटता रहता; उन तस्वीरों के मिश्रण से जिस कल्पना-लोक की रचना होती वह पहले की अपेक्षा बहुत स्वतंत्र और अधिक रंगीन था। चारु का विचित्र आचरण देखकर वह अब पहले के समान परिहास न कर पात; ऊधम करने पर उसको मारने की बात मन में उदय भी न होती। अपने में यह गूढ़ परिवर्तन, यह आबद्ध-आसक्त भाव से अपने निकट एक नूतन स्वप्न के समान लगने लगा।

श्रावण में विवाह का शुभ दिन निश्चित करके मति बाबू ने तारापद की माँ और भाइयों को बुलावा भेजा। तारापद को यह नहीं बताया। कलकत्ता के फौजी बैंड को पेशगी देने के लिए मुख्तार को आदेश दिया और सामान की सूची भेज दी।

आकाश में वर्षा के नए बादल आ गए। गाँव की नदी इतने दिन तक सूखी पड़ी थी; बीच-बीच में केवल किसी-किसी गड्ढे में ही पानी भरा रहता था; छोटी-छोटी नौकाएँ उस पंकिल जल में डूबी पड़ी थीं और नदी की सूखी धार में बैलगाड़ियों के आवागमन से गहरी लीकें खुद गई थीं—ऐसे समय एक दिन पिता के घर से लौटी पार्वती के समान न जाने कहाँ से द्रुतगामिनी जलधारा कल-हास्य करती हुई गाँव के शून्य वक्ष पर उपस्थित हुई—नंगे बालक-बालिकाएँ किनारे आकर ऊँचे स्वर के साथ नृत्य करने लगे, मानो वे अतृप्त आनंद से बारंबार जल में कूद-कूदकर नदी को आलिंगन कर पकड़ने लगे हों, कुटी में निवास करने वाली अपनी परिचित प्रिय संगिनी को देखने के लिए बाहर निकल आईं—शुष्क निर्जीव ग्राम में न जाने कहाँ से आकर एक प्रबल विपुल प्राण-हिल्लोल ने प्रवेश किया। देश-विदेश से छोटी-बड़ी लदी हुई नौकाएँ आने लगीं—बाजार का घाट संध्या समय विदेशी मल्लाहों के संगीत से ध्वनित हो उठा। दोनों किनारे के गाँव पूरे वर्ष अपने निभृत कोने में अपनी साधारण गृहस्थी लिए एकाकी दिन बिताते हैं, वर्षा के समय बाहरी विशाल पृथ्वी विचित्र पण्योपहार लेकर गैरिक वर्ण जलस्थ में बैठकर इन ग्राम-कन्याओं की खोज-खबर लेने आती है; इस समय जगत् के साथ आत्मीयता के गर्व से कुछ दिन के लिए उनकी लघुता नष्ट हो जाती है; सब सचल, सजग और सजीव हो उठते हैं एवं मौन निस्तब्ध प्रदेश में सुदूर राज्य की कलालापध्वनि आकर चारें दिशाओं को आंदोलित कर देती है।

इसी समय कुडूलकाटा में नाग बाबुओं के इलाके में विख्यात रथ-यात्रा का मेला लगा। ज्योत्स्ना-संध्या में तारापद ने घाट पर जाकर देखा, कोई नौका-चरखी लिए,

कोई यात्रा करने वालों की मंडली लिए, कोई बिक्री का सामान लिए प्रबल नवीन स्रोत की धारा में तेजी से मेले की ओर चली जा रही है; यात्रा का दल सारंगी के साथ गीत गा रहा है और सम पर हा-हा-हा शब्द की ध्वनि हो उठती है; पश्चिमी प्रदेश की नौका के मल्लाह केवल मृदंग और करताल लिए उन्मत्त-उत्साह से बिना संगीत के खचमच शब्द से आकाश को विदीर्ण कर रहे हैं—उद्दीपनों की सीमा नहीं थी। देखते-देखते पूर्व क्षितिज से सघन मेघराशि ने प्रकांड काला पाल तानकर आकाश के बीच में खड़ा कर दिया, चाँद ढक गया—पूर्व की वायु वेग से बहने लगी, मेघ के पीछे मेघ दौड़ चले, नदी में जल कलकल हास्य से बढ़कर उमड़ने लगा—नदी-तीरवर्ती आंदोलित वनश्रेणी में अंधकार पुंजीभूत हो उठा, मेढकों ने टर्राना शुरू कर दिया, झिल्ली की ध्वनि जैसे करौत लेकर अंधकार को चीरने लगी। सामने आज मानो समस्त जगत् की रथ-यात्रा हो, चक्र घूम रहा है, ध्वजा फहरा रही है, पृथ्वी काँप रही है, मेघ उड़ रहे हैं, वायु दौड़ रहा है, नदी बह रही है, नौका चल रही है, गान-स्वर गूँज रहे हैं। देखते-देखते गुरु गंभीर ध्वनि में मेघ गरजने लगा, विद्युत् आकाश को चीर-चीरकर चकाचौंध उत्पन्न करने लगी, सुदूर अंधकार में से मूसलधार वर्षा की गंध आने लगी। केवल नदी के एक किनारे पर एक ओर काँठालिया ग्राम अपनी कुटी के द्वार बंद करके दीया बुझाकर चुपचाप सोने लगा।

दूसरे दिन तारापद की माता और भाई आकर काँठालिया में उतरे; उसी दिन कलकत्ता से विविध सामग्री से भरी तीन बड़ी नौकाएँ काँठालिया के जमींदार की कचहरी के घाट पर आकर लगीं एवं उसी दिन बहुत सवेरे सोनामणि कागज में थोड़ा अमावट एवं पत्ते के दोने में कुछ अचार लेकर डरती-डरती तारापद के पढ़ने के कमरे के द्वार पर चुपचाप आ खड़ी हुई—किंतु उस दिन तारापद नहीं दिखाई दिया। स्नेह-प्रेम-बंधुत्व के षड्यंत्र-बंधन उसको चारों ओर से पूरी तरह से घेरें, इसके पहले ही वह ब्राह्मण-बालक समस्त ग्राम का हृदय चुराकर एकाएक वर्षा की मेघांधकारपूर्ण रात्रि में आसक्तिविहीन उदासीन जननी विश्वपृथिवी के पास चला गया।

दुराशा

दार्जिलिंग जाकर देखा, मेघ और वर्षा से दसों दिशाएँ ढकी हुई हैं। घर से बाहर निकलने की इच्छा नहीं होती, घर में रहने पर और भी अनिच्छा बढ़ती है।

होटल में सवेरे का नाश्ता समाप्त करके पैरों में मोटे बूट एवं आपाद-मस्तक मैकिंटोश पहनकर बाहर घूमने बाहर निकला। लगातार टिप-टिप करके वर्षा हो रही थी एवं सर्वत्र सघन मेघों की कुज्झटिका में लगता था जैसे विधाता ने हिमालय पर्वत सहित समस्त विश्व-चित्र को रबर से घिस-घिसकर मिटा डालने की तैयारी की हो।

जनशून्य कैलकटा रोड पर एकाकी टहलते हुए सोच रहा था—अवलंबनहीन मेघराज्य में अब अच्छा नहीं लगता. शब्द-स्पर्श-रूपमयी विचित्रा धरती माता को फिर पाँच इंद्रियों द्वारा पाँचों रूपों में ग्रहण करने के लिए प्राण आकुल हो उठे।

तभी पास ही रमणी-कंठ की करुण रोदन-गुंजन ध्वनि सुनाई पड़ी। रोग-शोक-संकुल संसार में रोने की आवाज कोई विचित्र वस्तु नहीं है, अन्यत्र अन्य समय होता तो मुड़कर भी देखता या नहीं, संदेह है; किंतु उस असीम मेघराज्य में उस रुदन ने संपूर्ण अदृश्य जगत् के एकमात्र रुदन की भाँति मेरे कानों में आकर प्रवेश किया, वह तुच्छ प्रतीत नहीं हुआ।

शब्द के सहारे पास जाकर देखा, गैरिक वस्त्र पहने एक नारी, जिसके सिर पर स्वर्णकपिश जटाभार चूड़ा के आकार में बँधा हुआ था, मार्ग के किनारे शिलाखंड पर बैठी मृदु स्वर में क्रंदन कर रही थी। वह सद्यःशोक का विलाप नहीं था, बहुत दिनों की संचित निःशब्द श्रांति और अवसाद आज मेघांधकार निर्जनता के भार से फूटकर उच्छ्वसित हो पड़े थे।

मन ही मन सोचा, यह अच्छा रहा, आरंभ मानो घर में गढ़ी हुई कहानी की ही भाँति हुआ हो, पर्वत-शिखर पर संन्यासिनी बैठी रो रही हो—यह कभी चर्मचक्षुओं से देखूँगा, इसकी कभी आशा नहीं की थी।

लड़की किस जात की थी, तय नहीं कर पाया। आर्द्र हिंदी भाषा में पूछा, "तुम कौन हो ? तुम्हें क्या हुआ है ?"

पहले उत्तर नहीं दिया, बादलों के बीच सजल दीप्त नेत्रों से मुझे एक बार देख लिया।

मैंने फिर कहा, "मुझसे डरना मत। मैं भला आदमी हूँ।"

सुनकर हँसती हुई वह ठेठ हिंदुस्तानी में बोली, "बहुत दिन से डर-भय सब घोलकर पिए बैठी हूँ, कोई लज्जा-शर्म नहीं है। बाबूजी, एक जमाना था कि मैं जिस जनानखाने में थी वहाँ मेरे सहोदर भाई को भी प्रवेश करने की अनुमति लेनी पड़ती थी, आज दुनिया में किसी से मेरा कोई पर्दा नहीं।"

पहले तो थोड़ा क्रोध आया; मेरा चाल-चलन पूरा साहबी था, किंतु यह हतभागिनी बिना किसी द्विविधा के मुझे 'बाबूजी' कहकर क्यों संबोधित कर रही है? सोचा, अपना उपन्यास यहीं समाप्त करके सिगरेट का धुआँ उड़ाता हुआ नाक ऊँची किए साहबियत की रेलगाड़ी की भाँति सशब्द, सवेग, सदर्प चल पड़ूँ। पर अंत में कौतूहल की विजय हुई। मैंने कुछ बड़प्पन का भाव दिखाते हुए टेढ़ी गर्दन करके पूछा, "तुम्हारी कुछ सहायता कर सकता हूँ ? तुम्हारी कोई प्रार्थना है ?"

उसने स्थिर भाव से मेरे मुख की ओर निहारा और क्षण-भर बाद संक्षेप में उत्तर दिया, "मैं बंद्राओन के नवाब गुलाम कादिर खाँ की बेटी हूँ।"

बंद्राओन किस देश में है और नवाब गुलाम कादिर खाँ कौन हैं और उनकी पुत्री किस दुख से संन्यासिनी के वेश में दार्जिलिंग के कैलकटा रोड के किनारे बैठी रो रही थी—मैं इसका कोई सिर-पैर न जानता था, न विश्वास ही करता था; किंतु सोचा कि रस-भंग नहीं करूँगा, कहानी खूब जम रही है।

तत्क्षण अपना चेहरा अत्यंत गंभीर बनाकर लंबा सलाम करते हुए बोला, "बीबी साहिबा, गुस्ताखी माफ, मैं पहचान न सका।"

न पहचान सकने के युक्तिसंगत कारण थे। उनमें सर्वप्रधान कारण था, उनको पहले कभी देखा ही न था, तिस पर से कुहरा ऐसा घना था कि हाथ को हाथ नहीं सूझता था।

बीबी साहिबा ने भी मेरे अपराध पर ध्यान न दिया और संतुष्ट स्वर में दाहिने हाथ के इशारे से एक अलग शिलाखंड का निर्देश करते हुए मुझे अनुमति दी, "बैठिए !"

देखा, रमणी में आदेश देने की क्षमता हैं। मैंने उससे उस भीगे शैवाल से ढके कठोर असमतल शिलाखंड के नीचे आसन ग्रहण करने की सम्मति पाकर एक अप्रत्याशित सम्मान प्राप्त किया। बंद्राओन के गुलाम कादिर खाँ की पुत्री नूरन्निसा या मेहरुन्निसा या नूर-उल-मुल्क ने मुझे दार्जिलिंग के कैलकटा रोड के किनारे अपने पास अति उच्च पंकिल आसन पर बैठने का अधिकार दिया। होटल में मैकिंटोश पहनकर निकलते समय ऐसी सुमहत् संभावना की मुझे स्वप्न में भी आशा नहीं थी।

हिमालय के वक्ष पर शिला-तले एकांत में पथिक नर-नारी की रहस्यालाप कहानी सुनने में सहसा सद्यः प्रणीत कदुष्ण काव्य-कथा की भाँति लगती है, पाठकों के हृदय में दूरागत निर्जन गिरि-कंदरा की निर्झर प्रपात ध्वनि एवं कालिदास रचित मेघदूत, कुमारसंभव के विचित्र संगीत की मर्मर ध्वनि जाग्रत् हो जाती है, तथापि यह बात सबको स्वीकार करनी पड़ेगी कि बूट और मैकिंटोश पहने कैलकटा रोड के किनारे कर्दमासन पर एक दीनवेशधारिणी गैर-बंगाली रमणी के साथ एक जगह बैठकर पूरे आत्म-गौरव का अक्षुण्ण भाव से अनुभव कर सकें, ऐसे आधुनिक बंगाली बहुत ही कम होंगे। किंतु उस दिन दसों दिशाएँ सघन कुहरे से ढँकी हुई थीं, अतः दुनिया की आँखों से शरमाने की कोई बात नहीं थी। अनंत मेघराज में केवल बंद्राओन के नवाब गुलाम कादिर खाँ की पुत्री और मैं—एक नवविकसित बंगाली साहब—दोनों जने पत्थरों के ऊपर प्रलय के अंत में बचे दो विश्व-खंडों के समान थे; इस विसदृश सम्मेलन का गूढ़ परिहास केवल हमारे भाग्य को ज्ञात था, और किसी को नहीं।

मैंने कहा, “बीबी साहिबा, आपका यह हाल किसने किया ?”

बंद्राओनकुमारी ने अपना सिर ठोक लिया। बोली, “यह सब कौन कराता है, सो मैं क्या जानूँ ! इतने बड़े प्रस्तरमय कठिन हिमालय को साधारण भाप के मेघों में किसने छिपा दिया है !”

मैंने किसी प्रकार का दार्शनिक तर्क उठाए बिना ही सब स्वीकार कर लिया। बोला, “सो तो है, अदृष्ट के रहस्य को कौन जाने ! हम तो बस कीड़े-मकोड़े हैं।”

मैं तर्क करता, बीबी साहिबा को इतनी आसानी से छुट्टी न दे देता. किंतु मेरी भाषा में सामर्थ्य न थी। दरबान और खानसामाओं के संपर्क से हिंदी का जो अभ्यास हुआ था उससे कैलकटा रोड के किनारे बैठकर बंद्राओन अथवा अन्य किसी स्थान की किसी नवाबजादी के अदृष्टवाद अथवा स्वाधीन इच्छावाद के संबंध में स्पष्ट रूप से आलोचना करना मेरे लिए असंभव ही होता।

बीबी साहिबा ने कहा, “मेरे जीवन की अद्भुत कहानी आज ही समाप्त हुई है, यदि फरमाइश करें तो सुनाऊँ !”

मैंने अधीर होकर कहा, “आश्चर्य है ! फरमाइश कैसी ! यदि आप अनुग्रह करें तो सुनकर श्रवण सार्थक होंगे।”

कोई यह न सोचे, मैंने ठीक ये ही बातें इसी प्रकार हिंदुस्तानी भाषा में कही थीं, कहने की इच्छा तो थी, किंतु सामर्थ्य नहीं थी। बीबी साहिबा जब बात कर रही थीं तब मुझे लग रहा था मानो शिशिर-स्नात स्वर्णशीर्ष स्निग्ध, श्यामल शस्यक्षेत्र के ऊपर

प्रभात की मंद-मधुर वायु लहरा रही हो। उनके शब्द-शब्द में कैसी सहज नम्रता, कैसा सौंदर्य, वाक्यों का कैसा अविच्छिन्न प्रवाह था ! और मैं अत्यंत संक्षेप में टूटे-फूटे ढंग से किसी बर्बर की तरह सीधा-सादा उत्तर दे रहा था। भाषा की वैसी सुसंपूर्ण अविच्छिन्न सहज शिष्टता मैंने कभी जानी ही नहीं थी। बीबी साहिबा से बात करते समय ही मैंने पहली बार पग-पग पर अपने आचरण की दीनता अनुभव की।

वे बोलीं, "मेरे पितृ-कुल में दिल्ली के सम्राट्-वंश का रक्त प्रवाहित था, उसी कुल-गौरव की रक्षा के विचार से मेरे लिए उपयुक्त पात्र मिलना दुःसाध्य हो गया था। लखनऊ के नवाब के साथ मेरे विवाह का प्रस्ताव आया था, पिता इधर-उधर कर रहे थे, तभी दाँत से कारतूस काटने की बात पर सिपाहियों के साथ सरकार बहादुर की लड़ाई छिड़ गई। तोपों के धुएँ से हिंदुस्तान में अँधेरा छा गया।"

स्त्री के कंठ से, विशेषकर संभ्रांत महिला के मुख से, हिंदुस्तानी कभी नहीं सुनी थी, सुनकर स्पष्ट समझ गया कि यह भाषा अमीरों की भाषा है—यह जिन दिनों की भाषा थी वे दिन आज नहीं रहे। आज रेलवे-टेलिग्राफ कामों की भीड़ और आभिजात्य के लोप के कारण सभी मानो तुच्छ, विकलांग और श्रीहीन हो गया है। नवाबजादी की बोली सुनते ही उस अंग्रेज-रचित आधुनिक शैलनगरी दार्जिलिंग के सघन कुज्झटिका-जाल से मेरे मन के नेत्रों के सामने मुगल-सम्राटों की मानसपुरी मानो जादू के बल से साकार हो उठी—सफेद पत्थरों के बने बड़े-बड़े अभ्रभेदी प्रासादों की श्रेणी, मार्ग में लंबी पूँछ वाले घोड़ों की पीठ पर सजी मसनदें, हाथियों की पीठ पर सोने की झालर से सजे हौदे, पुरवासियों के सिरों पर नाना वर्णों के उष्णीष; ऊन के, रेशम के, मखमल के ढीले-ढाले कुर्ते-पाजामे, कमरबंदों में बाँकी तलवारें, जरीदार जूतों की मुड़ी हुई नोकें, पर्याप्त अवकाश, लंबी पोशाक और अत्यधिक शिष्टाचार।

नवाबजादी ने कहा, "हमारा किला यमुना के किनारे था। हमारी फौज का सेनापति एक हिंदू ब्राह्मण था। उसका नाम था केशरलाल।"

रमणी ने इस 'केशरलाल' शब्द पर अपने नारी-कंठ का समस्त संगीत मानो एक ही क्षण में पूरा का पूरा उड़ेल दिया हो। मैं धरती पर छड़ी टेककर हिल-डुलकर उकड़ूँ होकर बैठ गया।

" केशरलाल कट्टर हिंदू था। मैं प्रतिदिन प्रातःकाल उठकर अंतःपुर के गवाक्ष से देखती, केशरलाल यमुना-जल में आवक्ष निमग्न होकर प्रदक्षिणा करते हुए हाथ जोड़कर ऊर्ध्वमुख हो नवोदित सूर्य को अंजलि प्रदान करता। फिर गीले कपड़े पहने घाट पर बैठकर एकाग्रचित्त से जप समाप्त कर स्पष्ट कंठ से भैरव राग में भजन गाता हुआ घर लौटता।

"मैं मुसलमान बालिका थी, किंतु कभी स्वधर्म की चर्चा नहीं सुनी थी और स्वधर्मानुसार उपासना-विधि भी नहीं जानती थी; उन दिनों विलास, मद्यपान और स्वेच्छाचार के कारण हमारे पुरुषों का धर्म-बंधन शिथिल हो गया था एवं अंतःपुर के प्रमोद-भवनों में भी धर्म सजीव नहीं था।

"कदाचित् विधाता ने मुझे स्वाभाविक रूप से धर्म-पिपासा प्रदान की थी अथवा कोई और गूढ़ कारण था या नहीं, मैं नहीं कह सकती, किंतु प्रतिदिन प्रशांत प्रभात में नवोन्मेषित अरुणालोक में निस्तरंग नील यमुना के निर्जन श्वेत सोपान तट पर केशरलाल की पूजार्चना के दृश्य से मेरा सद्यःसुप्तोत्थित अंतःकरण एक अव्यक्त भक्ति-माधुर्य से परिप्लावित हो जाता।

"नियम-संयत शुद्धाचार वाले ब्राह्मण केशरलाल का गौरवर्ण, जीवंत-सुंदर देह धूमरहित ज्योति-शिखा के समान प्रतीत होती; ब्राह्मण का पुण्य-माहात्म्य इस मुसलमान बालिका के अविकसित हृदय को अपूर्व श्रद्धाभाव से विनम्र कर देता।

"मेरी एक हिंदू बाँदी थी, वह प्रतिदिन प्रणाम करके केशरलाल की पद-धूलि ले आती। देखकर मुझे आनंद भी होता, ईर्ष्या भी होती। क्रिया-कर्म और पर्वों के अवसर पर यह वंदिनी बीच-बीच में ब्राह्मण-भोजन कराकर दक्षिणा दिया करती। मैं अपनी ओर से उसे आर्थिक सहायता देकर कहती, 'तू केशरलाल को नहीं न्यौतेगी !' वह जीभ काटकर कहती, 'केशरलाल जी किसी का अन्न या दान ग्रहण नहीं करते।'

"इस प्रकार प्रत्यक्ष या परोक्ष किसी भी रूप में केशरलाल को भक्ति-भाव न दिखा सकने के कारण मेरा चित्त जैसे क्षुधातुर बना रहता।

"हमारे पूर्वपुरुषों में किसी ने बलपूर्वक एक ब्राह्मण-कन्या से विवाह किया था, मैं अंतःपुर के कोने में बैठकर अपनी धमनियों में उसी के पुण्य रक्त के प्रवाह का अनुभव करती और उसी रक्त-सूत्र द्वारा केशरलाल के साथ एक ऐक्य संबंध की कल्पना करके थोड़ी-बहुत तृप्ति का अनुभव करती।

"अपनी हिंदू दासी से मैं हिंदू-धर्म के समस्त आचार-व्यवहार, देवी-देवताओं की सारी आश्चर्यजनक कथाएँ, रामायण-महाभारत का सारा अपूर्व इतिहास विस्तार से सुनती; सुनकर उस अंतःपुर के एक भाग में बैठे-बैठे हिंदू जगत् का एक अतुलनीय दृश्य मेरे मन में उद्घाटित हो जाता। मूर्ति-प्रतिमाएँ, शंख-घंटाध्वनि, स्वर्ण-शिखर मंडित देवालय, धूप का धुआँ, अगर-चंदन मिश्रित पुष्पराशि की सुगंध, योगी-संन्यासियों की अलौकिक क्षमता, ब्राह्मणों का अलौकिक माहात्म्य, मनुष्य के छद्म वेश में देवताओं की विचित्र लीला—सब मिलकर मेरे लिए अत्यंत प्राचीन, अति विस्तृत, अति सुदूर अप्राकृत मायालोक का सृजन कर देते, मेरा चित्त मानो कोटर-

वंचित क्षुद्र पक्षी की भाँति संध्या के समय किसी विशाल प्राचीन प्रासाद के कक्ष-कक्ष में उड़ता डोलता। हिंदू-जगत् मेरे बालिका हृदय के लिए एक परम रमणीय परी-देश का राज्य था।

" तभी कंपनी बहादुर के साथ सिपाहियों की लड़ाई छिड़ गई थी। हमारे बंद्राओन के छोटे-से क़िले में भी विप्लव की तरंग जाग उठी।

" केशरलाल बोला, 'अब गोभक्षक गोरे लोगों को आर्यावर्त से दूर भगाकर एक बार फिर हिंदुस्तान में राजपद के लिए हिंदू-मुसलमानों में जुए की बाजी जमानी पड़ेगी।'

" मेरे पिता गुलाम कादिर खाँ बड़े सयाने थे। उन्होंने अंग्रेज जाति को किसी एक विशेष संबंध-सूचक संबोधन से अभिहित करके कहा, 'वे असंभव को संभव कर सकते हैं, हिंदुस्तान के लोग उनसे पार नहीं पा सकेंगे। मैं किसी अनिश्चित प्रत्याशा में अपना यह छोटा-सा किला खोना नहीं चाहता, मैं कंपनी बहादुर से नहीं लड़ूँगा।'

" जिस समय सारे हिंदुस्तान के समस्त हिंदू-मुसलमानों का खून खौल उठा था, उस समय मेरे पिता की वणिक् की-सी इस सतर्कता के प्रति हम सभी के मन में धिक्कार का भाव आ गया। मेरी बेगम माताएँ तक हिल गईं।

" तभी फौज लिए सशस्त्र केशरलाल आकर मेरे पिता से बोले, 'नवाब साहिब, यदि आप हमारे पक्ष में योग नहीं देंगे तो जब तक लड़ाई चलेगी तब तक आपको बंदी बनाकर आपके किले का आधिपत्य-भार मैं ग्रहण करूँगा।' पिता बोले, 'इस सब हंगामे की कोई जरूरत नहीं है, मैं तुम्हारे पक्ष में रहूँगा।' केशरलाल बोले, 'खजाने में से कुछ धन निकालना है।'

" पिता ने विशेष कुछ नहीं दिया, कहा, 'जब जितना चाहिए, मैं दे दूँगा।'

" चोटी से लेकर पैरों की अँगुलियों तक मेरे अंग-प्रत्यंग में जितने आभूषण थे, मैंने सब कपड़े में बाँधकर अपनी हिंदू दासी द्वारा छिपाकर केशरलाल के पास भेज दिए। उन्होंने स्वीकार कर लिया। आनंद से आभूषणविहीन मेरा अंग-प्रत्यंग पुलकित-रोमांचित हो उठा।

" केशरलाल जंग खाई बंदूकों की नलियों और पुरानी तलवारों को माँज-घिसकर साफ करने लगे, तभी अचानक एक दिन तीसरे पहर जिले के कमिश्नर साहब ने लालकुर्ती गोरों के साथ आकाश में धूल उड़ाते हमारे किले में आकर प्रवेश किया।

" मेरे पिता गुलाम कादिर खाँ ने चुपचाप उनको विद्रोह का समाचार दे दिया था।

“ बंद्राओन की फौज के ऊपर केशरलाल का ऐसा अलौकिक अधिपत्य था कि उसकी आज्ञा से वे टूटी बंदूकें और भोंथरी तलवारें लेकर मरने के लिए प्रस्तुत हो गए।

“ विश्वासघाती पिता का घर मुझे नरक के समान प्रतीत हुआ। क्षोभ, लज्जा, दुख, घृणा से छाती फटने लगी, तो भी आँखों से एक बूँद जल नहीं निकला। मैं अपने भीरु भाई की पोशाक पहनकर छद्म वेश में अंतःपुर से बाहर निकल गई। किसी को तब यह सब देखने की फुरसत नहीं थी।

“ उस समय धूल और बारूद का धुआँ, सैनिकों का आर्त्तनाद एवं बंदूकों का शब्द थम चुका था और मृत्यु की भीषण शांति ने जल-स्थल और आकाश को आच्छन्न कर लिया था। यमुना के जल को लाल रक्त से रँगकर सूर्य अस्त हो गया था, संध्याकाश में शुक्लपक्ष का पूर्णप्राय चंद्रमा दिख रहा था।

“ मृत्यु के विकट दृश्य से रण-क्षेत्र पटा पड़ा था। और कोई समय होता तो करुणा से मेरा वक्षस्थल व्यथित हो उठता, किंतु उस दिन स्वप्नाभिभूत की भाँति मैं केशरलाल को खोजती चक्कर काटती फिर रही थी, बस उस लक्ष्य के अतिरिक्त और सब मुझे अवास्तविक प्रतीत हो रहा था।

“ ढूँढ़ते-ढूँढ़ते आधी रात को उज्ज्वल चंद्रालोक में देखा, रण-क्षेत्र से थोड़ी दूर पर यमुना के किनारे आम्र-वन की छाया में केशरलाल और उनके भक्त भृत्य देवकीनंदन की मृत देह पड़ी है। मैं समझ गई कि भयानक आहत अवस्था में या तो स्वामी ने सेवक को या सेवक ने स्वामी को रण-क्षेत्र से इस निरापद स्थान में ले आकर शांतिपूर्वक मृत्यु के हाथों आत्मसमर्पण किया होगा।

“ पहले तो मैंने अपनी बहुत दिनों की भूखी भक्ति-भावना को चरितार्थ किया। केशरलाल के पैरों पर लेटकर अपना आजानुदीर्घ केश-जाल खोलकर बारंबार उनके पैरों की धूल पोंछी। अपने उत्तप्त ललाट से उनके हिमशीतल चरणकमल लगाए, उनके चरणों का चुंबन करते ही मेरी बहुत दिनों की रुकी हुई अश्रु-राशि फूट पड़ी।

“ तभी केशरलाल की देह हिली और अचानक उनके मुख से वेदना का अस्फुट आर्त्त-स्वर सुनकर मैं उनके चरण तल छोड़कर चौंक उठी। मैंने सुना, आँखें बंद किए हुए शुष्क कंठ से एक बार उन्होंने कहा, ‘पानी।’

“ मैं तत्क्षण दौड़ी-दौड़ी गई और अपने तन के कपड़े को यमुना के जल में भिगो लाई। कपड़े को निचोड़कर केशरलाल के खुले ओष्ठाधरों में पानी डालने लगी, और बाईं आँख को फोड़ता हुआ उनके माथे में जहाँ भयंकर आघात लगा था उस पर अपने कपड़े का गीला छोर फाड़कर बाँध दिया।

" इसी तरह कई बार यमुना का जल लाकर उनके मुख, नेत्रों को सींचने के बाद, धीरे-धीरे उनमें चेतना का संचार हुआ। मैंने पूछा, 'और पानी डालूँ ?' केशरलाल ने कहा, 'तुम कौन हो ?' मैं अब और न रह सकी। बोली, 'आपकी अदीना भक्त सेविका। मैं नवाब गुलाम कादिर खाँ की बेटी हूँ।' मैंने सोचा था, आसन्न मृत्यु के समय केशरलाल अपने भक्त का आखिरी परिचय साथ लेते जाएँ, इस सुख से मुझे कोई वंचित नहीं कर सकता।

" मेरा परिचय पाते ही केशरलाल सिंह के समान गरजकर बोले, 'बेईमान की बेटी, विधर्मी ! मृत्यु की घड़ी में यवन के हाथ का जल देकर तूने मेरा धर्म नष्ट कर डाला।' इतना कहकर उन्होंने बड़ी जोर से मेरे गाल पर दाहिने हाथ से तमाचा मारा; मैं मूर्च्छित-सी हो गई, मेरे नेत्रों के सामने अंधकार छा गया।

" उस समय मैं षोडशी थी, उसी दिन पहली बार अंतःपुर से बाहर निकली थी, अभी बाहर के आकाश की लुब्ध, तप्त सूर्य-किरणों ने मेरे सुकुमार कपोलों की रक्तवर्ण लावण्य विभा का अपहरण नहीं किया था, उस बहिर्जगत् में पैर रखते ही जगत् से, अपने जगत् के देवता से यह प्रथम संबोधन प्राप्त हुआ। "

मैं सिगरेट बुझाए मोह-मुग्ध चित्र-लिखित के समान बैठा हुआ था। कहानी सुन रहा था, या शब्द सुन रहा था, या संगीत सुन रहा था, पता नहीं, मेरे मुँह से कोई बात न निकली। अब मैं और न रह सका, सहसा बोल उठा, "जानवर !"

नवाबजादी ने कहा, "जानवर कौन ? जानवर क्या मृत्यु की यंत्रणा के समय ओठों तक आए जल-बिंदु का परित्याग करता है ?"

मैंने अप्रतिभ होकर कहा, "सही कहा आपने। वह देवता था।"

नवाबजादी ने कहा, "कैसा देवता ! क्या देवता एकाग्रचित्त भक्त की सेवा का प्रत्याख्यान कर सकता है ?"

मैं बोला, "यह भी सही है।" कहकर चुप हो गया।

नवाबजादी कहने लगी, " पहले तो मुझे बड़ा बुरा लगा। लगा कि सारा विश्व अचानक चूर-चूर होकर मेरे सिर पर टूट पड़ा है। क्षण-भर बाद सँभलकर उस कठोर, कठिन, निष्ठुर, निर्विकार, पवित्र ब्राह्मण के चरणों में दूर से प्रणाम किया, मन ही मन कहा, 'हे ब्राह्मण ! तुम दीनों की सेवा, दूसरों का अन्न, धनी का दान, युवती का यौवन और रमणी का प्रेम कुछ भी ग्रहण नहीं करते ! तुम स्वतंत्र, एकाकी, निर्लिप्त, सुदूर हो, तुम्हारे प्रति आत्मसमर्पण करने का भी मुझे अधिकार नहीं है।

" नवाब की बेटी को धरती पर मस्तक टेककर प्रणाम करते देखकर केशरलाल ने क्या सोचा, नहीं कह सकती; किंतु उसके चेहरे से विस्मय अथवा किसी अन्य

भाव-परिवर्तन का परिचय नहीं मिला। शांत भाव से एक बार मेरे मुँह की ओर देखा, उसके बाद धीरे-धीरे उठा। मैंने चौंककर सहारा देने के लिए अपना हाथ बढ़ाया, उसने बिना बोले उसका प्रत्याख्यान किया और बड़े कष्ट से यमुना के तट पर जा पहुँचा। वहाँ पार जाने वाली एक नौका बँधी हुई थी। पार उतरने के लिए भी कोई नहीं था, पार उतारने वाला भी कोई नहीं था। उस नौका पर चढ़कर केशरलाल ने बंधन खोल दिया, देखते-देखते नौका बीच धार में जाकर धीरे-धीरे अदृश्य हो गई। मेरी इच्छा हुई कि समस्त हृदयभार, समस्त यौवनभार, समस्त अनादृत भक्तिभार लेकर उस अदृश्य नौका की ओर हाथ जोड़कर उस निस्तब्ध आधी रात में, उस चंद्रालोक-पुलकित निस्तरंग यमुना में अकालवृंतच्युत पुष्प-मंजरी के समान इस व्यर्थ जीवन को विसर्जित कर दूँ।

" किंतु कर नहीं सकी। आकाश में चंद्र, यमुना-पार की घनकृष्ण वनरेखा, कालिंदी की गाढ़ी नीली निष्कंप जलराशि, दूर आम्रवन के ऊपर चमकता हमारे ज्योत्स्ना-चिक्कन किले का शिखर भाग, सबने निःशब्द गंभीर एकतान ने मृत्यु का गीत गाया, उस अर्धरात्रि में ग्रहचंद्रतारा-खचित निस्तब्ध तीनों भुवनों ने मुझसे एक स्वर में मरने के लिए कहा। केवल वीचिभंगविहीन प्रशांत यमुना के वक्ष पर उतराती हुई एक अदृश्य जीर्ण नौका मुझे उस ज्योत्स्ना रजनी के सौम्य-सुंदर, शांत-शीतल अनंत भुवनमोहन मृत्यु के फैले आलिंगन-बंधन से छुड़ाकर जीवन के पथ पर खींच ले चली। मैं मोहस्वप्नाभिभूत के समान यमुना के किनारे-किनारे कभी काँस-वन में, कभी मरु-बालुका पर, कभी असमतल विदीर्ण तट पर, कभी सघन गुल्म के दुर्गम वन-खंड में भटकती हुई चलने लगी। "

यहाँ वक्ता चुप हो गया। मैंने भी कोई बात नहीं कही।

कुछ देर बाद नवाब-दुहिता ने कहा, " इसके बाद की घटनावली बहुत जटिल है। मैं नहीं जानती कैसे उसका विश्लेषण करके स्पष्ट रूप से कहूँ। एक गहन अरण्य में होकर यात्रा की, ठीक किस रास्ते होकर कब गई, इसे क्या फिर ढूँढ़ निकाल सकती हूँ ? कहाँ आरंभ करूँ, कहाँ समाप्त करूँ, क्या छोड़ूँ, क्या रखूँ, संपूर्ण कहानी को किस प्रकार ऐसा स्पष्ट प्रत्यक्षवत् बनाऊँ, जिसमें कुछ भी असंभव और अस्वाभाविक न प्रतीत हो।

" किंतु जीवन के इन थोड़े से दिनों में यह समझ गई हूँ कि असाध्य-असंभव कुछ भी नहीं है। नवाब के अंतःपुर की बालिका के लिए बाहर का संसार नितांत दुर्गम कहा जा सकता है, किंतु यह कल्पना-मात्र है। एक बार बाहर निकल पड़ने पर चलने के लिए रास्ता मिल ही जाता है। वह रास्ता नवाबी रास्ता भले ही न हो,

किंतु रास्ता है, उस पथ पर मनुष्य चिरकाल से चलता आ रहा है–वह असमतल, विचित्र, सीमाहीन है; वह शाखा-प्रशाखाओं में विभक्त है; सुख-दुःख, बाधा, विघ्नों के कारण वह जटिल है; किंतु वह पथ जरूर है।"

इस सामान्य जन-जीवन के पथ पर एकाकिनी नवाब-दुहिता का लंबा भ्रमण-वृत्तांत सुख-श्राव्य नहीं होगा, हो तो भी वह पूरा वृत्तांत सुनाने का मुझमें उत्साह नहीं है। एक शब्द में, "दुख-कष्ट, विपद, अवमानना बहुत भुगतनी पड़ी तो भी जीवन असह्य नहीं हुआ। आतिशबाजी के समान जितनी जली उतनी ही उद्दाम गति प्राप्त की; जितने समय वेग से चली, उतने समय जल रही थी–ऐसा बोध नहीं हुआ, आज सहसा उस परम दुख, उस चरम सुख की ज्योतिशिखा बुझने पर इस पथ की धूल के ऊपर जड़ पदार्थ की भाँति गिर पड़ी हूँ–आज मेरी यात्रा समाप्त हो गई है, यहीं मेरी कहानी भी समाप्त होती है।"

यह कहकर नवाबपुत्री रुक गई। मैंने मन ही मन गर्दन हिलाई, यहाँ तो किसी भी तरह समाप्त नहीं हो सकती। कुछ देर चुप रहकर टूटी-फूटी हिंदी में बोला, "बेअदबी माफ कीजिएगा, अंत की बात को थोड़ा और खुलासा कर कहें तो सेवक के मन की व्याकुलता बहुत कुछ कम हो जाएगी।"

नवाबजादी हँसी। मैं समझा, मेरी टूटी-फूटी हिंदी का असर हुआ है। यदि मैं ठेठ हिंदी में बात कर पाता तो मेरे प्रति उनका संकोच न मिटता, किंतु मैं उनकी मातृभाषा बहुत ही कम जानता था। वही हम दोनों के बीच बड़ा व्यवधान था, वही एक पर्दा था।

उन्होंने फिर आरंभ किया, "केशरलाल का समाचार मैं प्रायः पाती, किंतु किसी भी प्रकार उनसे मिलना नहीं हो सका। तात्या टोपे के दल में मिलकर उस विप्लवाच्छन्न आकाश में वे कभी पूर्व में, कभी पश्चिम में, कभी ईशान में, कभी नैर्ऋत्य में वज्रपात के समान क्षण में टूटते, क्षण में अदृश्य हो जाते थे।

"उन दिनों मैं योगिनी बनकर काशी के शिवानंद स्वामी को पिता के समान मानकर उनके पास संस्कृत शास्त्र का अध्ययन कर रही थी। भारतवर्ष का सारा समाचार उनके चरणों में आता रहता, मैं भक्तिपूर्वक शास्त्राभ्यास करती और हार्दिक व्याकुलता के साथ युद्ध के समाचारों का संग्रह करती।

"धीरे-धीरे ब्रिटिश राज ने हिंदुस्तान की विद्रोह-वह्नि को पैरों से कुचलकर बुझा दिया। तभी अचानक केशरलाल का समाचार मिलना बंद हो गया। प्रचंड प्रलयालोक की रक्त-रश्मियों में भारतवर्ष के सुदूर प्रांतों की जो समस्त वीर मूर्तियाँ क्षण-क्षण में दिखाई दे रही थीं, वे सहसा अंधकार में विलीन हो गईं।

" मैं अब और नहीं रह सकी। गुरु का आश्रय छोड़कर भैरवी-वेश धारण करके फिर बाहर निकल पड़ी। नाना मार्गों, तीर्थों, मठ-मंदिरों की यात्रा की, केशरलाल का कहीं कोई पता न मिला। दो-एक व्यक्तियों ने, जो उनका नाम जानते थे, कहा, 'वह कदाचित् युद्ध या राजदंड द्वारा मृत्यु को प्राप्त हो चुके हैं।' पर मेरी अतरात्मा ने कहा, 'कभी नहीं, केशरलाल की मृत्यु नहीं हो सकती।' उस ब्राह्मण की वह दुःसह अग्नि-ज्योति कदापि नहीं बुझ सकती, मेरी आत्माहुति ग्रहण करने के लिए वह अभी तक किसी दुर्गम निर्जन यज्ञ-वेदी पर ऊर्ध्वशिखा के रूप में जल रही होगी।'

" हिंदू शास्त्रों में लिखा है कि ज्ञान के द्वारा, तपस्या के द्वारा शूद्र ब्राह्मण हो गए हैं। मुसलमान ब्राह्मण हो सकता है या नहीं, इस बात का कोई उल्लेख नहीं मिलता। इसका एकमात्र कारण है, उस समय मुसलमान थे ही नहीं। मैं जानती थी कि केशरलाल के साथ मेरे मिलन में बहुत विलंब है, क्योंकि पहले मुझे ब्राह्मण होना पड़ेगा। एक-एक करके तीस वर्ष बीत गए। मैं हृदय से, बाहर से, आचार से, व्यवहार से, तन-मन-वचन से ब्राह्मण हो गई थी, मेरी उस ब्राह्मण पितामही का रक्त निष्कलुष तेज से मेरे सर्वांग में प्रवाहित होने लग गया था। मैंने मन ही नन अपने उस यौवनारंभ के प्रथम ब्राह्मण, अपनी यौवन-समाप्ति के अंतिम ब्राह्मग, त्रिभुवन के अपने एकमात्र ब्राह्मण के चरणों में निस्संकोच भाव से अपने संपूर्ण रूप से प्रतिष्ठित करके एक अपूर्व दीप्ति प्राप्त कर ली थी।

" युद्ध-विप्लव के प्रसंग में केशरलाल के वीरत्व की अनेक बातें मैंने सुनीं, किंतु वे मेरे हृदय पर अंकित नहीं हुईं। बस एक वही चित्र जो मैंने देखा था, जिसमें निःशब्द ज्योत्स्नापूर्ण अर्धरात्रि में निस्तब्ध यमुना की बीच धार में एक छोटी नौका पर आरूढ़ हो एकाकी केशरलाल बहा जा रहा था। बस, वह मेरे मन में अंकित रह गया। मैं बस अहरह देखा करती, ब्राह्मण निर्जन स्रोत में पड़कर रात-दिन किसी अनिर्दिष्ट रहस्य की ओर दौड़ रहा है। उसका कोई संगी नहीं, कोई सेवक नहीं, उसे किसी की आवश्यकता नहीं, वह निर्मल आत्म-निमग्न पुरुष अपने आप में संपूर्ण है, आकाश के ग्रह-चंद्र-तारे उसका चुपचाप निरीक्षण करते हैं।

" इसी बीच समाचार मिला कि केशरलाल ने राजदंड से भागकर नेपाल में आश्रय लिया है। मैं नेपाल गई। वहाँ बहुत समय रहने के बाद समाचार मिला कि बहुत समय हुआ, केशरलाल नेपाल छोड़कर न जाने कहाँ चला गया।

" उसके बाद से मैं पहाड़ों-पहाड़ भ्रमण कर रही हूँ। यह हिंदुओं का देश नहीं— यहाँ भोटिया, लेप्चा, म्लेच्छ हैं। इनके आचार-व्यवहार, आचार-विचार और इनके देवता, इनकी पूजार्चना-विधि सभी अलग हैं। बहुत दिनों की साधना के फलस्वरूप

जो आज विशुद्ध शुचिता अर्जित की थी, मुझे भय हुआ कि कहीं उसमें कलंक न लग जाए। मैं बड़े यत्न से हर प्रकार के मलिन संस्पर्श से अपनी रक्षा करती चलने लगी। मैं जानती थी कि मेरी नौका किनारे आ लगी थी, अपने जीवन के चरम तीर्थ के पास।

" उसके बाद और क्या कहूँ ! बाकी बात तो बहुत थोड़ी है। दीया जब बुझता है तब एक लपक में ही बुझ जाता है, उस बात को और बढ़ाकर क्या व्याख्या करूँ?

" अड़तीस वर्ष के बाद दार्जिलिंग में आकर आज प्रातःकाल केशरलाल को देखा। "

यहाँ वक्ता को चुप होते देख मैंने उत्सुकतापूर्वक प्रश्न किया, "क्या देखा ?"

नवाबजादी ने कहा, "देखा, वृद्ध केशरलाल भोटिया मुहल्ले में भोटिया स्त्री एवं उससे उत्पन्न पौत्र-पौत्री लेकर मैले कपड़े पहने, मैले आँगन में भुट्टों से अनाज निकाल रहा है।"

कहानी समाप्त हो गई; मैंने सोचा, सांत्वना के कुछ शब्द कहना आवश्यक था। कहा, "अड़तीस वर्ष तक लगातार जिसको प्राणों के भय से रात-दिन विजातियों के संपर्क में रहना पड़ा हो वह अपने आचार की रक्षा कैसे कर सकता है ?"

नवाबजादी ने कहा, "मैं क्या यह नहीं समझती ? किंतु इतने दिन मैं न जाने कौन-सा मोह लिए डोल रही थी ! जिस ब्राह्मणत्व ने मेरे किशोर हृदय को हर लिया था, मैं क्या जानती थी कि वह केवल अभ्यास या संस्कार था। मैं समझती थी वह धर्म, अनादि अनंत था। यदि ऐसा न होता तो सोलह वर्ष की अवस्था में पहली बार पितृ-गृह से निकलकर उस ज्योत्स्नापूर्ण अर्धरात्रि में अपने विकसित, पुष्पित भक्तिवेग-कंपित देह-मन-प्राणों के समर्पण के बदले में ब्राह्मण के दाहिने हाथ से जो दुःसह अपमान प्राप्त हुआ, उसे गुरु के हाथों मिली दीक्षा के समान चुपचाप माथा झुकाकर द्विगुणित भक्ति-भाव से शिरोधार्य क्यों करती ? हाय रे ब्राह्मण ! तुमने तो अपने अभ्यास के बदले में एक और अभ्यास ग्रहण कर लिया है। मैं अपने उस यौवन, उस जीवन के बदले में दूसरा जीवन, यौवन अब कहाँ पाऊँगी ?"

यह कहकर रमणी उठ खड़ी हुई, बोली, "नमस्कार, बाबूजी !"

क्षण-भर बाद मानो संशोधन करके कहा, "सलाम, बाबू साहब !" इस मुसलमान अभिवादन के द्वारा उसने मानो जर्जर, धराशायी भग्न ब्राह्मण से अंतिम विदाई ली। मेरे कुछ कहने के पहले ही वह उस हिमाद्रि-शिखर की धूसर कुज्झटिका-राशि में मेघ की भाँति विलीन हो गई।

मैं क्षण-भर के लिए आँखें मूँदकर समस्त घटनावली को अपने मानस-पट पर

चित्रित देखने लगा। यमुना-तीर के गवाक्ष के पास मसनद लगे आसन पर सुखासीना षोडशी नवाब-बालिका को देखा, तीर्थ-मंदिरों में संध्या-आरती के समय तपस्विनी की भक्ति-गद्गद एकाग्र मूर्ति देखी, उसके बाद इस दार्जिलिंग की कैलकटा रोड के किनारे कुहेलिकाच्छन्न भग्न-हृदया भार-कातर नैराश्य मूर्ति भी देखी, एक सुकुमार रमणी-देह में ब्राह्मण-मुसलमान रक्तों की तरंगों के विपरीत संघर्ष से उत्पन्न विचित्र व्याकुल संगीत की ध्वनि सुंदर संपूर्ण उर्दू भाषा में विगलित होकर मेरे मस्तिष्क में स्पंदित होने लगी।

आँखें खोलकर देखा, बादल अचानक फट गए थे और स्निग्ध धूप से निर्मल आकाश झिलमिला रहा था। ठेलागाड़ी में अंग्रेज रमणियों और घोड़े की पीठ पर अंग्रेज पुरुषगण वायु-सेवन के लिए निकल पड़े थे; बीच-बीच में दो-एक बंगालियों के गुलूबंद से लिपटे मुखमंडल से मेरी ओर विनोदपूर्ण कटाक्ष भी आ रहे थे। मैं तेजी से उठ खड़ा हुआ, इस सूर्यालोकित खुले जगत् के दृश्य में वह मेघाच्छन्न कहानी अब सत्य नहीं लग रही थी। मेरा विश्वास है कि मैंने पर्वत के कुहरे में अपनी सिगरेट का धुआँ बड़ी मात्रा में मिश्रित करके कल्पनाखंड की रचना की थी—वह मुसलमान ब्राह्मणी, वह विप्रवीर, वह यमुना किनारे का किला—शायद कुछ भी सत्य नहीं था।

तोता-कहानी

एक

एक तोता था। वह बड़ा मूर्ख था। गाता तो था, पर शास्त्र नहीं पढ़ता था। उछलता था, फुदकता था, उड़ता था; पर यह नहीं जानता था कि कायदा-कानून किसे कहते हैं।

राजा बोला, "ऐसा तोता किस काम का ? इससे लाभ तो कोई नहीं, हानि जरूर है। जंगल के फल खा जाता है, जिसे राजा-मंडी के फल बाजार में टोटा पड़ जाता है।"

मंत्री को बुलाकर कहा, "इस तोते को शिक्षा दो !"

दो

तोते को शिक्षा देने का काम राजा के भानजे को मिला।

पंडितों की बैठक हुई। विषय था, 'उक्त जीव की अविद्या का कारण क्या है?' बड़ा गहरा विचार हुआ।

तय पाया गया : तोता अपना घोंसला साधारण खर-पात से बनाता है। ऐसे आवास में विद्या नहीं आती। इसलिए सबसे पहले तो यह आवश्यक है कि इसके लिए कोई बढ़िया-सा पिंजरा बना दिया जाए।

राज-पंडितों को दक्षिणा मिली और वे प्रसन्न होकर अपने-अपने घर गए।

तीन

सुनार बुलाया गया। वह सोने का पिंजरा तैयार करने में जुट पड़ा। पिंजरा ऐसा अनोखा बना कि उसे देखने के लिए देश-विदेश के लोग टूट पड़े। कोई कहता, "शिक्षा की तो इति हो गई !" कोई कहता, "शिक्षा न भी हो तो क्या, पिंजरा तो बना। इस तोते का भी क्या नसीब है !"

सुनार को थैलियाँ भर-भरकर इनाम मिला। वह उसी घड़ी अपने घर की ओर रवाना हो गया।

पंडितजी तोते को विद्या पढ़ाने बैठे। नस लेकर बोले, "यह काम इन थोड़ी-सी पोथियों का नहीं है।"

राजा के भानजे ने सुना। उन्होंने उसी समय पोथी लिखने वालों को बुलवाया। पोथियों की नकल होने लगी। नकलों और नकलों की नकलों के पहाड़ लग गए। जिसने भी देखा, उसने यही कहा कि "शाबाश ! इतनी विद्या के धरने को जगह भी नहीं रहेगी !"

नकलनवीसों को लद्दू बैलों पर लाद-लादकर इनाम दिए गए। वे अपने-अपने घर की ओर दौड़ पड़े। उनकी दुनिया में तंगी का नाम-निशान भी बाकी न रहा।

दामी पिंजरे की देख-रेख में राजा के भानजे बहुत व्यस्त रहने लगे। इतने व्यस्त कि व्यस्तता की कोई सीमा न रही। मरम्मत के काम भी लगे ही रहते। फिर झाड़-पोंछ और पालिश की धूम भी मची ही रहती थी। जो भी देखता, यही कहता, उन्नति हो रही है।

इन कामों पर अनेक-अनेक लोग लगाए गए और उनके कामों की देखरेख करने पर और भी अनेक-अनेक लोग लगे। सब महीने-महीने मोटे-मोटे वेतन लेकर बड़े-बड़े संदूक भरने लगे।

वे और उनके चचेरे-ममेरे भाई-बंद बड़े प्रसन्न हुए और बड़े-बड़े कोठों-बालाखानों में मोटे-मोटे गद्दे बिछाकर बैठ गए।

चार

संसार में और-और अभाव तो अनेक हैं, पर निंदकों की कोई कमी नहीं है। एक ढूँढ़ो हजार मिलते हैं। वे बोले, "पिंजरे की तो उन्नति हो रही है, पर तोते की खोज-खबर लेने वाला कोई नहीं है !"

बात राजा के कानों में पड़ी। उन्होंने भानजे को बुलाया और कहा, "क्यों भानजे साहब, यह कैसी बात सुनाई पड़ रही है ?"

भानजे ने कहा, "महाराज, अगर सच-सच बात सुनना चाहते हों तो सुनारों को बुलाइए, पंडितों को बुलाइए, नकलनवीसों को बुलाइए, मरम्मत करने वालों को और मरम्मत की देखभाल करने वालों को बुलाइए। निंदकों को हलवे-माँड़े में हिस्सा नहीं मिलता, इसीलिए वे ऐसी बातें करते हैं।"

जवाब सुनकर राजा ने पूरे मामले को भली-भाँति और साफ-साफ तौर से समझ लिया। भानजे के गले में तत्काल सोने के हार पहनाए गए।

पाँच

राजा का मन हुआ कि एक बार चलकर अपनी आँखों से यह देखें कि शिक्षा कैसे धूम-धड़ाके से और कैसी बगटुट तेजी के साथ चल रही है। सो, एक दिन वह अपने मुसाहबों, मुँहलगों, मित्रों और मंत्रियों के साथ आप ही शिक्षा-शाला में आ धमके।

उनके पहुँचते ही ड्योढ़ी के पास शंख, घड़ियाल, ढोल, तासे, खुदरक, नगाड़े, तुरहियाँ, भेरियाँ, दमामे, काँसे, बाँसुरियाँ, झाल, करताल, मृदंग, जगझंप आदि-आदि आप ही आप बज उठे। पंडित गले फाड़-फाड़कर और चुटिया फड़का-फड़काकर मंत्र-पाठ करने लगे। मिस्त्री, मजदूर, सुनार, नकलनवीस, देखभाल करने वाले और उन सभी के ममेरे, चचेरे, मौसेरे भाई जय-जयकार करने लगे।

भानजा बोला, "महाराज, देख रहे हैं न ?"

महाराज ने कहा, "आश्चर्य ! शब्द तो कोई कम नहीं हो रहा !"

भानजा बोला, "शब्द ही क्यों, इसके पीछे अर्थ भी कोई कम नहीं !"

राजा प्रसन्न होकर लौट पड़े। ड्योढ़ी को पार करके हाथी पर सवार होने ही वाले थे कि पास के झुरमुट में छिपा बैठा निंदक बोल उठा, "महाराज, आपने तोते को देखा भी है ?"

राजा चौंके। बोले, "अरे हाँ ! यह तो मैं भूल ही गया था ! तोते को तो देखा ही नहीं !"

लौटकर पंडित से बोले, "मुझे यह देखना है कि तोते को तुम पढ़ाते किस ढंग से हो।"

पढ़ाने का ढंग उन्हें दिखाया गया। देखकर उनकी खुशी का ठिकाना न रहा। पढ़ाने का ढंग तोते की तुलना में इतना बड़ा था कि तोता दिखाई ही नहीं पड़ता था। राजा ने सोचा : अब तोते को देखने की जरूरत ही क्या है ? उसे देखे बिना भी काम चल सकता है ! राजा ने इतना तो अच्छी तरह समझ लिया कि बंदोबस्त में कहीं कोई भूल-चूक नहीं है। पिंजरे में दाना-पानी तो नहीं था, थी सिर्फ शिक्षा। यानी ढेर की ढेर पोथियों के ढेर के पन्ने फाड़-फाड़कर कलम की नोक से तोते के मुँह में घुसेड़े जाते थे। गाना तो बंद हो ही गया था, चीखने-चिल्लाने के लिए भी कोई गुंजाइश नहीं छोड़ी गई थी। तोते का मुँह ठसाठस भरकर बिलकुल बंद हो गया था। देखने वालों के रोंगटे खड़े हो जाते।

अब दुबारा जब राजा हाथी पर चढ़ने लगे तो उन्होंने कानउमेठू सरदार को ताकीद कर दी कि "निंदक के कान अच्छी तरह उमेठ देना !"

छह

तोता दिन पर दिन इस भद्र रीति के अनुसार अधमरा होता गया। अभिभावकों ने समझा कि प्रगति काफी आशाजनक हो रही है। फिर भी पक्षी-स्वभाव के एक स्वाभाविक दोष से तोते का पिंड अब भी छूट नहीं पाया था। सुबह होते ही वह उजाले की ओर टुकुर-टुकुर निहारने लगता था और बड़ी ही अन्याय-भरी रीति से अपने डैने फड़फड़ाने लगता था। इतना ही नहीं, किसी-किसी दिन तो ऐसा भी देखा गया कि वह अपनी बीमार चोंचों से पिंजरे की सलाखें काटने में जुटा हुआ है।

कोतवाल गरजा, "यह कैसी बेअदबी है !"

फौरन लुहार हाजिर हुआ—आग, भाथी और हथौड़ा लेकर। वह धम्माधम्म लोहा-पिटाई हुई कि कुछ न पूछिए ! लोहे की साँकल तैयार की गई और तोते के डैने भी काट दिए गए।

राजा के संबंधियों ने हाँड़ी जैसे मुँह लटकाकर और सिर हिलाकर कहा, "इस राज्य के पक्षी सिर्फ बेकसूर ही नहीं, नमकहराम भी हैं।"

और तब, पंडितों ने एक हाथ में कलम और दूसरे हाथ में बरछा ले-लेकर वह कांड रचाया, जिसे शिक्षा कहते हैं।

लुहार की लुहसार बेहद फैल गई और लुहारिन के अंगों पर सोने के गहने शोभने लगे और कोतवाल की चतुराई देखकर राजा ने उसे सिरोपा अता किया।

सात

तोता मर गया। कब मरा, इसका निश्चय कोई भी नहीं कर सकता।

कमबख्त निंदक ने अफवाह फैलाई कि "तोता मर गया !"

राजा ने भानजे को बुलवाया और कहा, "भानजे साहब, यह कैसी बात सुनी जा रही है ?"

भानजे ने कहा, "महाराज, तोते की शिक्षा पूरी हो गई है !"

राजा ने पूछा, "अब भी वह उछलता-फुदकता है ?"

भानजा बोला, "अजी, राम कहिए !"

"अब भी उड़ता है ?"

"नाः, कतई नहीं !"

"अब भी गाता है ?"

"नहीं तो !"

"दाना न मिलने पर अब भी चिल्लाता है ?"

"ना !"

राजा ने कहा, "एक बार तोते को लाना तो सही, देखूँगा जरा !"

तोता लाया गया। साथ में कोतवाल आए, प्यादे आए, घुड़सवार आए।

राजा ने तोते को चुटकी से दबाया। तोते ने न हाँ की, न हूँ की। हाँ, उसके पेट में पोथियों के सूखे पत्ते खड़खड़ाने जरूर लगे।

बाहर नव-वसंत की दक्षिणी बयार में नव-पल्लवों ने अपनी गहरी उसाँसों से मुकुलित वन के आकाश को आकुल कर दिया।

□□